我在給
企鵝寫信

國立臺灣師範大學
第21屆紅樓現代文學獎
暨全國高中紅樓文學獎
得獎作品集

陳妍希等 著

國立臺灣師範大學 出版
國立臺灣師範大學文學院 主辦｜國立臺灣師範大學全球華文寫作中心 承辦

第二十一屆紅樓現代文學獎

院長序

新冠肺炎的疫情自二〇一九年末至今已兩年半，去年的決審會議也因疫情臨時由實體會議改為線上直播，文學院的許多活動甚至因此取消，而如同今年所訂立的主題：用你的文字為青春突圍，鼓勵同學們以筆紀錄這個時代，展現新的可能與未來展望，這正是紅樓文學獎的初衷。紅樓現代文學獎今年已是第二十一屆，多年來文學獎設立宗旨不曾改變，提倡學生的創作及創意實踐，並培養藝文專業人才，同時也提供一個發表文學創作的管道。

今年獎項包括現代詩、現代散文、現代小說以及舞臺劇劇本等四個組別，參賽對象仍然開放臺灣大學系統（臺大、臺科大及臺師大三校聯盟）的本國籍和外國籍學生，落實三校的合作關係。今年活動除有國立臺灣師範大學的校內補助外，亦獲得臺大系統文化基金會的補助，使臺師大文學院能藉由紅樓現代文學獎帶動三校聯盟內的寫作風氣。

此外，自上屆增設的「全國高中散文組」，今年來稿件數依舊超過百件，取優選十名，競爭激烈，並發放參賽證明為高中同學的學習歷程增添色彩。

考量疫情影響，決審會議也開設直播，讓無法到現場參加的同學可以一同參與，不論是線上直播或是現場參與，參賽者跟評審之間在疫情年代皆有了更多的交流。紅樓現代文學獎訂於每年三月舉辦，除徵件活動外，同時邀約青年作家舉辦紅樓沙龍講座。今年改變以往實體講座的形式，邀請朱嘉漢老師分享自身創作經驗，剪輯成三支影片上傳到全球華文寫作中心的YOUTUBE，展現了疫情中的應變與數位能力，同時也提高了影響力。

在此我要感謝本校吳正己校長對紅樓文學獎多年的鼎力支持。去年增設的高中生散文組及今年數位化的文學沙龍，都展現出本文學獎不但秉持二十年來的傳統，同時也以注入創新元素的方式繼續前行。更要感謝全球華文寫作中心須文蔚主任及工作團隊細心規劃細部工作，此外也要向參與複審、決審的評審老師們致上敬意，每一句的評點都使青年學子們獲益良多。也特別感謝所有參賽的同學，沒有你們的參與就沒有精采的作品，因為有各位的熱心投入及全心付出，本活動才能順利達成目標。沒有得獎的同學也別氣餒，莎士比亞說：不要只因一次失敗，就放棄你原來決心想達到的目的。我們明年見！

國立臺灣師範大學文學院　陳秋蘭院長

第二十一屆紅樓現代文學獎

主任序

疫情年代考驗著我們的應變與數位能力，第二十一屆紅樓現代文學獎因應疫情提前做好了各種備案，除了決審會議實體與線上直播並行，使無法前來的同學也能一同參與，評審們的講評不僅是創作歷程上的一大助力，而人與人的交流在疫情年代更不應停歇；歷年固定邀請青年作家舉行的紅樓文學沙龍，今年也改變形式，邀請朱嘉漢老師錄製「朱嘉漢談寫作三部曲」分享創作中所遇到的挫折與困惑，不僅可以鼓勵今年的同學，甚至能在網路上持續發酵，數位拉近了疫情中的人與人的距離，更能幫助我們向前。

本屆文學獎徵件類別包括現代詩、現代散文、現代小說、舞臺劇劇本以及全國高中散文等五個獎項。得獎作品除了彙集成作品集外，也會在全球華文寫作中心的FB網頁公開分享。我們希望紅樓文學獎能夠成為創作者互相學習的平臺，優異的作品也有更多機會受到文學愛好者的閱讀與討論。本屆來稿兩百七十六件參賽作品，分別是現代詩組六十二件，現代散文組四十件，現代小說組十八件，舞臺劇劇本組四件，全國高中散文組一百零七件，競爭激烈，精彩萬分。本次得獎者來自四面八方，科系多元，有人類學、社會學、社會教育、社會工作、教育心理與輔導、國文、哲學、臺文、音樂、戲劇與政治系國際關係組，創作能量不受文理科目所限。得獎高中生來自各縣市，臺北、桃園、臺中、高雄、屏東、宜蘭、基隆，本屆除了優選十名之外，更提供參賽證明，使同學能於高中學習歷程中紀錄自己的足跡。

紅樓文學獎今年來到第二十一屆，從最早由國文系主辦，到後來受到文學院與校方的鼎力支持，使得紅樓文學獎逐步發展擴大，近年更響應了三校校園聯盟的合作，成為跨校際的文學獎項。本屆文學獎由文學院主辦，全球華文寫作中心承辦，並受到臺大系統文化基金會的經費補助。都要感謝吳正已校長與陳秋蘭院長的大力協助，臺大系統文化基金會的支持，以及向本屆評審委員敬致最深的謝忱，提供了許多寶貴的指導，銘感在心。更感謝紅樓文學獎各小組工作團隊協助宣傳、收稿、評審以及作品集的出版，每個環節都以嚴謹的態度力求完美，我們才能圓滿地達成各項任務，辛勞功不可沒，以上特此表示誠摯謝意。

國立臺灣師範大學全球華文寫作中心　須文蔚主任

院長序　003
主任序　005
紅樓文學沙龍介紹　011
評審介紹　012

現代詩

現代詩　總評摘要　022
首　獎－陳妍希〈The art of lost toys〉　國立臺灣大學　哲學系　025
評審獎－胡玖洲〈遠方的戰爭〉　國立臺灣大學　中國文學系碩士班　029
佳　作－章家祥〈零秒島嶼〉　國立臺灣大學　人類學系碩士班　033
佳　作－陳　這〈給Watan——讀大豹社創生傳說之後作〉　國立臺灣大學　政治系國際關係組　037
佳　作－婁儷嘉〈蛇告訴我他是如何長出毒牙〉　國立臺灣師範大學　國文學系　042

佳　作－廖雨沛〈我離開後的生活指南〉國立臺灣師範大學　教育心理與輔導學系　047

現代散文

現代散文　總評摘要　052
首　獎－陳研諭〈七坪時區〉國立臺灣師範大學　社會教育學系　055
評審獎－陳柏宇〈貓與奴〉國立臺灣師範大學　臺灣語文學系博士班　065
評審獎－葉映禎〈哭喪〉國立臺灣師範大學　國文學系　074
佳　作－邱珮綺〈浸水的記憶〉國立臺灣大學　社會工作學系　085
佳　作－黃心怡〈吞火北城〉國立臺灣師範大學　國文學系　093
佳　作－楊茜聿〈阿爾克納如是說〉國立臺灣師範大學　國文學系　101

現代小說

現代小說　總評摘要　110

首　獎－陳有志〈我在給企鵝寫信〉國立臺灣師範大學　國文學系　114
評審獎－王有庠〈泥画〉國立臺灣師範大學　華語文教學系　130
佳　作－林佩妤〈五號〉國立臺灣大學　社會學系　148
佳　作－郭子銓〈千年後的你〉國立臺灣師範大學　國文學系　165
佳　作－張佩琪〈染髮以前的，我的故事〉國立臺灣師範大學　音樂學系　188

舞台劇劇本

舞台劇劇本　總評摘要　216
評審獎－陳宗騰〈白樺樹〉國立臺灣師範大學　國文學系　219
佳　作－陳政宏〈鸚鵡〉國立臺灣大學　戲劇學系碩士班　259

全國高中散文

全國高中散文　總評摘要　284

優選－余依宸〈梳情〉臺中市立臺中女子高級中等學校 286
優選－李建智〈陷害〉桃園市復旦高級中等學校 291
優選－林珈卉〈雨〉臺北市立陽明高級中學 295
優選－吳沂芹〈飛魚與海兔指南〉國立潮州高級中學 301
優選－胡宥彥〈宅日〉基隆市立暖暖高級中學 305
優選－孫苡禎〈我說白血球該不該叛逆〉國立鳳山高級中學 311
優選－陳家穎〈我是鹽水釀的〉國立羅東高級中學 315
優選－陳鼎斌〈雪〉臺北市立大同高級中學 319
優選－黃宥茹〈局外人〉臺中市立臺中女子高級中等學校 324
優選－鍾楚格〈祕密〉國立鳳新高級中學 328
第21屆紅樓現代文學獎暨全國高中紅樓文學獎徵件簡章 333

紅樓文學沙龍介紹

紅樓文學沙龍於每年紅樓文學獎徵稿期間，邀請文壇上優秀亮眼的青年作家，蒞校向同學分享創作的歷程與經驗。因應網路媒體與平台之快速發展，今年改變以往實體講座，改採線上影片文學沙龍，展現疫情時代中的數位應變能力，以期透過網路媒介不限時地，讓更多對創作有興趣的學子觀看，增加紅樓文學沙龍影響力。

今年度邀請青年小說家朱嘉漢，以「知識是你面對世界的方法」、「對他者永不饜足的我」及「面對自己那張空白的文稿」三大主題，談如何以閱讀與知識擴大視野，以及寫作之路面對挫折的心態調適，鼓勵學子持續提筆書寫，用文字為青春突圍。

講師介紹—朱嘉漢

一九八三年生。著有小說《禮物》、《裡面的裡面》、《醉舟》。文哲學導讀書《夜讀巴塔耶》。Essay集《在最好的情況下》。

朱嘉漢聊寫作

【第一篇：知識是你面對世界的方法】
https://youtu.be/jzvi5du4xJc

【第二篇：對他者永不饜足的我】
https://youtu.be/HOJ-jXQKCRc

【第三篇：面對自己那張空白的文稿】
https://youtu.be/2UbvsPPMCwA

評審介紹

※評審人名以姓名筆畫排序

現代詩組

召集人／徐國能

臺灣師大國文系教授，曾獲國內各大文學獎，並獲中國文藝協會頒贈「中國文藝獎章」（散文類）。學術專長為古典詩學。著有散文集《第九味》、《煮字為藥》、《綠櫻桃》、《寫在課本空白處》；童書《字從哪裡來》、《文字魔法師》、《為詩人蓋一個家》、《萬有解答貓公司的故事》及古典詩集《並蒂詩花》、《花開並蒂》等，編有《海峽兩岸現當代文學論集》等。

評審／白靈

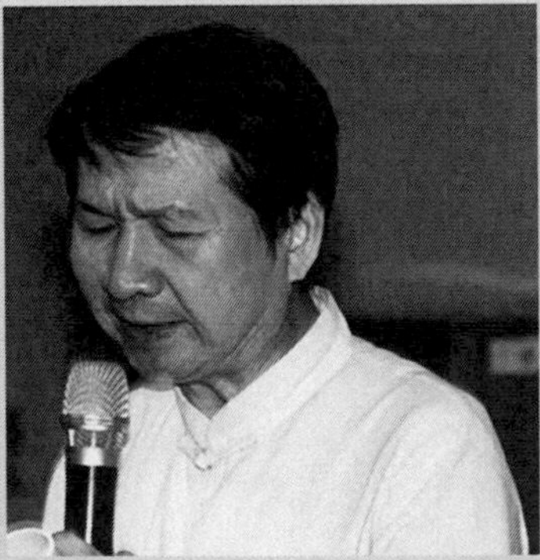

本名莊祖煌，福建惠安人，現任臺北科技大學兼任副教授。曾任年度詩選編委、臺灣詩學季刊主編，作品曾獲中山文藝獎、國家文藝獎、新詩金典獎等十餘項。創辦「詩的聲光」，推廣詩的另類展演型式。著有詩集《昨日之肉》、《五行詩及其手稿》、《愛與死的間隙》、《女人與玻璃的幾種關係》及童詩集等十六種，散文集《給夢一把梯子》等三種，詩論集《一首詩的玩法》等九種。建置個人網頁「白靈文學船」、「乒乓詩」、「無臉男女之布演臺灣」等十二種。

評審／余欣娟

國立東華大學中國語文學系博士，現任臺北市立大學中國語文學系副教授兼系主任。著有《心遊萬仞——現代詩的觀看模式與空間》、《一九六〇年代臺灣超現實詩——以洛夫、瘂弦、商禽為主》、《明代「詩以聲為用」觀念研究》、《風櫃上的演奏會：讀新詩遊臺灣》（合著）、《走入歷史的身影：讀新詩遊臺灣》（合著）。

評審／林達陽

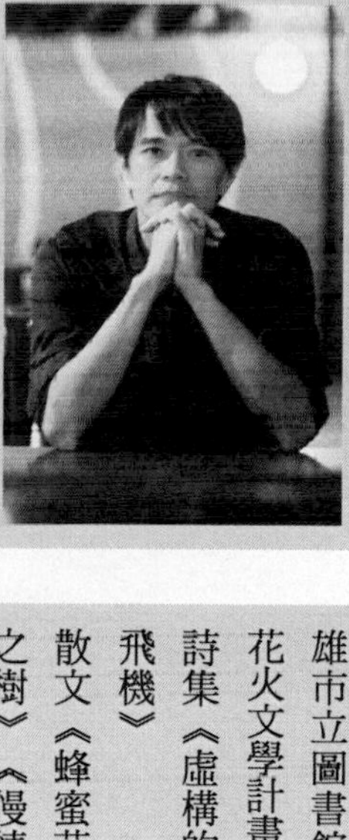

高雄人。雄中畢業，輔大法律學士，東華大學藝術碩士。曾獲三大報文學獎、臺北文學獎、香港青年文學獎等，國藝會、高市文化局等獎補助。曾任清大、東華等校駐校作家。作品入選九歌《華文文學百年選》、文訊「上升星座：一九七〇後臺灣作家作品評選」、年度詩選、年度散文選等。出版社華文創作書系主編。高雄市立圖書館董事。主持擦亮花火文學計畫。

詩集《虛構的海》《誤點的紙飛機》

散文《蜂蜜花火》《青春瑣事之樹》《慢情書》《再說一個秘密》《恆溫行李》

現代散文組

召集人／石曉楓

福建金門人。臺灣師範大學國文學系博士，現為該系專任教授。著有散文集《無窮花開——我的首爾歲月》、《臨界之旅》；評論集《生命的浮影——跨世代散文書旅》；論文集《文革小說中的身體書寫》等，另與凌性傑合編《人情的流轉：國民小說讀本》。創作曾獲梁實秋文學獎、華航旅行文學獎、教育部文藝創作獎、全國學生文學獎。

評審／言叔夏

曾獲臺北文學獎、林榮三文學獎、九歌年度散文獎、國藝會文學創作補助等獎項。現為東海大學中文系助理教授。著有散文集《白馬走過天亮》、《沒有的生活》。

評審／房慧真

臺大中文系博士班肄業，曾任職於《壹週刊》、《報導者》，獲國內外調查報導新聞獎若干。著有散文集《單向街》、《小塵埃》、《河流》、《草莓與灰燼》；人物訪談《像我這樣的一個記者》；報導文學《煙囪之島：我們與石化共存的兩萬個日子》（合著）。數次入選年度散文選，以〈草莓與灰燼——加害者的日常〉獲二〇一六年度散文獎。

評審／黃麗群

一九七九年生於臺北，政治大學哲學系畢業。曾獲時報

文學獎、聯合報文學獎、林榮三文學獎、金鼎獎等。著有散文集《背後歌》、《感覺有點奢侈的事》、《我與貍奴不出門》，小說集《海邊的房間》，採訪傳記作品《寂境：看見郭英聲》等。現任職媒體。

現代小說組

召集人／祁立峰

現任臺灣師範大學國文系教授。曾獲臺北文學獎、教育部文藝創作獎、國藝會創作及出版補助，著有散文集《偏安臺北》、《讀古文撞到鄉民》、《國文超驚典》，長篇小說《臺北逃亡地圖》、《巨蛋》，曾於《FHM》雜誌、中時人間副刊「三少四壯集」、「UDN讀書人」以及「Readmoo閱讀最前線」擔任專欄作者。

評審／朱國珍

清華大學中語系，東華大學藝術創作碩士。二〇一五年林榮三文學獎新詩首獎、二〇一六年散文首獎，創下連續兩年跨文類雙首獎記錄。拍臺北電影劇本首獎、亞洲週刊十大華文小說。現任國立臺灣師範大學、國立臺北藝術大學講師，廣播節目主持人。出版小說《古正義的糖》、《慾望道場》、《中央社區》。

評審／高翊峯

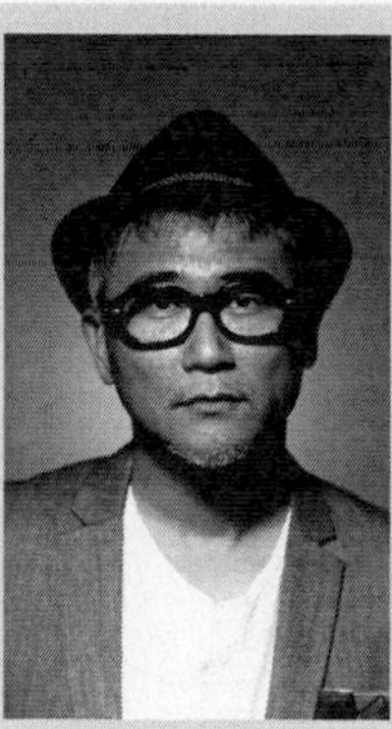

出版有《2069》、《泡沫戰爭》、《幻艙》、《烏鴉燒》等小說。小說已翻譯成英文、法文出版。原著劇本《肉身蛾》獲金鐘獎電視電影編劇獎。原著劇本《烏鴉燒》獲紐約國際電視電影節劇情片金獎等。

評審／郝譽翔

臺灣大學中文博士，現任國立臺北教育大學語文創作系教授。著有小說《那年夏天最寧靜的海》、《逆旅》、《洗》；散文《和妳直到天涯海角》、《溫泉洗去我們的憂傷》；論著《大虛構時代》、《情慾世紀末》等。曾獲金鼎獎、開卷好書獎、時報文學獎、中央日報文學獎、臺北文學獎、新聞局優良電影劇本獎等。

舞台劇劇本組

召集人／陳芳

現任臺灣師範大學國文學系特聘教授、臺灣莎士比亞學會理事長，曾任美國史丹福大學（Stanford University）和喬治・華盛頓大學（George Washington University）訪問學者。曾獲第五十四屆中山學術著作獎，著有學術專書《抒情・表演・跨文化：當代莎戲曲研究》等十餘部。另與彭鏡禧教授合著戲曲劇本《約／束》等五部；其中《背叛》榮獲第二十六屆傳藝金曲獎最佳年度演出獎。

評審／陸愛玲

國立臺北藝術大學戲劇系教授。法國巴黎新索邦第三大學表演藝術所戲劇學博士。專長為編劇、導演、戲劇與演出評析、荒謬劇場研究與演出、跨文化劇場與非傳統劇場空間演出、法國露天與街頭戲劇論述與創作分析。實現在劇本創作方面，有原創劇本、經典改編、新形式文本實驗；在劇場導演創作方面，有中西古典劇目、當代劇作、自編自導等形式。

評審／蔡柏璋

臺大戲劇系第二屆，英國倫敦皇家中央演說暨戲劇學院（Royal Central School of Speech and Drama，University of London）音樂劇場（Music Theatre）碩士。曾任台南人劇團聯合藝術總監；現為駐團編導與Podcast《柏覽會離題》、《王大閎您哪位》主持人。天下雜誌曾遴選蔡柏璋為表演藝術類的未來領導人，他曾獲亞洲文化協會贊助至哈佛大學A. R. T.劇團和莫斯科藝術學院進修聲音演說課程。近年聚焦國際交流活動，舉凡奧勒岡莎士比亞戲劇節、法國巴黎西帖藝術村、柏林戲劇盛會國際論壇、韓國首爾星光音樂劇節等。

評審／劉天涯

畢業於南京大學戲劇影視藝術系、國立臺北藝術大學劇場藝術創作研究所，主修劇本創作。生於江蘇徐州，二〇一二年來臺定居。盜火劇團團長、製作人、駐團劇作家。新竹縣新響藝術季策展人。所作舞台劇曾於中國大陸、加拿大、臺灣、日本、馬來西亞等地演出逾百場。創作亦涵括小說、散文、繪本故事等，並擁有豐富的海內外劇場製作經驗。

全國高中生散文組

召集人／須文蔚

詩人，現任國立臺灣師範大學國文學系教授，全球華文寫作中心主任。東吳法律系學士、政治大學新聞研究所碩士、博士。創辦台灣第一個文學網站《詩路》，曾任《創世紀》詩雜誌主編，《乾坤》詩刊總編輯等。出版詩集《旅次》與《魔術方塊》、文學研究《台灣數位文學論》、《台灣文學傳播論》，報導文學《看見機會：我在偏鄉十五年》（時報文化）；繪本《月牙公主》（秀威少年）等。

評審／宇文正

本名鄭瑜雯，美國南加大東亞語言與文化研究所碩士，現任聯合報副刊組主任。著

有詩集《我是最纖巧的容器承載今天的雲》；小說集《台北卡農》、《微鹽年代・微糖年代》；散文集《那些人住在我心中》、《庖廚食光》、《文字手藝人：一位副刊主編的知見苦樂》及傳記、童書等二十餘種。二〇二二年出版散文集《我們的歌——五年級點唱機》。

評審／唐捐

本名劉正忠，臺大中文系教授兼臺灣研究中心主任，曾兩次獲得聯合報文學獎散文首獎，並曾獲梁實秋文學獎散文第一名及第二名。著有散文集《大規模的沉默》、《世界病時我亦病》及詩集六種。

評審／曾文娟

東吳大學中文系學士，國立臺灣師範大學高階經理人企業管理碩士ＥＭＢＡ（碩士論文：數位時代臺灣出版業原創平台與經紀人制度之研究）。現任洪建全基金會研發長及時報文化特約專案總編，曾任天下文化出版公司資深編輯、九十三巷人文空間副理、格林文化出版公司專案經理、遠流出版公司企劃經理、遠流出版四部總編輯與總監、時報文化出版公司第四編輯部總編輯。

現代詩

首獎
陳妍希
The art of lost toys

評審獎
胡玖洲
遠方的戰爭

佳作
章家祥
零秒島嶼

佳作
陳這
給Watan——讀大豹社創生傳說之後作

佳作
婁儷嘉
蛇告訴我他是如何長出毒牙

佳作
廖雨沛
我離開後的生活指南

現代詩　總評摘要

白靈老師

白靈老師認為在這次六十二篇投稿作品中，題材廣泛，除了戰爭、歷史、神話、哲學以及現在流行的躺平族、同志；在語言上也非常多元，有人採用散文與詩交錯的手法，或是將文言白話夾雜在一起，讀起來十分過癮。很多投稿作品中探討了三觀：世界觀、價值觀、生命觀，對於生命本質的探索的書寫難度是很高的，因為將心中所思所想表現出來時，會受到語言以及自己手法的限制。

老師進一步提出結構和長度的問題，很多投稿者寫得不錯，可是在篇幅較長的作品中常有結構鬆散的問題。這次文學獎的投稿中可以看到有些大膽的作品，只有寫十幾二十行，老師提醒同學，作品短長並不是太大的問題，能不能把詩表現到極致、完善，是更重要的。

余欣娟老師

余欣娟老師認為這次現代詩的部分使她非常驚艷，不同於以往校園文學獎取材於生活周遭，尤以愛情為多，這次作品關注的題材較廣，很多是關於生存、戰爭、或者去探討意義是什麼。現代詩很難寫的部分，就是關於哲思，要將哲學議題幻化成具有詩意，抒情性的構思，其實較為困難。詩只要說理就會使讀者難以進入，需要轉換成意象讓人所感，這是詩的寫作中難度較高的，因此最後進入決選的，很多都是哲思意義上探討的作品。老師也很高興看到同學們在這個世代當中，並不只在校園裡頭，而是將圍牆外與圍牆內的生命經驗連結在一起。

林達陽老師

林達陽老師首先提及這次的作品使老師感覺到當時評臺北文學獎複審時的為難，作品在不同的面向上都有很好的掌握，或是很大膽的挑戰，甚至不只是挑戰，有些已經是挑釁。評審是個殘酷的狀態，一定得評出高低，要給出分數，這不是平常在閱讀詩的主觀感覺，要面對同時有完成度高、也很清楚指涉想要呈現的東西，以及搖搖晃

林達陽老師

余欣娟老師

白靈老師

晃，挑戰了比較冷僻的一條小徑，做了強力的表達，但也許脈絡外的人不見得全部接住的作品。而無論最後得不得獎，投稿者自己呈現得滿不滿意、精不精準，都是後話，面對作品願意挑戰的狀態，在評審過程是非常開心跟為難的。

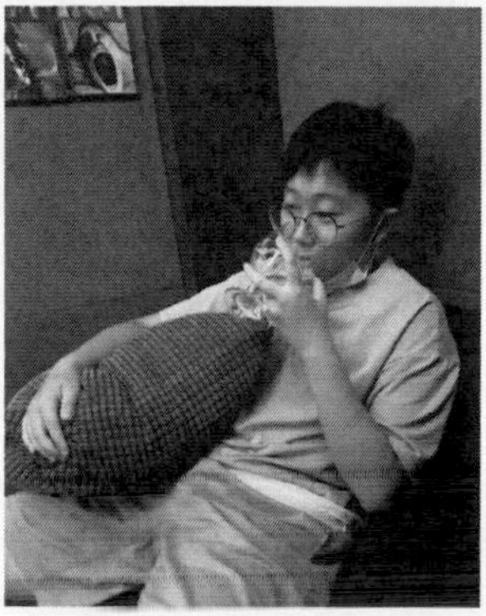

首獎／陳妍希
The art of lost toys

作者介紹

現就讀臺大哲學系二年級，前極光詩社社長。曾獲臺大文學獎、滬鳴文藝獎等。寫詩，愛貓，很認真地讀哲學。

得獎感言

謝謝評審老師的肯定，謝謝至今為止教導過我關於詩的所有老師，謝謝我的家人朋友沒有覺得寫詩很怪或者文學不能當飯吃你做這個幹嘛，讓我可以還算安心地用自己的語言和世界對話。

今後會繼續踏實地寫詩，誠懇地做人——現在想著，也許這根本上是同一件事吧。

The art of lost toys

在已知一個跳躍構成的起點和
終點之間，好多黑色青蛙
根本不明所以地跳著
跳著他們不介意白天
半夜也不後悔
只是跳，就產生了可以說是
某種親切感的東西

他們不避諱談任何話題
小如政治
大如一隻螞蟻對虛無的迴避
他們張著嘴談，任何話題

不時夾雜外語，非常瑣碎的餅乾屑
也各自完整在起點與終點之間
這麼說著：「之間即是意義」

之間即是意義，不要彌補
任何意義

可以跳躍當一隻青蛙
你就會有自己的池子和乾涸
擁有少於一個存在的理由
卻多於沒有，可以說：
「青蛙牠其實不需要理由」

只因為在與不在之間。
說的話只能充滿停頓，停頓
當然也是一種充滿

「但跳躍和墜落是一樣的東西嗎」
只能夠不斷向上的
當青蛙墜落——
墜落即是意義。

再一次向上，在
天空的兩端
各自有所依賴
很輕易的，喜歡上一種漂浮
那是跳躍不在的時候

評審獎／胡玖洲
遠方的戰爭

作者介紹

一九九七年生於南國，二〇二〇年秋來臺就讀研究所，目前中文所碩士二年級，曾獲臺大文學獎等獎項。

左手寫詩，右手打小人，嗜錢如命，夢想中彩票，一夜暴富。

得獎感言

雖然都沒好好寫論文，但至少我有在認真寫詩。

遠方的戰爭

——沒有如果，何須如果

手機傳來地震的警報，如一顆
正在引爆的地雷，在耳邊
驚醒夢囈。坐到書桌前，想起遠方此刻
應也是春天，鳥在飛，蟲在叫，積雪融化了
歐洲的麵包田。我輕輕敲擊鍵盤
度量這裡和遠方的距離，企圖想要
在谷歌地圖連結，消費，兩者的關係
為自己作出感同身受的解釋，譬如
我們在同一個晚上，共同經歷了晃動與失眠
但貧窮的思維，無法想像

一個遠方戰爭的場景，我又該怎麼
在詩中捏造一座春天的廢墟
想像昨天教堂播放的聖歌，在今天
盤旋著課本裡從未見過的禿鷹

這顯然不行，於是我打開網絡遊戲
想要在虛擬世界拼湊一個完整的想像場景
我不知道，遠方是否也有一個
如遊戲緊握步槍的男人陷陣殺敵
或是新聞畫面中，那個
七十歲拿著AK 47的老母親
我不知道，槍支上膛，瞄準，射擊
是否有如遊戲輕輕點擊鼠標時的震動反應
當炮火落在愛人的眼睛，是否會顯現
一個由計算機準確運算的恐懼

我甚至從未服過兵役，不知道
子彈穿過一個剛入伍士兵的胸膛
是否只需等待數分鐘，就能在復活地點
重新開啟一局新的戰爭遊戲

這顯然也不是一個苦思後的答案
我應該認真地觀看新聞，或懶人包
了解一段東斯拉夫人的過去
在Dcard和批踢踢，積極扮演一個
年輕樂天網民。匿名回復，觀察風向
在新聞鏈接的留言區穿過
——「今日烏克蘭，明日臺灣」的恐怖襲擊
宛如遠方另一端想像的戰地難民
暗暗僥倖，發帖，寫一些無關痛癢的
詩句，許久，許久也未能
在遠方看見自己

佳作／章家祥
零秒島嶼

作者介紹

賽夏族與泰雅族的結合，也是正在與人類學搏鬥的碩士生。曾獲臺灣原住民族文學獎，作品散見報章副刊。

喜愛一切矛盾、衝突的事，卻又恐懼隨之而來的情緒張力。如此，我以詩作為武器與盾牌來面對世界。

得獎感言

感謝評審老師看見這首趨向內心世界的詩，也謝謝從中鼓勵我的曾湘綾老師。

〈零秒島嶼〉寫了幾遍，改了幾遍。回憶起那段記憶，總覺得有必須增添的，尤其是那不願說出口的情緒。

我用最寬大的心，以及最深愛的山林、島嶼，來面對一切。這首詩教了我好多好多：誠實待己，才能讓讀者感受到最真的部分。

這首詩，獻給自己，還有他。

零秒島嶼

從0數到1，

海拔相依體溫傾斜，敞開深邃
踅經闊葉、混葉，到針葉
輕柔撫上角質與肌理，膚觸佔領
整夜喧囂，直到眉峰矗立
在午夜，生成一座島嶼

溪流、森林，灌木叢生的腔
濃霧霸佔踏查林徑
的深淺，唇紋恣意攀附
一座工寮，鏽蝕的鋤與斧

切切飛向邊境，騷動墨色
樟木凹槽與瘤之間，迸發一列蘑菇
迷幻與鮮豔，填滿深窪
指尖腐植倚著，山坡
緩緩梳整香楠火藥氣味
遊入夜的埡口，沒有花火
沒有聲響

從1數到0，

魅影搖晃前方，輕易
劃成一道潔白，綻成了
星宿，漂浮在銀河的胸懷
流向悠長的唧噥，萎黃的
藤果是囈語墜落後的滋味

海拔最高的文明，蘊養
即發的火山，海岸駛近
蔚藍迴盪在邊際，島嶼漸漸
褪色，漸漸
黑水沒過山嶺，剩下寧靜
百合仍有一朵夢
盛放在雲端，捕捉一瞬
流浪的悸動

佳作／陳這
給Watan——讀大豹社創生傳說之後作

作者介紹

父母是嘉義人與臺北人，生長在木柵。目前就讀於臺灣大學政治學系國際關係組以及地理系。曾獲二〇二一打狗鳳邑文學獎臺語新詩佳作。作品以現代詩為主，正試圖寫小說，正在學習翻譯與評論。當前主要以臺語文寫作。

得獎感言

首先感謝臺大蔡同學幫我翻譯日本人紀錄下的創生故事。寫出本作品時，有前輩向我提醒代言的問題。的確我不是族人，只是在臺大周教授的原住民史課上首次接觸到大豹群及Losing Watan的故事，我渴望透過作品與這些有所對話，這種寫作應是私人又公眾的。

後來發現以上其實都是語言的問題，不可翻譯的往往是最好的，我相信也是詩該追尋的。

給Watan——讀大豹社創生傳說之後作

所以Watan壓低帽簷，看一眼左手的腕錶：
傍晚四點五十六分，溪水因稍早山地一場西北雨而腫脹
如斲傷過的疤痕「Pinsbkan巨岩破掉的地方
有人從下面水流那邊走出來」
那是在上游，鬼芒草遍生之地
Watan記得

獵刀掛肩上的老Watan
側耳傾聽：有隻Siliq已開始在林中鳴叫
聲音消散如雲霧飄向Hongu’utux
「就像那樣」小Watan深邃的眼睛見父親在空中比劃
「啪地一聲石頭裂成兩半

兩男一女從破裂處出現
他們看看周圍，只見樹林和野獸。一個男人說
『我討厭地上的生活』不久又回到石縫中……」小Watan不理解
這些關於創生的故事畢竟
他才剛學會父親口中那些艱深的詞彙
例如Pinsbkan例如Ncaq，所謂生長鬼芒草之地

終究Watan的爸爸，Watan還是得出發
儘管Siliq自前方橫飛而下，每個Tayal獵人都知曉其中不祥
所以Watan只好壓低他黑色的帽簷
想起那溪流泥濁雜有血污
彷彿Hongu' utux陷落成地上的傷口，反覆
化膿與結痂。Watan終於熟悉了族語：

Pinsbkan，生命碎裂與誕生的巨石
Hongu’utux是靈魂的路橋
Ncaq鬼芒草遍佈之地，回不去的故鄉。

然後Watan看了看清晨的馬場町
約莫五點十五分吧，他相信是上游
淺眠的山地下了一夜雨造成溪水腫脹不堪
他試圖側耳傾聽，儘管沒有Siliq能為他告知吉凶
Watan還記得那個創生的故事，如今
他也有回到出生之處的渴望。Watan不太能理解那些
關於他的審判關於遠方的領袖與主義
關於還沒掌握的新語彙，他默想：

Hongu’utux會將靈魂引向彼方
彼方，天際還寥落數顆星而Watan

深邃的眼睛看見溪流泥濁瘀血不止
他還來不及參透關於歸去或死亡的語言畢竟
那苦澀的字眼剛從喉頭迸裂而出

註：一九〇六年九月底到十月初，與日軍的戰役中損失慘重的大豹群泰雅人在Watan Syat的領導下離開大豹舊社Ncaq。Watan Syat之子Losing Watan接受日本教育，一九二一年醫學校畢業後在北部的原住民居住地區服務，戰後積極主張族群土地權利，一九五四年被中華民國處決。

佳作／婁儷嘉
蛇告訴我他是如何長出毒牙

作者介紹

二〇〇〇年生，臺北人，就讀國立臺灣師範大學國文系。短篇小說曾獲臺北市青少年文學獎首獎、全球華文學生文學獎第一名。生命的虛幻不抵我對睡眠的愛慕，所幸電影與文學是另一個夢境，是一連串捲走靈魂的浪。

得獎感言

感謝評審老師的肯定，感謝師大國文系的栽培，感謝陪伴在我身邊的人，感謝現在看著的每一個人，是你們充實我的生命。林達陽老師形容我的作品像「迷人的反派」，實在好喜歡，也感到很榮幸，因為從小看電視，我愛的全是反派角色，喜歡文學像這樣藏在身體的每個角落裡，在手指的間隙，在眼睛，在心裡。

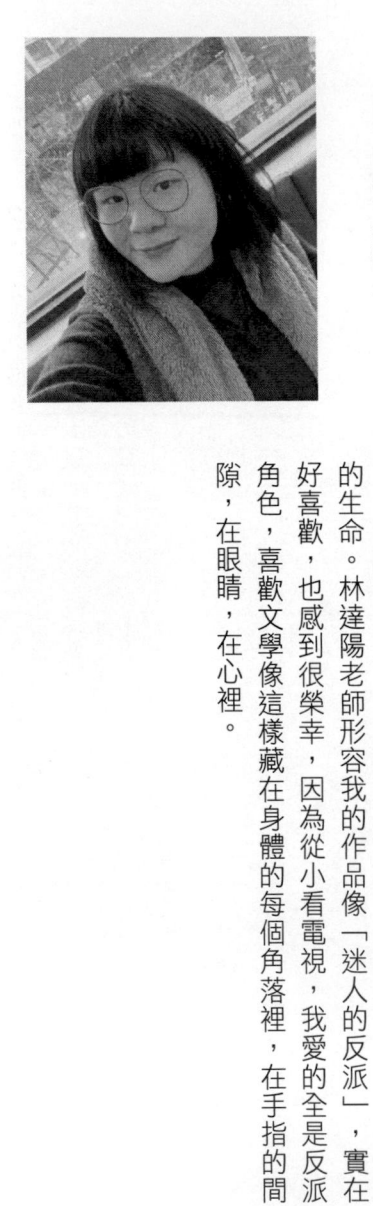

蛇告訴我他是如何長出毒牙

伊甸園的果實
向那一年的海底墜去
烽火不絕，塵埃如瀑
猛抬起頭——
在天空裡，你看見兒時的瓷碗被摔破
落下滿地
碎片，斑駁的火光
劃破臉的一如槍響尖銳
刺入灰濛的眼
神說，一無所有。
英雄總要一無所有的踏上冒險

從墓穴裡爬行而上
光榮，在腹內的傷疤裡
隱隱作疼，鑽進晚年的夢
命運曾被你拋在身後，蛇
顫慄狂喜，笑聲滾滾匯成河流奔入海洋
海水在夢中咆哮，浪花拍打墓碑
巨大的魚沉默簇擁
——靠近他，又成了滾燙的黃沙
從指尖流逝

你讓新的城市住進狹長的身軀
捧著筋骨生鏽也不滅的
榮耀，是最毒的毒液
竄出火苗，在分岔的小小舌尖上
曾有一頭象站著燃燒

蛇想吞食象，你的腹內
就燒出一個洞

蜿蜒前行，向著遠處的土壤與日落
用磐石剝下積滿病痛與裂痕的皮
失去所有骨肉和心跳
像沙塵之於沙漠，星辰之於星河
北國的雲霧，在腹內的傷疤裡下雪
你遲早也要融入那場雪
在那之前，記得昭告所有即將啟程的英雄
蛇是如何長出毒牙
那毒滲進靈魂不朽
是海德格埋進墳中的秘密

你說，蛇原本也是天使
在長出毒牙之前
死亡就和軀殼一樣輕

佳作／廖雨沛
我離開後的生活指南

作者介紹　喜歡寫字，患得患失。夢想是財富自由，或是下輩子當貴婦的狗。

得獎感言　謝謝我媽媽，請妳繼續照顧我，然後活得比我久。

我離開後的生活指南

別再戴著耳機入睡，我的鼾聲我的呼吸已經沉默，
不會再把妳從夢的縫隙剜起。
安眠曲和銅鑼浴，是失眠和熬夜的慢性成癮，
淺嚐即止。妳可以把焦慮拋給床墊，
如同我的子宮，擁抱小小的身軀，在羊水中妳仍然可以呼吸。
希望妳別計較，我讓臍帶繞住妳的頸項，
我想把妳手腕的傷疤都烙印在我的肚皮上，
當火光將它揑成齏粉的時候，最後一次，
用我的溫度換妳的原諒。

切菜的時候用指節抵著刀面，洋蔥泡水才不會逼出眼淚，
抽油煙機要記得開，廚房的窗戶關起來別讓油耗味瀰漫。

味素、糖不要加得太多，但鹽要記得多灑一點，
因為過去我總是不小心加成汗水和眼淚。
菜市場走到底左邊的蔬菜攤，那個年輕人靦腆，但他總會多送些蔥薑蒜，
我愛的蘆筍跟水蓮菜妳偶爾也煮來吃，
不要因為害怕就放棄嘗試。想想幼稚園時拆掉輔助輪的腳踏車，
我放手之後妳像在飛翔，
而今我真的成風，妳可以毫無保留的自由。

裝滿眼淚的時候，妳可以到蓮蓬頭下祈雨，
我知道長大要學會不哭出聲音，讓水柱替妳哭泣，但是要記得，
堵住排水孔的頭髮要撿起來，沐浴乳的泡泡才能夠，
把妳的淚痕跟污漬都帶走。

請妳代替，再也無力張開雙手的我，
擁抱自己。就像那日陰雨綿綿，在引魂幡和佛鈴的指引下，

我靜靜躺臥罈中，一部份的妳擁抱著全部的我，
也似是那天夕燒紅霞，妳濕漉漉的毛髮枕著我的乳房，
皺巴巴的嘴唇放聲嚎啕，我用全部的我擁抱全部的妳。

記得，即使蹣跚都要學會自己往前走。

現代散文

首獎 陳研諭
七坪時區

評審獎 陳柏宇
貓與奴

評審獎 葉映禎
哭喪

佳作 邱珮綺
浸水的記憶

佳作 黃心怡
吞火北城

佳作 楊茜聿
阿爾克納如是說

現代散文　總評摘要

言叔夏老師

言叔夏老師從散文的文類本體進行思考：若是肯認散文作為「面對世界最近的文類」，那該如何去思量經驗與作者之間的關係？過往經驗與作者的關係常以一種抒情的方式進行解讀，但在當代，經驗的處理及作者的接受卻更近似一種「滲透膜」的機制：其中管道複雜，滲透壓、舒張壓的相互作用下使得經驗為作者所接收。人與外界的關係也變得更微妙。

散文作為處理生命問題的文類，到底該以怎樣的態勢進行介入及探尋？本次許多作品設計生命的問題，而以第二、第三人稱進行書寫，這樣的處理形成一種「畫圈」：核心的事件缺席，而以外圍的事件「圍補」出一個核心事件的輪廓。這樣如同筆事現場的粉筆人形，是否能在散文的立基上站穩腳步，值得討論。

散文書寫將自我的語言向外投擲，始終是需要更有餘裕去接住語言的話語反彈。不論是直面或是繞道而行，都更需要取得平衡而不暴露缺失，即是散文的技術所在。各樣路徑自然能夠尋見其道，但好的作品仍需仰賴的是語言邏輯上的自我完成，而以此作為散文技藝的實踐。

房慧真老師

綜觀本次的參賽作品，房慧真老師指出一部份作品為「學生本位」的散文創作：涉及學生的日常瑣事，或以在外租屋，赴北求學為題。且因為疫情所致，部分的創作涉及一種隔離的日常性，如同卡夫卡變形記一般的異化感受：突然所觀所感都無法被自己所掌控，進而書寫一種內裡、內在的細微感受。

評選標準方面，房慧真老師關注「題材」的揀選及「修辭」的調度問題。將作品放置在一個光譜之上，並且從其中去選擇較具特色之作。尤其關注在抒情、詩意之外的作品如何表現出自我的特色。也提醒作者在書寫「結尾」時應當注意，指出學生過往寫作作文的結尾習慣，放在散文創作上容易顯得制式及說教，不妨透過更多方的閱讀及創作，思考結尾如何處理得更切近作品所需。

黃麗群老師

黃麗群老師提出散文的「路徑」概念：每種路徑雖然都可以走出自己的世界，但如何合宜的行走卻又是關乎「技術性」的工夫。同樣從結尾討論，結尾成為一篇散文是否能在文學獎出線的關鍵。

從結尾延伸，老師進而指出的是一種「量體」（字數、篇幅）與主題的和諧關係。篇幅的抉擇必然關乎了主題的大小，而如何權衡兩者便又是仰賴「語言」在其中的運用。例如主題若是活潑、輕巧，就不適合以濕潤膨脹的語言風格行文。或是若選擇以較為短小的篇幅創作，就要注意到語言的訊息量是否足夠填充全文的血肉，使其完整。而如何才是合宜的語言？其實重點在於是否能夠體現內在心思，將自身思緒表達完全，從此路徑進行探詢就能夠為嫻熟的掌握散文語言的運用。

黃麗群老師

房慧真老師

言叔夏老師

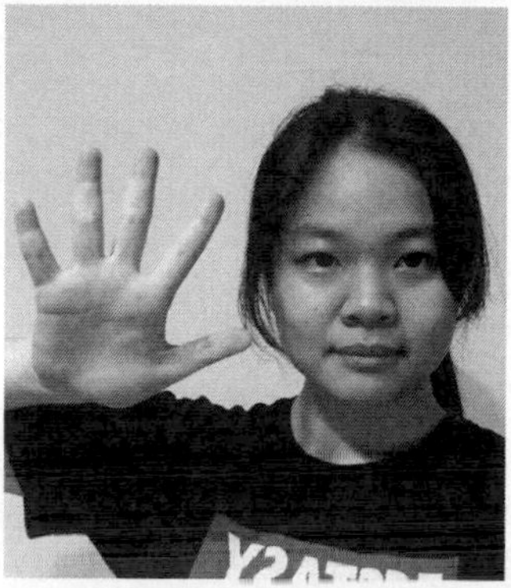

首獎／陳研諭
七坪時區

作者介紹

高雄人，獨居一年廚藝完全沒有長進，只學會踩點下樓倒垃圾，然後又要搬走了。最近喜歡帶長柄雨傘出門，聽傘尖敲地板的聲音，但是不想要真的用到它。聽說出刊是九月後，希望那時在新宿舍的生活能順順利利。

得獎感言

這篇是去年（二〇二一）十月寫成，本來打算塵封，截稿前翻出來邊修邊看，覺得簡直是別人的文字。它像是近況紀錄，總結那段日子，寫下來和朋友們交流，告訴他們我過得還可以，然後命令自己往前走。我討厭被拍，也不擅聊天，不寫點東西，走的時候就太乾淨了，不太甘心。

我們都正在習慣一個新的龐大的時區。

祝各位安好。

七坪時區

光線迷濛，極適合再作一個夢。懶懶翻身，在桌上摸到手錶，想起它已停了一陣子，故指尖向右爬上手機，撈過來看。我瞇眼，扁唇，臉擠成一顆皺掉的馬鈴薯，手機斜斜地拿，斜斜點開。

暗室裡隨便一點光都顯得刺眼。

房東提供的窗簾，是國中教室會掛的那種綠色，洗得再乾淨都像發霉，厚厚裹住面陽的口，隔絕空氣，不透光，和木乃伊繃帶相仿。若房間是棺材，我是英年早逝的古屍，洗面乳潤髮精肥皂盒裡全裝著五臟六腑，那麼浴室門總咿咿呀呀，也有了道理。一邊胡思亂想，一邊站到盥洗鏡前。鏡中人蓬頭垢面，黑眼圈，嘴唇乾裂，然死氣尚缺，作為木乃伊尚不合格。我用力潑了把水，洗開眼縫，勉強讓自己看起來更活生生一點。

租屋處有兩片陽臺，外推鐵三角窗，一前一後，一亮一暗，分別向著道路和對著鄰樓。鐵窗一推，便劫走樓棟之間最後一縷風。洗衣機在後頭，小而舊，攪動三天份單人衣物不成問題，只是我沒看懂洗衣精究竟倒哪，總是偷鑽漂白孔，邊倒邊道歉：我會再去確認的，這次先這樣。好多個這次。晾也是晾後頭，因為離房間近，開了窗就能確認衣服，一件不少，隨風搖曳。

陽光幾乎照不進來，但衣服還是能乾。從宿舍帶來的晾衣鏈毫無用武之地，只得尋個地方塞進去，關起來。扔不掉的東西總這樣，塞進去，關起來。也和丟了沒兩樣。

房裡有三道鎖，門閂、門鏈和門把，出了房就只有鑰匙反鎖。父親不安心，老嚷著要北上來多裝幾道，順便看看房間，然後住一晚。知道他是關心，但我不想和他共擠一床。習慣和誰同睡，就像倒時差，要用盡力氣去說服自己，眠夢裡從此有不一樣的聲音、觸感和氣息。再一次回到獨睡，就又是新的週期。

剛搬來失眠了好幾夜。之前在宿舍上鋪，躺單人薄床墊，卡在牆壁與鐵欄杆間，也這麼安安穩穩睡了兩年，我壓根沒想過自己會認床。不記得最後如何入眠的，大抵是被寂靜的空氣忽地回身一拳，躺著躺著就不省人事了。簾布和窗框間有點空隙，徹底失去意識之前，我從那裡捕捉到一絲天明。

「誰讓你這幾天都晚睡。」手機那頭的母親一語道破：「適應新環境多少需要時間。不然就把舊床墊先翻出來用。」

「床上疊床？認真？」

「總比睡不著好。」

我蹲在商品架前，右手轉動面前的高低瓶罐，反覆查看成分、價錢與功效。有噴管。無味。滅蟑不滅蟻。效力三個月。售價八十九。一條條讀過去，自動抓取關鍵字，腦中彈出浴室角落黑色觸鬚的畫面，身體一下子僵冷，有衝動抓起最貴的那罐丟入購物車。

車內大半空間讓與裝著電風扇的紙箱。連數日四點昏迷，七點滿身大汗睜眼，才驚覺我的床鋪位置之於冷氣路徑，猶如田徑賽的起點與終點，交疊卻遙遠，它喘著氣奔過大半地球，抵岸時已奄奄一息。

「多了這支應該會好很多。」我拍拍紙箱。

話題何時結束，仰賴心電感應。當母親嗯了聲，轉而問起冰箱，我聽到另一個話匣子喀答打開。她開始傾出關不住的設想，多菜多水果少肉少澱粉，煎炒悶煮蒸地瓜滾清湯，我連連應答，雙耳通風，只濾下願意聽的，篩入口袋。

獨自一人買東西很隨意，也很麻煩。隨意的是品項，麻煩的是價錢和數量。原先對朋友的警語提心吊膽（「用不完的毛巾、吃不完的餅乾……你的雜物會和空間一起膨脹，侵城掠地。」），逛一圈發現根本沒這回事。三天、十天、半個月，包裝上的有效日期加速了預知，被迫看見那串印碼所指向的房內風景——一個人，一張嘴，一台電腦，一張床。

它只會成為漫無止盡的時間上，一道不容忽視的刻印，像國小的我用鐵尺在美術墊沿割開好幾個三角形缺口，無聊時便摸摸它。我在這裡，小小的缺口說。

也沒什麼變化。

小小的秒針疾步如飛，分針散著步，時針是剛起床的我，連翻身都很痛苦，不知不覺卻也穿好了衣服出了門，站在一排冷藏櫃前，購物車裡放著熟悉的牛奶瓶和沒吃過的芋頭粿。

乘錯車，幾乎成了異地生活的固定劇碼。

忽覺站牌唱名不對，打開google地圖，藍點正背著目的地滑行，留下嘲弄的軌跡。等我重新坐上正確的班次、正確的方向，行駛不了多久，公車在泛黃站牌前搖搖晃晃煞止，學生們捲著複雜氣味湧進。我用腳勾牢大紙箱，購物袋提上置物區，為他們空出餘裕，最後是一只厚實的書包領了情。那男學生，書包的主人，睨來一眼，又低頭繼續滑社群軟體。

我莫名生出歉意。因為搭上了錯誤的車，在錯誤的時段出現在這裡，而成為了某些人的規律生活中，惱人的小變數。現在是五點多嗎？我下意識瞄手錶（猶豫許久，出門前還是戴上），仍是靜止的五點四十五，一天準兩次。

開始戴錶在小六，為了在鐘聲響完之前進教室，或算著秒格衝出校門。時間是一格格一截截的，過了放學時分便是快樂的曖昧，如切生日蛋糕，規矩的、畸形的、邊挖邊啃的，自取享用。只是吃多了撐，吃久了膩，每天都慶祝，就會慢慢忘記本來的用意。

啃著時間，像嚼食放了很久的鱈魚香絲。

下車時夕照迎面刺來，我瑟縮了下，肩上的購物袋如鬆脫的繃帶沙沙滑落。

起床，找東西吃，附近晃一晃或者寫寫東西，傍晚了，又找東西吃，繼續寫或者看部片，爬上床，失眠到凌晨。一日一日，單曲循環。

有一天晚上我突然不想回去了。

當時我踩著拖鞋，在路口從眾地等垃圾車（其實根本不曉得會停在哪），等來了還有些迷茫，因為放的音樂不是給愛麗絲。車尾壓縮勺內，充滿堆疊擠壓的腐果，紅通通一片，那景象很奇怪，像大家穿著制服一字排開，即使是同樣的殼子，你心知底下盡是截然不同的混亂。膜薄得要命，一戳就破。

輕輕地扔出垃圾袋，我輕輕地走到旁邊。人群被熟悉的聲音和光線引來，擠成一坨，等候時焦躁地捏抓袋子，啪沙啪沙，飛蟲的翅音一般。我們把自己的捨棄與殘餘、吞嚥和反芻綁起，扔進同一個地方，壓縮成同一種濃烈的紅色的厭惡。那瞬間我覺得胃好重，身軀好沉，像從頭到腳被巨大的釘子貫穿，深深扎入地裡。人群動得好慢。街燈扯著影子，口香糖一樣拉長，朝著回家的方向。

我試著抬腳，放下，抬起，再放下。彷彿在泳池裡轉彎，牛行般擠開阻力，踹著紋絲不動的秒針，拔離咬腳的人影。

啵地一聲，有什麼破了。我看見垃圾袋被壓破，湯汁逃了出來。步伐頓時鬆了。於是我感覺到現在得走，馬上，往前走，直直地走。像在迷宮裡摸著一堵牆，僅僅是跟著掌心下的觸感而行。

人行道的塊磚漸漸不平整，騎樓被機車佔據，燈光變得有點高，但還能牽住我的影子。一盞白燈泡下，有幾把塑膠靠椅，幾個叼著菸的人，胳膊泛著汗光，我離得遠，那些對話聽來是霧中嗡鳴。腳下的拖鞋並不適合走，更別說跑，磨平了的鞋底在陰雨天簡直像艘船。我不敢輕易轉彎，依然筆直地走，直至抵達另一條海岸線，一處我覺得適合上岸的地方。

那是座小公園。

切砌整齊的邊道，如島嶼周圍浮散的小礁。我踏上去，沿著它散步，打開手機的音樂庫，耳機塞入耳孔，此時此刻徹底成為了一名觀光客。晝間炎熱，儘管要帶著口罩，夜晚出來運動或快走的人仍不少，跑者攜風而過，喘息聲被音樂蓋過，腳步和情歌的尾音一同拉遠，縮成小小的光點。汽車呼嘯駛過，輪胎壓過紙片，房地產宣傳單的價碼上，又多了新的胎痕。

步道最後一段是陸橋，坡度不小，往下踏出一步像踩著風，倏地破開，沿著頰廓滾上來，掀捲鬢髮，吹開眼皮。無光處的顏色開始鮮明起來，帶有各自的氣息和足跡。

我想起睡在那間七坪套房的好幾個晚上，直逼窗前的鄰棟，毛玻璃後是另一戶人家，總在叫喊著，一些不會發生在我這層住戶的對話。這裡全是租客，彼此不曾亦無須照面，關了窗便是難以侵擾的結界，內外雙向。

房間封存空氣，鎖死了光，時間日漸稀薄，我在靜止的時區裡一點點流失言語，一點點窒息。

我用力吸取夜晚的空氣，流不進那個七坪套房的清爽夏夜。

「把中柱裝入底座時，放進去就好，很簡單。怕壓不緊，可以用腳掌輕輕踩進去……」

影片裡那人咬字粗獷，我依言取出底座。它初從塑膠保護套脫身，近乎無瑕，白得發光，我捧著中柱，溫柔嵌進形狀恰好的孔。小巧的馬達已然安於頂座，沉靜地居高臨下。

「……後保護網對準三點定位，記得，要對準才放得進去……」

旋開鎖環，調整扇網，要瞇起眼，學著鐘錶店敲挪指針的眼神。終於看懂是哪三孔，小心放上、推到底，壓著網子重新旋緊鎖環。接著依序安裝扇葉，鎖好，再扣上網蓋，喀答一聲，保護網穩穩合起。

插上插座，我以極不雅的姿勢攤在地上，確定風扇頭對著自己，腳趾踩下微風。它開始低鳴，彷彿用那長長的頸子調動地底的歌聲，喉音輕彈，洗滌一室生靈（主要是我）的難解冤悶。

母親傳訊問電風扇如何，我索性撥了電話過去，開了擴音，趴上床沿，對著通話畫面嘆一大口氣。「天堂。」

「還可以嗎？」

「妳聽。」把手機的收音孔對準風扇，「有聽到嗎？」

「……很吵？」

「明明就很安靜……啊，那大概是風聲。」我學著小時候靠近扇葉說話，聲音被急旋的塑膠片切碎。本想讓她也吹吹這珍貴的清風，看來注定只能獨享。

「舒服就好。」她下了結論：「這下子應該能好好睡了。」

「嗯。大概。」

「早點睡！」

「好啦。」

樓廈偷來的風依然吹不進屋，但我終於不再被涼意遺忘，能拍拍床鋪邀睡意共枕。一關燈房內便近乎全黑，除非有人去過後陽臺忘了關燈，光線便會穿透毛玻璃、飄入房間，歇在窗簾上。

某天晚上我望著簾上的光，突然抓住一些記憶。那是某個深夜，宿舍對床的室友在底下書桌趕報告，我在上面偷著她的燈，躲被窩滑手機看漫畫，一整本都滑完了她仍在奮戰。我蜷起身子面著牆睡，牆上映出幽幽光團，慘白中帶點藍又摻點綠，如牆孔中有靈體正匿著聲伺機而動。我猜是自己累了，看什麼都不對勁，於是閉眼，在室友咔咔咔打字聲中逐漸入夢。翌日晨起鬧鈴設好了，在上課前二十分鐘，打算只用十分鐘迅速洗漱，十分鐘走去教室。那時一向睡得很好，卻也從不遲到。住宿舍就有這些好處。

寢室天花板的兩臺吊扇夜夜照拂每一張床，白天則是有人的時候就開著，若從外頭透過門上的小縫窺去，電扇在旋轉表示裡面有人。嗡嗡直響。和新買的這臺有點像。

後陽臺的燈是誰開的？會不會有人去按熄它？開燈和關燈的人，我見過嗎？甚至不記得何時亮起的……對了，手錶，要去換顆電池……我盯著那窗光胡思亂想，想著想著，不知何時沉沉睡著了。後來我沒再捕捉過天明。

評審獎／陳柏宇
貓與奴

作者介紹

本來以為自己上輩子是狗。會吃真的骨頭（除了咬不碎的大骨頭）、吃蝦不剝殼、吃螃蟹用咬的，還有乳糖不耐喝乳製品會落屎。養了阿好後發現搞錯，貓也有那些特徵。狗才沒那麼78。

得獎感言

我喜歡汪曾祺。讀了他的東西會發現溫柔敦厚不只是一種選擇，還是一種天賦，寫著寫著發現自己沒有這種天賦。每個人有擅長和不擅長的事情，那不只是魚不會爬樹、猴子不會飛翔，還有王禎和不是李潼、太宰治不知道怎麼活下去、錢鍾書學不來楊絳、杜斯妥也夫斯基想不出短名字的人物。

貓與奴

在七月的第一個禮拜養了一隻貓。

我原來是狗派。

老家在二十年間養了四隻狗，彼得、南南、小黑，到現在的小黃。總覺得狗通人性，毛茸茸的頭湊上來，便會不由自主地伸出手摸，兩顆水汪汪眼睛盯著人時，就不自覺拿起食物往他們嘴巴去。狗聽得懂人話，不只是握手、趴下、等一下，聽到吃飯會跑到碗邊；聽到散步會自己蹦蹦跳跳地往家門口去；聽見洗澡的時候會縮成一團。還好狗不會玩抽鬼牌，不然他們會把鬼牌全部抽到手上，當對手抽到鬼牌時還會緊緊捏住。

多可愛。

但搞半天卻先養了貓。

他在六月底下大雨的晚上被發現。當時雨水從屋簷落下，密得窗外路燈像接觸不良，遮斷昏黃的影子，一閃一閃。

平常這個城市的夏天，雨大部分會和太陽在頭上出現，再和太陽一起隱沒在山的另一邊。只有在颱風時，雨才會淹沒太陽。

西北雨不會下整天。

不是颱風夜的晚上，一場慢了半天才下的的雨，嘩啦拉地打在屋頂，變成YouTube影片點閱率數百萬的白噪音。

突然，在雨聲和雨聲的中間穿插了幾聲喵。

「嘩啦拉嘩啦拉」。「喵」。「嘩啦拉」。「嘩啦拉嘩啦拉」。「喵」。「嘩啦拉嘩啦拉」。「嘩啦拉嘩啦拉」。「喵」。「嘩啦拉」。「嘩啦拉嘩啦拉」。「喵」。「嘩啦拉嘩啦拉」。

窗外的巷子常有貓在哀嚎，昏暗巷口堆疊的紙箱和雜物是火和貓的藏身處。下雨天時從喉嚨深處竄出的貓叫聲格外淒厲、淒涼、悽慘，一聲一聲從窗戶外傳來的「喵」，讓人忍不住去巷口探尋聲音的來源，足以讓洗好澡的人鑽出被團，踏出二十六度冷氣房，進入初夏黏膩的雨夜。

於是，就遇見了阿好。

從巷口進去，看見兩隻貓圍著一隻貓仔囝。貓仔囝佔據躲雨的屋簷。原來聽到淒厲的貓叫聲是在嚇人、叫人走開，不是在哀救命，叫得旁邊兩隻大貓只得淋著雨看著他。

毋通看貓無點。

他是一隻有著短短虬虬麒麟尾的白底虎斑。四腳穿著白襪子，腳底的肉球是純正的粉紅色，右前腳的虎斑從身體延伸到上肢刺成了半甲，看到他兩顆黃色的眼睛，才知道為什麼有人說貓的眼睛是玻璃彈珠，跟著太陽變化的黑色瞳孔就像每顆彈珠裡面不同的紋路。越細越接近中午，瞳孔佔滿眼珠，比f/1.4還大的光圈時就是晚上。

養寵物不是一件容易的事，或者說，養寵物集結了一大堆不容易的事情。

取名就是第一個難關。

自己養的第一隻貓，當然要慎重再慎重，考慮再考慮，不能隨便取名造成人一生的困擾。取名實在需要天分和運氣，否則父母算命排八字之後，小孩長大仍然在少子化的班級裡遇到了兩三個同名的人。於是，差不多三五年就會看見一次「菜市仔名」的新聞，身為其中一份子不禁同悲。究竟是大家的命盤都一樣，還是相命半仙的簿子都是同一本？

起先想半天，頭殼抱著燒。他是白底虎斑，叫くろ不夠黑，しろ不夠白，也不是はな的花。想著想著心一橫，反正貓裝可愛都是騙人，好像以前街上賣藥王祿仔先，頭上儘管不是王字是M字額，還是乾脆叫他王祿仔。可惜叫著叫著太繞口不順嘴，只得打消了這個詭異的念頭。也還好打消了，才有後來大家稱讚的好名字——「阿好」。

人不能在疲累和心情煩悶的時候做決定或思考，如果真的必須得想，就在廁所或浴室吧。腦袋突然出現的「好矣」就是在馬桶上得到的天啟，是和阿基米德泡澡測量王冠密度同等重大發現。「好矣！」就叫阿好！阿好是一個台北的名字，只有用北部腔的台語時，阿好才會也是阿虎。叫他時，他就分不清楚到底是可以還是不可以、好還是不好。

「阿好你啊」、「阿好袂使」、「阿好啊」。

取了名字就是好的開始，他又是阿好，多好的開始，心裡不禁冒出那句老話：「好的開始就是成功的一半」，只是忘記這句話事實上還沒成功。

養貓和大部分的事情一樣，無論計劃多周延，行事曆規劃得多周至，仍然要發生了問題才知道。人算不如天算，「千算萬算，毋值天一劃」。比如對於貓屎的臭味已經有心理準備，但沒想到會臭成這樣。

原來街貓的屎特別臭。街頭的動物看到什麼就吃什麼，能活下去就萬萬幸，都市是一座摧殘生命的叢林。於是，阿好的屎臭了好一陣子，直到現在如果他沒有用貓砂蓋屎，空氣中便會散發隱隱約約的臭味，沒有什麼入鮑魚之肆嗅覺疲勞這回事，臭味是薛西佛斯的石輪，在殺死鼻腔的細胞讓人以為迎來清香後，再墜落，荼毒新生的細胞。

養貓最大的問題其實就是貓本身。貓和狗的差異早有耳聞，狗可以教，如果有訓練，除了吉娃娃之外，每隻狗都是好狗狗。

貓就是貓。

養貓就像手機遊戲沒保底的抽卡，抽的時候只知道裡面ＳＳＲ，要等到不能跳過的動畫跑完後，才知道會不會抽中裡面最多的ＮＲ。養貓是轉扭蛋，打開的時候才知道究竟是一番賞還是安慰獎。然而，手遊可以一直抽，抽到ＳＳＲ為止，扭蛋轉到重複的還可以和人交換，養貓就是命，是貓選人，養到什麼樣的貓都是命。

在阿好來之前，尋親問友、在網路上找尋各式各樣養貓的資料。貓砂盆、飼料基本物品外，要注意罐頭不能用魚當底，鮪魚鮭魚都不可以，否則貓會挑嘴；飼料不能亂換，否則貓會拉肚子；溫度濕度和壓力都需要注意，當然還要打掃房間。臉書養貓社團還說，貓到新的地方會很緊張，最好要先把他關在籠子裡面，耐心地等到他出來為止。但阿好顯然沒什麼耐心，下午回到家裡，九點的垃圾車剛過就開始喵喵叫，一副想從籠子出來的樣子。當時心裡還想：「啊，一生皺折運氣不佳的我，是不是走了大運遇到傳說中的天使貓？」殊不知，阿好「咻」地鑽進了書櫃後面和牆壁之間的縫隙，那塊唯一沒有清理的地方。

原來，貓最擅長的是察覺人最不想要被知道的地方，有時候連自己都不知道有那樣的地方。

養貓開啟了我許多的第一次，比如搬進來後房間第一次那麼乾淨，或者，這輩子第一次得到那麼多關心。在學術語言中，主體的認同建立在與他者差異之上。換句話說，主體本身需要藉由他者的存在才能存在。阿好的出現似乎便有這種黑格爾式主奴辯證的意味，不過誰是主、誰是奴就未可知了。就如同小孩出生後，父母存在是建立在小孩身上，從此埋名成為小明爸爸、小華媽媽、阿好主人。但幸好，阿好很可愛，再怎麼也不會變成大人模樣。

剛收養阿好時，身旁的朋友都感受到新手主人的焦慮。

阿好從籠子出來後便躲在書櫃與牆壁的縫隙，要等到沒有人，才會聽見他窸窸窣窣鑽出來上廁所吃飯的聲音，於是兩個小時便出房門一次，留給阿好「個貓空間」。

一個禮拜後阿好才比較敢探出頭，但要假裝我是桌子的衍生物，是椅子是柱子，是一顆沒有呼吸不會痛的石頭。興致勃勃買的逗貓棒仍然掛在書櫃的角落獨自隨著為他開整天的冷氣風晃動。兩個禮拜總算可以用肉泥引誘他靠近，但也僅止於此。阿好是海裡的魚，任何輕微的震動都會讓他躲回自己的巢穴。

「你要想像自己是一隻貓，住在瑪利亞之牆內，人就是超大型巨人，有一個超大型巨人把你抓走關起來，你會不會怕？」第一次打預防針時醫生這樣說。聽起來真有道理，只希望阿好之後不會像漫畫劇情想要滅了他的主人。

「你要侵犯他的界線啦，讓他知道這樣也沒有關係。」第二次打預防針時醫生這樣說，「你可能太客氣了。」

「這是一個你不能侵犯界線的時代呀！」我心裡吶喊著。

於是，兩個月後，連醫生都覺得阿好的個性就是這樣了，「那麼久還不親人呀？每隻貓不一樣啦，也許可以用貓草或放鬆的保健食品給他吃，但效果都有限。」醫生啊，你不知道沒說出口的話最最讓人擔心嗎？連醫生都覺得是個性使然的冷漠時，讓人感覺像電視劇裡頭被叛逆期小孩討厭的父母，看不見盡頭的無期徒刑更甚煎熬。

有時候付出不只得不到回報，還得不到回應。

阿母總說：「狗有情，貓無義」。

從有記憶起，就看著阿母為家裡大小事情奔波，不只是「我們家」，還有阿媽、阿舅、大姨、三姨、表舅、嬸嬸、姨媽、舅公、沒血緣關係的鄰居，都有阿母的事情。去後車頭，明明自己只要買一個裝醃菜的小玻璃瓶，就要問姑婆有沒有要買衣服？買到大包小包擠公車。去大賣場只買洗衣精，還會問舅公要不要買酒？要不要買四姨媽愛吃的菜脯餅？要不要替大表姨得癌症的兒子買牛肉補身體？想到老家旁邊巷子的阿婆膝蓋好像不舒服，順手買了葡萄糖胺液。最後，沒問到的人、沒接到電話的人也全買了，整台手推車塞得滿滿滿。

小時候實在是不懂阿母做這個做那個到底是為了什麼？要得到什麼？

「這哪有啥？感情就是按呢有來有往，食人一口無講一定愛還人一斗，上無後改有通食的時愛想著人。」阿母邊說邊疊著替人買的四條衛生紙。

「恁阿媽過身進前有講，叫我愛親像桶箍仝款，共逐家箍起來。」

阿母身上有一種虛無縹緲感情。

這麼說有些不倫不類，但養阿好之後，可以幽微地理解這種虛無飄渺的感情。對家人對朋友來說或許是愛，但說是愛反倒顯得廉價，那是真心不求回報的付出，有些像狗，或許這也是阿母儘管不喜歡養寵物，家裡仍然來來回回養了四隻狗的原因。阿母不喜歡養寵物，因為不喜歡養狗最終分離的感覺。養寵物時，知道總有一天會離去的感覺尤其強烈，而養狗更深刻。狗直到最後一刻，看著他的眼睛逐漸渙散無法聚焦，依然能感覺到蘊含其中的熾熱，直到失去光芒。

貓和狗不一樣。狗是燠熱的火山，燃燒至殆盡；狗是液體，會用自己的生命填滿各式各樣的空缺。而貓呢？會讓人察覺到隱藏最深的，沒察覺的部份，比如書櫃和牆壁的夾縫，貓是鏡子，用黑暗反射黑暗，光芒反射光芒，是用空盪回應呼喊的山谷。

貓仍然是宇宙的邊界，是人類追求已知的未知。乾隆從來都只罵和珅是狗奴才，說不定養心殿內正有一隻慵懶的貓躺在榻上，等著睥睨下朝的弘曆。

評審獎／葉映禎
哭喪

作者介紹

葉映禎，筆名莫格扉。高雄左營人。

現就讀於臺師大物理學系、國文系學士班，法文在學中。曾任噴泉詩社副社長。現以現代詩、散文創作為主。作品曾獲二〇二〇打狗鳳邑文學獎，會持續做文學藝術的學徒，但其實有一部份的自己最想成為天文物理學家。

得獎感言

印象中有人說「哭」字曾經是四張嘴，「哭喪」兩個字合在一起看，管他四張嘴六張嘴，總沒有一張嘴是用來哭。「哭喪」是孩子的幻滅，幻滅本身就是場悲劇。悲劇有兩種，一種你正在參與，一種你正在旁觀。前者相對於後者幸福。

哭喪

外曾祖父出殯的那天，可以用來哭的都被遮雨棚上的雨給帶走了。

移柩前，法師要家屬們繞著棺木走啊走，小姑婆在哭、大姑婆在哭、外公也在哭。「裡頭裝著的會有我的竹蜻蜓嗎？」我小力地扯了媽媽的衣角。「那是阿祖做給我的。」繞棺結束。大家都哭累了，會喘，二叔公接著繼續哭。

在我十歲那年，外曾祖父躺完了只屬於他自己的最後一個夏天。

「你愛哭愛綴路」，小時候總喜歡趴在外曾祖父的腿上讓他幫我拍去積塞於臟腑內的清痰。「汝咳咳嗽，咳咳嗽。」我將橫膈抵在外曾祖父的膝上，當我說出「沒有」兩個字的時候總算是把積痰抖了出來。外曾祖父唯一不讓我跟的就是他在門前抽菸的時候，媽曾提醒過他，我是個「歹喘」的小孩，原因在於她認為她沒有生給我一副好的支氣管。「你去柑仔店陳桑遐幫我買一包菸，講郭桑伊就知影。」外曾祖父總得想盡各種辦法將我支開，然後從口袋掏出一根長壽七號，向天空借氣，再向天空賒氣。至於買完長壽七號所剩下來的那些零錢，最後都會變成乖乖桶裡的各色彈珠。

爸的銀灰色廂型車在外曾祖父的家門前熄火。紗門開得大大的，透過車窗望進室內，所有事物頓時化作緻密的黑點，什麼都沒有。鄰居們陸續將頭探了出來，他們將雙手背在腰間，他們議論，他們也傷感。「阿祖呢，」我坐在後座試著把脖子伸到最長。

小姑婆、大姑婆和小叔公已經在靈堂的會場奔波了好些時間。治喪人員也陸續抵達，交代未來一周每日必經的課表。和爸媽到達會場時，守夜的棚子正要搭立，三兩桌麻將桌在一旁候著，將桌子立起後，適合在上頭擺放金紙蓮花。我曾經看過巧手的姑姑在曾祖父死後的第七天獨自完成一個熔爐的量，那些金紙蓮花與雕巧的紙別墅最後都會一同消逝在烈火之後。

外曾祖父的名姓在靈堂外的棚子上被掛好，一條水泥地劃分兩排靈堂，對面也有人在服喪，他們看著我們，而我也不放棄偷窺，看有人枯坐在罐頭塔旁，腿上擺了一朵蓮花。中午過後，陸續來了外曾祖母先前在佛光山結識的師兄師姐。通常是這樣——跟著誦經機的節奏為死者助念。

一艘遠洋渡輪無心壓過水平面。

外曾祖父的遺體因風而顯得曖昧，媽和外曾祖母在我左右兩側只剩下含糊的聲音。師姐向她們交代要讓外曾祖父好離去，所以助念要像眾鳥劃過天空，沒有半點痕跡留下。但我幾乎聽不見「阿彌陀佛」四個字，失蹄的聲線在烈日下磨牙、拋光。

跪完一個下午，傍晚才總算有人來替外曾祖父換上入棺前的衣裳、鞋以及小帽。「閣看伊一擺，想伊在生時陣的形模。」一蓋棺前，法師要家屬在外曾祖父的棺木旁圍一圈，他要我們看，且在外曾祖父的額上比劃一番後終於停止。他要我們認真地注視他手勢最後停下的落處。

當時的我不懂為什麼要如此嚴肅地看一個人，像要把他看空似的。

即便後來明白了。

那時是七月，午後總有雷陣雨。在抵達靈堂之前會先經過磅空，而出了磅空之後的右前方似乎又是另一個世界，像外曾祖父家那扇若有似無的門。我將媽抱緊，雨已經愈來愈急了，眼前的霧氣及雨水將要掀入安全帽的擋板，媽意識到後便開始降下車速，因為下一秒我們將陷入瞬間的黑。我再次將媽緊抱。

「我可不可以不去，」媽似乎沒有聽見，這些能聽見的聲音連同路上所有的車輛盡被雨滴擊落在鐵皮上。

第二天，靈堂外陸續有人搬來花圈。黃菊花、白菊花被編成同心圓，再來是罐頭塔。所謂罐頭塔無非是由一些雜糧、零嘴、罐頭和利樂包所堆建起來，最後再用膠帶、封膜圈捆成現在這體面的樣子。我仔細點數裡頭那些紅的、綠的、黃的包裝，再想了想「罐頭塔」這三個字。由水泥地表竄升而來的寒氣突然侵入背脊，貫穿頭頂。封裝在罐頭塔裡的零嘴有些是我愛吃的，曾經有幾個夏天，媽讓我拿著外曾祖父給的幾十塊零錢去巷尾的柑仔店買回了彈珠汽水，還有當時怎麼吃都不厭煩的五香乖乖。是在那天之後，我不再能對它心動。

外曾祖父的家中有一扇被白漆封住的門，正對著它的是通往四樓的樓梯。外曾祖母在一旁放置了張木椅，有時洗好澡後她會坐在那張木椅上將頭髮吹乾；有時，拿起一串佛珠，大拇指流利地數過每一顆魚目似的珠子，念著我聽不懂的字詞。後來我也學會在那張木椅上吹起了頭髮，只是幾年過去，眼前的門就像這棟祖厝的啞兒，曾經，我拿起了門旁的掃把將它朝門的正中心往死裡捅，這樣嘗試過幾回後，才終於讀懂外曾祖母眼神裡的那扇門。「彼拍抉開。」外曾祖母的佛珠還掛在虎口，我以為這句話也是經文的一部份。

不只這扇門，二樓的花圃也有個類似的意象。陽台與陽台原先是打通的，後來乾脆放一排同季花種，值花季時，兩戶人家被花實隔開；過了花季，留下些許空虛的盆栽作為一種暗示。我時常被媽叮囑不要跨到別人家裡頭。

有時，我會因為洗衣機的傾軋聲而結束一場早夭的午覺，同一時段，外曾祖父會把髒衣褲送到杵在陽台間的洗衣機，三十分鐘的洗淨程序，拖著一張椅子他便坐到了花圃旁，偶爾也帶上花木剪，像平時我們修剪指甲那樣修裁植株的節外生枝，可以說，從我身高的視角看過去，陽台所延伸出去的是一條無止盡的長廊，是孿生兄弟，彼此緊鄰著。

下午要帶領眾人誦經的法師已在一旁就緒，五分鐘前他剛換好道袍，現在手上多了搖鈴與看起來像桃木劍的法器。大姑婆、小姑婆和媽虔誠地接過法師發下的一本薄簿子，媽說這是經文，每個人在這個當下都得打開它，並且按照油墨輾壓在白紙上的文字，一字一句，沒有僥倖地念完一遍、二遍、三遍……。我試圖理解那些文字拼湊而成的意義，但在無形的淒切裡，意思都一樣。接著我便看見成千上萬的硬筆字翻飛於我眼前，像激流，沖刷搖鈴聲而過。

第三天，媽開始教我摺蓮花。等陽光豔了些之後，幾日前雷雨駐紮的水坑逐漸恢復成原本那不平整的水泥地面，但同時熱氣蒸騰，乾溼齊驅，比南風掃過的日子還難受。完成一只蓮花後我撇頭問媽待會是否還像昨天以及再昨天那樣要跪地誦讀誰也讀不懂的經文，她「嗯」了一聲，沒有想讓我明白誦讀經文的原意。也是好久以後才曉得，那原來是心經、地藏經、藥師寶懺和金剛經，以及更多。

祖厝隔壁的住家是王叔叔一家人，印象中是在我五歲左右他們才搬進去的。那裡原本是間空屋，磚與水泥擱置在廊下，隨時要動工的樣子。以前媽和外曾祖母在廚房料理三餐的時候我會跑到隔壁的空屋獨自玩著外曾祖父做給我的竹蜻蜓，偶爾等茶涼的空檔，他會拉開紗門看我在玩些什麼，順道看看他栽植在門前的含笑花長得如何了。直到某天，王叔叔第一次來看屋，那次我被媽驅趕到二樓的陽台，要我別打擾王叔叔。之後的幾年，隔壁的空屋從裝潢到王叔叔一家入住，慢慢地我也不再感到有疑。他們和我們成為了鄰居，原來已經十多年。

一日，外曾祖父在門口邊抽菸邊修剪著含笑花上的雜枝，那次從他嘴裡及鼻腔綿延而出的煙長跟以往有些不同，似乎是更古老，且更遠。吸一頭大象吐一整座動物園。

「你閣轉來欲創啥？」外曾祖父皺眉瞪著外公。外公的右手牽著一個和我年紀相當的女孩。

「姐仔講你著癌，敢有要緊？」

「死死較快活。」外曾祖父把夾在指縫的半支菸踩熄後扔進水溝。

「我聽媽講對面彼間樓仔厝嘛欲提去賣，咱的負債益閣賭偌濟？」

「了然。」

鐵捲門把白天擋在外頭，也把「爸」反射回燒燙的地面。

傳統的喪葬禮俗上，還有另一種哭法叫孝女白琴。抵達會場後，他們會先上妝、換上一套白服，在你還沒準備好時搶先將世界升了好幾個半調，接著，他們將一一跪跌在地上，唱詞還繼續著，然後緩緩，用手指的力量將他們支撐起並且順利爬到一合適的位置，繼續在哭聲中完成口中的調子。

他們每個下午都會準時出現，誦讀完藥師寶懺後，幾個白白淨淨的大姐姐姍姍來到，也跟我們一樣，遇到大熱天時會掏出隨身包裡的面紙，拭掉額頭的汗滴。是什麼樣的一個時間點讓他們得以開始哭喪的節奏。我摸不透。而總在瞬間，被一張張比哭聲更為生硬的妝容，啟蒙。

「恁拍算按怎分？」做頭七的那晚，二叔公把摺了一半的金紙蓮花甩進紙箱，外公與二叔公的臉色都不好。「阿公生氣了，」媽板著一張臉要我在一旁安靜寫作業，「囡仔人有耳無嘴。」我便拉了一張板凳在外曾祖母身旁坐好，看她素淨的手摺著蓮花。當下，一種按耐不住的咳意正準備淹上我的喉頭，正要像往常那樣把咳聲往心底挫入時，想起外曾祖父在過世前半年也是不停地咳，但總有一口氣還在口中吐納。「阿祖也會把咳嗽憋住嗎？」不知怎麼的，我像要把內臟都咳出來似的大聲地咳，使勁地咳。

「妹仔你要緊大漢，按呢你的咳咳嗽才會好！」外公蹲在我的面前摸了我的頭，媽看我紅了眼眶之後便在一旁用眼神示意我：「哭啥？」

外曾祖父從不會要我「緊大漢」。

斜對角的靈堂又有陌生的名姓被掛上，他們甚至比我們沉默。那晚的星子在夜空竊喜。我和外曾祖父則在不同的時空下眨著各自好看的眼。

最後一次進到磅空是在爸的車上，沿著覆鼎金圳，途中也遇上一、兩群送行的隊伍，有嗩吶，有搖鈴，還有一張張帶有哭聲的臉。

祖厝三樓的那扇密門，假如打得開，會是王叔叔的家嗎？

外曾祖父過世後，二樓陽台的花圃漸漸地，也被時間夷為平地，那裡還是有洗衣機，有衣桿，只是當年看似無盡的長廊如今已蜷縮成一匹垂老的獸，不再有角，也不再擁有幫凶。

出殯前，眾人在公祭時都哭得悽慘，小姑婆也哭、外公也哭，二叔公也哭。「爸，爸」看著大家哭天搶地的模樣我也想哭，像幾日前剛認識「罐頭塔」這個新名詞的當下。「愛哭愛跟路。」這回我再也跟不上了，所以也不能愛哭。

「子孫有有孝無？」

「有喔」

「有乎阿爸阿公穿好食好無？」

「有喔」

「有乎阿爸阿公無煩無惱無？」

「有喔」

「有喔。」

最後一次的「有喔」是極其微弱的回音，會場外的雷陣雨愈下愈急，眾人賣力回覆法師的問題，而所有解答幾乎被水滴吸收，惟剎那的反射成為我曾聽見的那樣。

「你有錢飼細姨，無錢還債，這馬閣替人飼查某孫。」外曾祖父要將鐵捲門拉下的前一刻是這麼對外公說的。

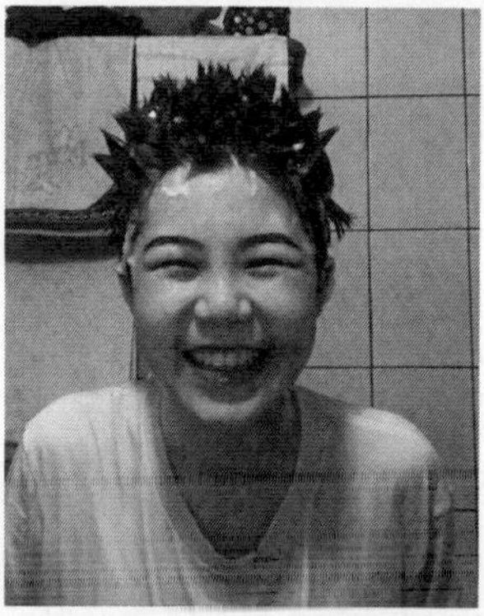

佳作／邱珮綺
浸水的記憶

作者介紹

最喜歡的食物是不去邊花生吐司！

得獎感言

第一次嘗試投稿文學獎，說沒有期待得獎一定是騙人的。

非常感謝決審過程中言叔夏、黃麗群、房慧真等三位評審老師所給予的肯定與建議！

再次感謝過程中所有評審老師的肯定與指教，也謝謝勇敢嘗試的自己。

浸水的記憶

1

那天迎來當年夏天最熱的一日，待在沒有安裝冷氣的客廳裡汗水止不住地從背上、後頸、腋下、額頭冒出，躺在大理石地板上盼著體內的熱度都被帶走。午後斜陽直直落入凡間，在家中落地窗前那樣地降臨，你用薄紗質料的窗簾委婉地拒絕，但它仍狡猾地從縫隙裡溜進窗內，那束光直指向客廳的神桌，神桌桌邊的雕花紋路受明暗變化活了起來，雕紋設計所使用的元素同貝類底層的珍珠層，隨著光線折射角度不同而透現不同的色澤，使你的眼神無法離開。

不確定歇了多久，太陽又更沉了一些，向外望去整個天色與城市街道相融為一體，路口的天色稍稍被暈染上橙黃的色澤，街燈與家燈一盞一盞亮起，如同汽水的氣泡一點一點，相爭著沿著摩天大樓一層一層攀上去。你啪地一聲坐起，開始褪去上衣、解開內衣扣，卸下你總是抱怨穿著極不舒適的鋼圈內衣，接著又站起脫下短褲，單腳站立的姿勢像紅鶴。修長、優雅、高傲。手托著胸，你走進浴室換上連身泳衣，重新將沿路脫下的衣物又一件一件穿回。

「我出門去運動中心一下。」留下一句話任其在玄關迴盪、消散。

你喜歡仰式，因為可以看見泳池掛的彩旗，若在露天泳池更可以直接望見天空。天空與泳池的藍相互映照，像在無限延伸的鏡面世界裡暢遊。其次才是自由式，你喜歡默默地和隔壁水道的陌生人競賽，無論對方男女老少，你總是不喜歡輸的感覺。你也愛海，總嚷嚷著要去墾丁衝浪、到綠島考潛水證照、體驗SUP立槳種種的水上活動；其實單單坐在海濱吹著海風，聞海水的鹹味，聽著規律的浪潮聲就使你有動力與勇氣再多過一日、一週、一個月。

那麼喜歡水的你卻唯獨討厭水上樂園。

浪打過來，一波接著一波。像鞋帶鬆了再繫緊；繫得再緊，終究還是會鬆。更像酷暑那天薰風吹動薄紗窗簾在你眼裡映下的波紋。你在人造浪池末端的淺灘區，抓著父親帶著自然捲的瀏海，跨坐在他肩上，雙手手臂上套了迪士尼海洋主題的浮圈；他一手扶住你的腿，另一手替你拿著西瓜造型的游泳圈。他帶你朝浪池中央走去。

2

你和母親在客廳享受悠閒無所事事的初秋午後，你看著電視裡播的卡通（正播著海底總動員），她翻著玻璃櫥窗裡的家庭相簿，說：「天那麼晴，萬里無雲，我們來去頂樓曬棉被吧。」話音一落轉身便走向房間抱起團團的棉被，你被吩咐著關掉電視，也走向房間抓起床上的毯子和床頭上的海龜布偶。那時你想天那麼藍，像海一樣，說不定海龜看了也會以為自己在海上、也會想家。沒想過有一天你也會離家。

好快地十年匆匆走過。

上大學後離了家，返家時必定會悄悄地去翻家庭相簿，想看那天究竟在相簿中看見了什麼。你找到一系列在大樓屋頂拍的相片，裡頭有母親。母親的身影一下出現在鏡頭前，一下又隱沒於被褥、涼毯（只露出兩截白皙的小腿）。他拍母親或站或坐，你覺得母親長頭髮時美極了，想不明白為何要把它剪短。母親雙手環抱著曲起的雙腿蹲踞在地，四十五度角望向日將落的天色，弦月從淡薄的雲層中現身。你感覺到母親眼裡的快樂，眼神裡的光像海面的波光粼粼。

你打開電視，心不在焉。從民視開始，接著是台視、中視、華視、公視，沒有一刻畫面能夠吸引你的目光再多停留一秒；頻道數字漸漸增加，從國家地理頻道，到Discovery、TLC旅遊生活頻道、動物星球頻道，你還是沒有為這些節目駐足，又繼續向前。迪士尼頻道，你一眼就認出現在正播出的節目是什麼（透過以橘色為底，襯上黑白相間條紋的兩隻小丑魚），節目才剛開始，到底是沒再繼續看下去。你從來沒忘記過劇情，也知道那些給孩子看的卡通與動畫終究以美好結局告終。

突然你想起幼時跟著母親到頂樓曬棉被的那日初秋午後，腦中的幻燈片接續著播，你穿著當時最喜歡的條紋連身裙，髮型是你向母親央求替你紮的雙馬尾三股辮。頂樓風大，吹得被褥發出類似於鳥類振翅般的聲音（只是更沉重厚實），啪搭啪搭啪搭；風從四處朝你襲來，從裙底灌入，母親擔心你朝你望去，只見你像半身長在倒扣的咖啡杯上的卡通人物，兩人相視，開始格格笑起來。母親擔心你走光，比手劃腳示意你將裙襬壓好，你卻一心只怕好不容易求來的造型編髮被風撥亂了，雙手緊握住兩條垂及腰際的長辮。

天色漸漸暗了，原本的無雲晴空慢慢被團塊團塊的白色拼圖填滿，天空的顏色也由藍轉橘，由色環的一端走一百八十度到了正對面的色相位置上，對比。母親喊你幫忙收下架上的被褥、毯子、枕頭套，你一件件抓進懷裡，將頭埋進那團盛滿太陽氣味的柔軟布料，心滿意足。你朝鐵門望去，只見母親佇立門前，手不停扯著門上的拉環。你們誰也沒注意到方才的一陣強風將鐵門給牢牢扣住，鎖上了。

母親慌了起來，她竟忘了帶手機。初秋的夜晚涼意漸起，你興奮地以為今晚可以在頂樓露營，抱著團團布料乘著風在頂樓天台又跑又跳，恐懼闖入只消一瞬，你被垂落的棉被絆倒跌向地上，摔地慘慘。身體兩處染地通紅。膝蓋處被狠狠磨下一層薄皮，血液滲出染濕裙子；淚水從眼眶汩汩流出，哭得用力紅了雙眼，暈染眼周和鼻頭。兩人開始朝著鐵門邊拍打邊大喊（有人在嗎有人在嗎？）卻始終無人回應，只有風仍不停地吹。

不曉得過了有多久，天空已被墨色染遍，星辰月亮開始值班。你們兩人蜷在一起，用棉被、毯子抵禦猖狂的恐懼與風。忽然一束光打入漆黑之中，一道人形剪影從光源走出。

你想起他也曾扮演過英雄，你的英雄。

3

你從泳池起身上岸，脫下泳帽後盤起的髮都散了，你細細感覺每一滴滑下的水珠。你呆坐在岸邊許久，愣愣地看水道裡的男女童叟一趟一趟來去，靜聽水花以不同的頻率和節奏一處又另一處頻頻濺起。水珠沿髮際從兩頰流下，長及腰際的頭髮沾了水後好沉好沉，緊緊貼牢你的頸項與後背。

回住處的路上經過路口的家庭理髮廳剪了一頭好俐落的短髮。你走進一人式的自助快照亭，跟著指示三兩下的介面操作，不過三五分鐘的時間，照片即從外側的鐵口滑出。順路又到鄰近的便利商店隨意打點今晚的餐食。

上回返家你找到另一組照片，是某年去水上樂園的照片，哭得唏哩嘩啦整張臉看起來像要融化，發現原來母親那時候已是短髮了，蹲在你身旁摟住你小小圓圓的肩，表情竟是哭笑不得，雙眼擠壓陷成新月。你淚眼婆娑指向鏡頭後的父親，手臂上的浮圈只剩一隻，西瓜泳圈也不見蹤影。那天起你沒再找過那兩件遺失的童年回憶，逛商場也不再走向陳設游泳輔具的花車與櫃位。也再沒去過水上樂園，拒絕再去。

幼時的你與水上樂園、年輕時的母親與屋頂；你抽起兩張照片帶回住處，把兩張相片並列一起貼在書桌前，一旁又釘上方才拍的大頭照，即闔眼倒往後方的床鋪。散開的髮在腦袋瓜下開成一朵烏亮的花，你伸手摸了摸，還有點不習慣這份重量，也尚不適應身子下少去一層細散而廣薄的網。翻身尋找方才隨意丟向床邊的手機並點開YouTube，海底總動員的電影原聲帶，音量調至最大。你抵著床沿起身，走向廚房把微波便當倒入盤中、放進電鍋，再倒點水進外鍋便壓下開關，剩下的只有等待。你升起房內的百葉窗，看寧靜的住宅區街燈熠熠光輝，與黯藍夜幕的點點星辰共築一幅內斂的、宛如海底棲息的夏日晚景。你仰身又躺回床上，憶起那些曾經映入眼裡的粼粼水面。

佳作／黃心怡
吞火北城

作者介紹

高雄人（糟糕還是台北人？），屬麻雀，最近的興趣是吃。

上面寫得像徵友文但目前因台北失去愛人能力，唯一愛的只有像梁實秋那樣大喊：「我愛動物。」另外就是薛丁格的想家症候群。

作品散見於電腦資料夾和回收桶。

得獎感言

對不起，那些讀到此文的女一舍五樓住民，如果你們曾在曬衣間看到瘋狂滴水的衣服，並在此刻發現肇事者，請原諒我真的花了一個月意識到脫水機跟薛丁格或復仇台北或思鄉情節都沒有關係，只是要左推鎖上而已。

不發生一些事情、不把錢包鎖起來、不巧遇動物，就無法寫出散文的人，會先遭來橫禍或失去寫作呢？（好想學會寫詩）

吞火北城

忘記是怎麼開始的。

在森林裡溯溪而上，兩條水蛇，兩方部落瀑布下的較勁。身後族人若隱若現，身前的路都像踽踽獨行。來處和去處重疊，又似相隔數里，我踩上過大的石頭，迴身，比賽結束的哨音沒有聲音，卻帶來喜悅顫慄如魚藤毒魚。那是一種勝利或解脫嗎？長老將我肩胛擒住，右手高舉太陽，面色嚴肅，將明亮得模糊的火球推入我口中，直到視線腫脹、直到吞嚥。

這是違反規則的懲罰，驚醒的剎那腦中只抓握到這個念頭，其餘都風箏線似的飄走。喉嚨一陣灼燒，應該發炎了。摸黑吞下止痛藥，睡前翻閱的第一份大學作業——關於原住民的文獻——還攤在桌上。我一邊比對現實裡有什麼該被懲罰的錯，一邊想著明早就要上台北。

臨走前，沒有風的日頭下「注意保暖」是南國送別的語言，像夏蟲指認冰霜的方式：「聽說十月北方就會轉冷⋯⋯」

體感溫度十六度，體感時差一個月，十一月底是高雄變天的開端，從地球和太陽還沒在頭腦裡偏轉的年紀，我與換季的衣服就記住過完母親生日是轉冷的時節，自動拿出覆有藍色絨毛的小外套包裹一整個冬天。

獲贈第二件外套時，第一次的畢業旅行和台北等著。去哪些地方不曾記得，回憶只映出一群小學生坐在遊覽車裡等待郊區的合菜餐廳開張，車窗起霧，長出許多濕潤的透明笑臉，在黑暗中和所有冷得怪叫的小孩一起歪斜。後來有個極地展來到高雄，我在俗濫色光打造的冰雕和冰屋裡穿著羽絨外套，驕傲地分享台北是比極地更冷的地方。

結果極地也開始變暖。我為社團、學校、成果發表陸續北上，依舊都在冬日。像是水土不服或詛咒，首夜每每頭痛，閉著眼躺在不同張陌生的床上，感知身體的每個部位都能劃分為更小，像是香港大樓的窗，或複式顯微鏡的旋鈕，腦部切片分盤成刺蝟的腦、永動儀的腦、重低音響的腦……深陷霓虹熱與鐵物冷的城市腹中，每一分鐘都正被溶解，直到止痛藥效發揮，外來的身體才重新析出，組回不完全一樣的人形。

學測前，一次窩在高雄文學館的辦公室黑沙發裡，和辦公椅上旋轉過來的F編、幾天後戴著白手套復原古文獻的朋友菜菜聊著志願和未來一類。原話難以還原，約略是開展於幾題問答：喜歡產製、閱讀、還是整理轉譯？我像點餐的人一樣選了最後一個。這樣還要中文系嗎？我重複確認訂單，備註也想去很現代文學的地方。那這樣除了台北，東華和成大也可以考慮一下。我回想華茵的綠地與古磚的氣味，說台北是冷的。

最後還是放棄點單，去無菜單料理等著不具名的未知送來。

都市傳說一般，八〇年代以降的期待。在未知之前的文學館角落，聽作家分享東華是閉鎖的，寫的狀態；台北則是開放的，藝文刺激恍若或難料或循環的土撥鼠節。書裡看過高雄火中興衰的大統百貨與新崛江一帶，焦黑過後下一章是帶有濕氣的地洞，台北神秘的溫羅汀三角洲，那些書店反叛地裝置城市、鋪好草皮圍繞篝火唱祖靈與傳說的歌、讓性突破禁忌攤放公眾市集……彷彿沒有土撥鼠影子的孟春。

掘開未知還是到了台北，顛倒錯亂乍寒還暖的季秋，我有了被許多人進入過的床、書桌、衣櫃。鎖買太粗，出門前我只能把筆電鎖在衣櫃而非抽屜。一次宿舍沒人而我需要洗澡，把筆電和錢包一併鎖入後，才意識到鎖的鑰匙放在錢包裡，錢包被衣櫃保護著。我把重要之物交付於它，避免不具名的偷竊，但現在它只自顧自地吞食。我想起沒有身分和性別的孩子，以及外套的荷蘭語是賈絲。外套鎖在裡面，明天會變冷，而我哪裡都還沒去。

從宿舍到學校鑿嵌著一條地下道，校地與校地之間也有，通勤時刻疏導老鼠式的移動，灰色地踩著前方的尾巴不致迷路，間雜幾個迴身、幾塊起司和野貓般的時針。深夜踩入是艾雪畫中的反轉樓梯，視覺和鬼魂一樣真實，前方和後方始於同一個點，走出去的訣竅是放慢腳步，讓影子覆蓋樓梯的每一面，直到被黑暗吞噬。

記憶走過的地下道都在公館一帶，我和不同時期的朋友踩入那些雜糅而無法合一的氣味、色塊，看著像燈的人與像人的地下燈，試圖渡過迷路，但最後走出來的往往只剩我一個，也數度懷疑，我才是走丟的人。

那是另一種和F編描述的冷，大海和鐵塊的熱平衡。我在台北丟失了非常多顆他人的心臟，有時候回到高雄會自動回歸彷若無事，有些則永遠遺落於地下迷宮。

就這樣陸續張貼多張尋人啟事，混雜於地下道的出租廣告，備註找到了也請不要聯繫我……難得寄送回來的單子就裱框在日記裡，感受紙張撕下後獨有的毛邊。一張是阿德勒的，我們在晚上聊《被討厭的勇氣》之前被出遊同行的人討厭了，我執著那不是長期的厭惡，而是台北席捲來的惡意，所以同行被越捲越遠，脫離這道暗流的方式唯有無視這個時空的現實，直到回到高雄。但她堅持的是討厭而不是台北，最後我們進行被動的交換，她以第二人稱將討厭過渡給我，我則以躍出水面的浪花讓台北鯨吞她。另一張是團體照，為社團而來的時候。故事大致雷同，所有舒適融化的都凍結成問題，起床時刻、工作時程表、帳戶餘額、誰和誰之間不明說的排斥……過快的公車上我不斷被甩向另一邊。不能喧嘩飲食，所以我只是以骨折之姿等著到站回家。

「你害怕的是台北改變了你們，但它會不會只是讓事物現出原貌？」F編面前我僵直在黑沙發上，不敢承認屍體的國度可能都是活人。

從抵達日算起，正好是頭七的日子，台北的秋氣紛紛凝結成雨。我沒有打電話回家，也許是對這樣的日子也無法靈體一樣地說「我回來了」感到……還沒想到就失去了感官能力，成為睡眠的幽靈。夢中真的回到家裡，父親生了重病對毛屑過敏，我打開大門讓寵物文鳥飛離，轉頭對緊張的家人說沒事的，這只是夢而已，因為我不會在家。

已經回過家的室友說，回去了才開始想家；沒有回家的朋友說現在看到曾在高中校土的大笨鳥就會想哭。為什麼呢？還是沒有問出口，也許怕答案和其他都是虛構的，「高雄」的音節也是。來時剛走出古亭站，彷彿自相當遙遠的地下道北漂浮上台北，空氣怪異，像被遺忘而不斷烘烤的衣服，壓抑絕望窒息。下一階段應是死亡，沒有多久鼻腔和步伐就同化成新的世界該有的模樣，和著濕土。

用手握住脖子擰乾，衣服殘留碎片狀的雨水，交由脫水機拆穿入腹，卻原封將水患吐出，每次看著它們滴水總想到古詩裡流淚沾襟的遊子，和最近讀到需要墊大量衛生紙吸收的屍水。我撥動旋鈕，想像切換秒數能切換季節，卻總是只有積水的秋日。非常不解的第十四天，偷偷在運轉中微開上蓋瞄一眼，脫水機看來彷彿靜止，一旁說明貼紙寫著「上蓋板須上鎖關閉後才能使用」，所以闔上蓋子就會旋轉和思念了嗎？又是薛丁格才知道的事情，而他、衣服和我都已在深淵慢速腐爛。

經過公園的時候，路燈下回收老翁猛力敲打一台和他孫女（如果有的話）一樣高的機器，看著機器剩餘的外殼像宿舍脫水機。幼稚地想著幫我復仇吧，多日的陰鬱似乎能稍稍緩解。

凝視老翁的時候，旁邊草地上的大笨鳥也在凝視我。我走近，牠剛從軟爛的地道中找到晚餐，卻在扯拉出蚯蚓時呈僵持局面，以蚯蚓為繩和埋藏地下的太陽拔河。既視感似的，我想起那個夢境，如果無法回家是懲罰，犯下的錯是離家，還是不想家？雨又下了起來，大笨鳥踉蹌兩步終於啣出太陽。夢裡的人也許發現我是不忠的尋家者，要在有限的時間內讓我做出決定，才烙印足以改變的禮物嗎？漸漸牠鼓脹褐色的毛，極為緩慢地扭動著，我蹲跪在牠之下，努力凝視即將到來的改變。那些失去的都會回來嗎，愛人的能力、感覺的能力、說話寫字的能力？

可以幫我向整座掠奪的城市復仇嗎？

灰白相間的肚腹沒有任何變化。吞食只是將外界融合回本質，牠轉過身，一路飛向只有牠知曉的巢穴。終於，終於我在台北哭了出來。

第二十一天，上網查發現是由出嫁的女兒準備奠品，稱為三七。沒有四妾了，不然該把台南和花蓮都娶回去。逃婚也好，回娘家也罷，但我只是守著台北的魂，走地下道去買午餐回來祭奠自己。午餐也貴。

同樣是網路說的，吞火表演者並沒有魔術般的秘密，只是用嘴把空氣隔離，看不見的火會短短地熄，直到重新呼吸為止。我把那些新的街道、身分、結交的朋友都放入膠囊，和著已經習慣的寒冬白霧早晚服用，試圖隔離不會停止毀滅的火焰。偶爾張嘴不小心吐出「在高雄的時候……」，就把它當作空氣。

某個冬日再次回到家，空氣詭譎地暖和起來，我試著張嘴呼吸，太陽的味道很是熟悉，可以假裝自己仍舊屬於這裡，雖然吸氣都會過敏。逐漸陌生的自己的床上，那些夢境提醒我，就算膠囊都留在遠方，我也是吞火的北城人了。

佳作／楊茜聿
阿爾克納如是說

作者介紹

牡羊座，想吃的東西太多胃太小。信仰貓咪但家裡供著一隻狗。

最近的煩惱是老家蓮蓬頭換成會轉還會發光的電競蓮蓬頭，洗澡的時候不僅很重，皮膚還會被照藍光或者紅光，今年不是二〇二二嗎？Cyberpunk 2077都沒有這麼Cyberpunk。

得獎感言

為了寫散文，秉持著實事求是與多方求證的精神去給北車阿姨算塔羅，果然主修跟輔系有差，可能還是乖乖讓阿姨算紫微斗數會比較好，畢竟三百塊還能吃幾頓學餐。

能獲獎首先要感謝評審老師們的肯定，接著謝帶我去喝酒的兔，最後是常常被我電話轟炸的G……需要感謝的人太多了，就感謝天（與範生先生）罷！

阿爾克納如是說

請容我在此介紹T：一個極可惡的人。

T是個慣性說謊犯。說要開車載我兜風，要我坐在他的副駕駛座、要替我開車門，繫安全帶；答應我一起去他最喜歡的飯店為我點一份紅絲絨蛋糕，說想要牽我的手、想要吻我；用好心碎好悲痛的語調在夜半時分對我說想要我。謊話連篇，罪證確鑿！證物即是一雙抹了蜜的薄唇——薄唇亦薄情。原先我是不信的，但T確確實實背離了我，因為T親口對我說他的愛只能獻給男人。

T有罪，他有罪在一頭烏黑長髮及肩，有罪在無論如何傷心都堅持不喝醉，有罪在工作時總愛聽瑪麗蓮・曼森嘶吼，特愛叼一根紅萬寶路畫畫。T有罪，堅決有罪，有罪在我十八歲生日時非要我選個喜歡的圖案刺在他身上，永恆的疤，他身上那塊肌膚遂成為我的領地；有罪在習慣說英文故說中文時露骨得駭人，有罪在愛撒嬌的習性、有罪在畫肖像畫送我，有罪在寬闊的後背……這樣的T，這樣美麗自尊的T，怎能如此殘酷的給人愛的希望又叫人別繼續愛他？

他是找到最合適的理由拒絕我，全然無法為了他的一句話便化身亞當、剪去長髮和子宮，長出鬍渣與陽具，無力辦到亦無從開始。突然憎恨起T，為何總算甘心於奉獻出全心的愛時，被如此被拒之門外？遂恨起那些咬著筆桿寫給他的文字、恨收到他訊息時指尖與心的顫慄，恨為了他所花費的所有心思、信紙與嘆息。恨T，恨他男人女人間流連，只適合觀賞不適合保存。

地下室人說愛就是所愛對象自願奉送的施虐權——我跪姿將荊鞭雙手奉上，而T對此不屑一顧，全因我的肉身不是他想施虐的對象。但我脆弱多疤的自尊不允許我再對T示弱，把鞭收好，轉向對自己的虐待，成為愛的苦修者。即日起焚燒T的所有肖像，訊息全數封存，畫作一概撕毀、情書一律否認，與T愛的連結便不復存在。說服自己足夠了，在這段愛中的give and take已經足夠，即使不足也不可再繼續低頭，不可自毀平衡這早已不是互相遷就。

自我完全的斷絕T後，我的胸口就出現了一塊極大而血淋的窟窿，促使我意識到這一點的原因是我夜夜燒灼的焦慮，竟沿途狂燒燃盡我原先所有的安穩夢。子夜兩三點時驚醒聽夜鶯啼叫得幾乎出血，共情共感到喉嚨都幾乎湧上來鐵鏽氣味，我受不了，必須得拒絕這樣的荒謬。投身宗教，求擁抱羔羊長髮者、求手持寶瓶慈眉者，求頭冠華服紅唇者……神佛們向我展示各式愛：愛是恆久忍耐，又有恩慈；愛是不嫉妒；愛是不自誇，不張狂，不做害羞的事，不求自己的益處，不輕易發怒，不計算人的惡；愛是十二因緣，分有欲愛、色愛、無色愛……種種不及備載的慈悲大愛無法使我落下手中的鞭，因我駑鈍，因仍舊不能放下凡心小愛。

——天哪！但他把我的所有真心都裝飾在他燙過的襯衫口袋上，像摘下一朵夏日鮮花般輕鬆，好一個不懂得珍惜不懂得價值，奢靡驕縱之人啊！神從容說：你們要彼此相愛，像我愛你們一樣；這就是我的命令。佛淡然說：從愛生憂患，從愛生怖畏。離愛無憂患，何處有怖畏？心存定見，不見不聽、不言不信，偏執走一條蓬頭垢面、衣衫襤褸的各各他苦路。

最終指引我道路者竟是塔羅。塔羅分有大小牌，被迷人的稱作大小阿爾克納（Arcana），共七十八張，大阿爾克納是較大的秘密、抽象、神聖偉大，小阿爾克納則是小祕密、具體、凡人渺小。相傳塔羅牌跟猶太教卡巴拉生命樹的十環二十二徑有關，人類由個別王國經由二十二徑抵達十環，做冥想之旅；塔羅則有二十二張大牌組成的愚者之旅：出生，經歷親愛、愛情、挑戰、挫折、死亡、欣賞、茫然、囚禁、安寧、新生，最後重新抵達世界。除去零號愚人之外的二十一張塔羅又可分為三階，顯意識、潛意識、超意識，或者說分別代表身、心、靈。由吉普賽人傳向世界各地的，無依無根的卡牌們自信地揭露口硬之人心底的瘡，去直面、去接受，去扭轉。

解開苦修者鎖鏈，棄絕荊鞭身著愚人戲服，握緊牌卡誠心誠意甘願受塔羅呼喚，情願被渡：因塔羅的愛皆小得能一手掌握，亦沒有經書典籍、最終標的。塔羅像一位忠心且彼此有著神秘默契的夥伴，萊德偉特、托特、馬塞牌……皆有不同的性格圖案。

召喚召喚塔羅牌陣，召喚關係牌陣。四張塔羅牌被洗出，逐一擺放於前，正位聖杯八、正位寶劍皇后、正位太陽、逆位錢幣一。依序顯示：我、對方、現狀、未來。

孤身紅袍者背離他辛苦建立好的八個聖杯，往道路崎嶇處前行，四周的泥濘沼澤亦是感情的現狀。聖杯八表示拋棄、不滿足、行動、犧牲，塔羅擔憂說道你必須刪除必須丟棄，放棄現有的去尋找冀希的。被聖杯八震懾，牌中身著紅袍者轉頭竟是我一張憂鬱面孔，捉緊長袍低頭離去以往所建築好的所有幻夢。

正位太陽與錢幣一都顯示了塔羅對我未來戀情的祝福，太陽幾乎是所有塔羅中最積極正向的一張牌，問任何事的結果皆是大好、大吉、毋慮、可成。如此美好的祝福，心懷感激收下。錢幣一是逆位，表示有些不知節制，花費大手大腳，但沒關係，若真能沐浴在如此充沛飽滿的愛情中，浪費一些又有何妨？

某天晚上跟朋友相約酒吧，形式特殊、地點隱蔽，需搖鈴吊橋才會放下。就座後酒保說本店無菜單，喜歡什麼口味可以跟我們說，完全客製化。第一次到這種地方，心情忐忑，說一杯酸甜的，酒感適中，忌口白蘭地。一杯漂亮高腳杯端上來，香檳色調酒上一層白色泡沫點綴棕色果乾，梅酒金萱，基酒是伏特加，請慢用。跟朋友聊著聊著就喝完了，第二杯問酒保能不能幫酒取個名字，讓他們調。酒保問有什麼好想法，酒力作用下完全坦承：為我紋身的T。

問T是什麼星座、身上有什麼香氣？詳細一點會更好，更方便在此構築他的幻影。我回答金牛座、穿白麝香香水，年長我十歲。一個圓墩杯子端上來，酒保吧台點火焚酒，燒一片檜木煙燻。還以為這杯酒喝起來會辣，沒想到只是酸甜中摻雜一點木頭香氣。我說這太甜美了，酒保說以前的他對你而言一定也是美好的。喝完酒後在酒精作用下突然感到心情開朗，覺得生活真好。醺醺搭車返回房間躺下後卻發現大腿根部起了一大片酒疹，猖狂發癢。一定是不小心喝到白蘭地了。但沒關係，因為我是醉的、因為酒疹不是永恆的，因為在一片海之外，T永遠都不可能知道我點了一杯他的酒——因為我知道我只是需要做個了結。

阿爾克納如是說：我會找到一個女人，隻身坐於山頂的王位上，手持發亮銳利寶劍，長髮流淌在頸子與後背。她睿智、成熟、聰明，具有獨立的品德，冷靜而沉著，且有著一雙堅毅如男子的雙目，戰爭女神雅典娜化身的女性。我為找尋失落的寶物而跟隨我的直覺，知道且信任。我亦知曉我的尋寶之路最後必然連向她的寶座，她低垂眉睫，見到我後長嘆一口氣，似責備我的遲來也似放下她懸吊的心……優雅從座椅旁勾出我的失物。一雙強健駱馬般細長雙腿離開王座，步下台階，親自帶給我尋覓已久的最後一隻聖杯。

在烈日的祝福下，我們享有彼此、虛擲青春，她見我仍懷揣舊念，利劍一揮，斬斷念想。我彷彿能聽見八隻聖杯塔倒塌清脆銅器聲響——這是往日的終點，也將是我們未來的起點。

現代小說

首獎
陳有志
我在給企鵝寫信

評審獎
王有庠
泥面

佳作
林佩妤
五號

佳作
郭子銓
千年後的你

佳作
張佩琪
染髮以前的，我的故事

現代小說　總評摘要

朱國珍老師

國珍老師分成幾點說明對此次作品的想法，首先她觀察到這次作品的題材多元，例如歷史改寫、寫實生活敘述、奇幻或科幻素材等，另外部分作品充滿浪漫情懷。

在題材多元的大主軸下，她也發現部分作品不約而同交集憤怒、牢騷與死亡的氣息。老師提及自己曾在師大教散文創作，這些是她沒看過的氛圍，或許在小說的變形之後才明顯浮現。這些仇視以小說的虛構、意象、內容和情節重新演繹，可能有不同的解讀，但由於出現頻率高，是此次評審的特別印象。

老師也提起某些作品彷彿新世紀浪漫愛情、言情小說的變形，如同上個世紀的瓊瑤小說，對話充滿戲劇性，卻也過度耽溺於某種一廂情願的生命切片，是需要注意的。

對於「改寫」和「原創」的分野，老師認為可以更加釐清。小說透過各種記憶重新詮釋，審美必定也有不同標準。最後老師用balloon debate（氣球辯論）比喻小說創作者好比參加辯論比賽，必須充分掌握素材去說服他人：「我必須留下、我值得活。」無論何種題材與處理方式，最終要說服讀者感同身受，即是小說藝術的完成。

高翊峯老師

翊峯老師一開始便提及此次的作品雖然是三所大學的共同投稿，但是整體樣貌是平均的。閱讀起來水準齊一也非常穩定，雖然有技術上、希望自己的作品走到哪個地步的差異性，但創作者能夠清楚思考「小說」是怎麼回事以及如何虛構。

另一個特別的感受是，由於這是大學的文學獎，更能讓評審去看到現在的大學生在想什麼。藉由大學文學獎，他得以刺探到在臺灣這個年紀的書寫者，想要用小說來表達、觀察什麼。這次作品並沒有太為突出、衝撞到令人覺得不可思議的題材，但大多數都在可以讓眾人理解的小說世界觀中，進而思考怎麼在這樣的「現代小說範疇」下寫到更好。老師認為這點值得嘉許，原因是有些年輕寫作者並沒有「把小說寫好」的企圖，創作者必須去思考角色、角色關係、關係產生的情景、小說如何說話、又該完成怎樣的故事等等。小說有沒有辦法達到所謂的「彼岸」？這些是年輕創作者常常忽略的事情。

老師特別說到自己評選的標準與期望，對於這個年紀的書寫者，他期待大家能更專心的想，小說是個藝術的技巧，所以在創作小說時，必須去反思自己對於技巧完成了多少。

郝譽翔老師

譽翔老師讚許這次作品的水準非常好，遠高於其他校園文學獎。在這當中能夠看見關乎社會寫實的作品，寫作者對於社會的觀察非常成熟，已經超出了學生的視野。雖然作品數量不多但題材豐富多元，也有許多類型式的寫作，例如戰爭、愛情、歷史等，但寫作者能在其中寫出深度，藉由小說文類傳達思考，超越了通俗的操作，難能可貴。

老師也提及對於「小說」文類的看法。在現代文學中，小說是相當式微的文類。讀者的漸少、小說的創作難度等都是原因之一。她提醒寫作者，小說的技藝需要不停磨練，像是做苦工。在這個講求快速的年代，還有人願意運用耐心、勞力來經營小說，是值得致敬與鼓勵的。

最後，身為年輕而對小說文類情有獨鍾的寫作者，必須注意和思考的是「小說要往哪裡去？」不可以讓題材留在單一的同溫層內對話。老師認為此批寫作者具有潛力，對於生命的思索，是只有這個年齡才會看到的疑惑，裡面可能有憤怒、但也包含很多愛的渴望，都是非常珍貴的素質。以致整體讀起來是清新而沒有陳腔濫調的腐朽氣息，對這些作品能有自己的氣象、個性和想法感到非常可喜，也讓她在評選上難以取捨。

郝譽翔老師

高翊峯老師

朱國珍老師

首獎／陳有志
我在給企鵝寫信

作者介紹

花蓮小孩。擁有阿美族、太魯閣族與外省「傾向」。二〇〇一年生，國立花蓮高級中學畢業，現正就讀國立臺灣師範大學國文學系。曾獲第十六屆台積電青年學生文學獎，二〇〇一年後山文學年度新人獎。著有詩集《北上南下》。

得獎感言

希望所有受到時代與命運捉弄的企鵝們都能親眼見證自由的七星潭。我很歡喜，也很感謝。企鵝認真面對生命的姿勢（應是極度可愛的姿勢），居然有機會被大家（應是同樣可愛的大家）看見，甚至於引動思索，甚至於促成感動。儘管仍受到時代與命運的捉弄，但海浪其實也從未停止她們的撫觸。我很感謝，也很歡喜。希望大家都能平安。

我在給企鵝寫信

◎

……戴著口罩。我騎紅色的野狼150自海岸路南下。

保持在五檔，迅速地駛離北濱公園，駛離花蓮港，駛離再也沒有火車隆隆跑過的鐵橋。接著減速退檔，右轉，面朝市區和舊車站的方向，用二檔在複雜的巷弄裡慢慢抵達，抵達那熟悉的咖啡廳。咖啡廳，咖啡廳，塵上咖啡廳。

進門，今天的客人很多。老闆娘手拿空的托盤從座位區回到吧檯，並親切地向我說了聲嗨，又問我今天要坐哪，一樣喝熱美式嗎？我說我坐吧檯就好，今天也一樣喝熱美式，然後就在一個正對牆上時鐘的位置坐下。

「最近的客人愈來愈多，真的快受不了！」老闆抱著今年剛滿五歲的女兒朝吧檯走來，而小妹則亟欲地想掙脫父親的懷抱。我微笑著，同時從黑色的後背包裡拿出一疊橫線B5的活頁紙和一支自動鉛筆。

「上次店裡有這麼多人，應該已經是一年前左右的事了……」

老闆娘將盛滿香氣的咖啡杯輕輕地置放在我的桌上。

抬頭向她說聲謝謝，我知道此時的她正在回憶著些什麼。

「畢竟五月多就宣布三級警戒了。」我說，並在活頁紙最高的空白處寫上今天的日期。

「對啊！」老闆一邊附和道，一邊小心地將女兒放回自由的地面，「那時候全臺餐飲一律外帶，大家又不敢出門，結果店裡大部分的收入都得仰賴外送平臺，而現在倒是都沒有了。」

「那時候要求外帶或外送的客人多嗎？」

「少得可憐～因為會來咖啡廳消費的客人幾乎都是為了『咖啡廳』，而不是為了『咖啡』，雖然有好喝的咖啡也很重要啦！」

我看向時鐘，現在是上午九點十五分。

「防疫期間的時候啊，我還跟老闆開玩笑說我們的店名真的是取對了，我們一家三口和咖啡廳真的都快超脫『塵世之上』了。」老闆娘輕快地說道，彷彿已將那段慘澹的過去推得好遠好遠，遠到一個無法再刺痛我們的地方，好讓我們能夠在安全的境遇下反覆揣想，重新回憶。

這時，五歲的小妹突然就爬上了我隔壁的座位，接著用小小的食指指著我的桌面，好奇地問我說：「尼在做什麼？」

我看了看紙上唯一寫著的「二〇二二・四月二日・星期六」，許多的美夢和噩夢突然都變得好近好近，這令我的心倍感刺痛，彷彿又將回到那悠遠又無盡的失落之中。

在短暫的沉默之後，我強迫地將自己的目光離開紙面，然後慢慢移向小妹仍舊好奇的表情。我小力地戳了戳她圓潤的臉頰，她快樂地閃躲著，我的心情也因此鬆懈下來。而我也才輕聲地向她晶亮的眼睛回答：

我在給企鵝寫信。

◎

二〇二〇年一月二十一日，臺灣出現了首例肺炎確診病患。

那是大一寒假的事了。當我在客廳懶散地讀一本書寫花蓮的散文集時，正好就聽到電視新聞的報導。

一位自武漢地區返臺的女性，居住在臺灣南部，主動通報並確定感染新冠肺炎，沒有跟其他民眾做密切接觸，也沒有進入社區，請民眾不用恐慌。

而我也就不太在意，低下頭繼續跳過那些我看不懂的字詞。而還不曉得原來書上寫的「幼稺」就是「幼稚」。

但住在臺北的企鵝卻很擔心，一如往常的愛大驚小怪。她一看到新聞便急忙傳Line叫我快去買口罩，我想說花蓮再怎麼樣也不會中獎吧，便回說：臺北比較危險，妳自己要小心。儘管寒假結束之後我也將去到臺北，但那也是之後的事。

二月底寒假結束，我攜著行李北上，戴著口罩坐早上第二班的普悠瑪號，臺東往樹林方向。

那是我有記憶以來第一次戴口罩坐火車，也是我難得戴上口罩的時候。

在這以前，我一年大概戴不到兩次口罩。次數之所以這麼少，除了是因為我很少生病，更是因為我非常討厭戴口罩。戴口罩讓我覺得自己從呼吸到思考都被深深地束縛。

到了臺北，走進住過半年的大學宿舍，一切似乎都與上半年同樣。課堂也是，雖然有些同學已開始戴口罩，甚至開始用酒精消毒桌面，但我依舊能自在地閱覽窗外的陽光，並輕鬆地呼吸吐氣，而不會招來鄰座的譴責目光，或是有人慌張地請我戴上口罩。

結果過不到二個月，由於我們學校有學生確診，而全部改採線上上課，我也又回到了花蓮，戴著口罩坐晚上六點的太魯閣號，樹林往臺東方向。

「我們應該會好一陣子沒辦法見面了。」

「不會吧，只要大家出門都有確實戴口罩，出入國境的民眾都有隔離，疫情應該很快就會緩和下來。」

「希望如此……但是啊，很多人都不喜歡戴口罩，像你，每次叫你戴都會很焦躁，啊還有很多人到現在還一直想出國玩，出入境時明明有發燒卻還狂吃退燒藥——他們真的好壞，這樣傳染給那些乖乖待在國內的人怎麼辦……」

「妳放心啦，國人應該都很怕死，而且說不定很快就有疫苗了啊，這段遠距教學就當賺到的，我要返鄉養老了～」

「嗯嗯，你要小心哦，去哪裡都要戴口罩，去海邊也是哦。」

「海邊應該不用吧，住臺北的妳才更要注意一下吧。」

「還是要戴好啦！掰掰囉。」

「嗯，掰掰企鵝。」

四月下旬，我們結束了兩個多禮拜的遠距教學，我也又再次北上，由母親開車送往。

在這段期間，花蓮始終都沒有出現過確診案例，臺灣本土也創下連續多月零確診的紀錄；而一直要到二〇二〇年十二月二十四日，臺灣長達兩百五十三天的零確診記錄才被打破。根據新聞的報導，這天本土確診的感染源是來自長榮航空的一名外籍機師，這名機師似乎早已出現咳嗽的症狀，卻在自主健康管理期間違規外出，甚至還去到百貨公司和大賣場等公共場域，而造成二名同事與一名友人感染並確診。陳時中部長則是在記者會上表示他：

「有點失落。」

而在其他同樣感受到失落的眾多臺灣人之中，當然也包括了企鵝。

「違反自主管理規定就算了，結果還死不配合疫調，到底為什麼會有這樣的人啊？」

「就是把所謂的自由無限擴大了吧，卻不知道真正的自由必須是建立在『不侵害他人權益』的基礎之上。」

「很討厭欸，我每天都要坐捷運上下課，我真的很害怕……」

「沒事啦，巨額罰款在前，我不信他不會配合疫調，之後臺灣也一定會恢復零確診的。」

「你怎麼能這麼樂觀啊？」

「呃，可能這也可以用『地震哲學』來做解釋。」

小的地震不用逃，大的地震想逃也逃不掉，唯一能做的就只有靜觀其變。

「噢！我最討厭地震了，聲音很大很嚇人，如果被壓扁扁一定也會很暗很可怕。」

「可能就是因為花蓮地震比較多吧，所以遇到一些可怕的事，我也才比較能夠從容應對，才比較能夠看得開。」

「反正你要小心啦，你這種人最容易遇到危險了！」

「是是是，妳最小心，所以一定可以長命百歲。」

「你也要長命百歲啦！」

隔年一月，衛生福利部桃園醫院爆發了群聚感染事件，使臺灣社會再次對疫情提高警覺，可當時臺灣對於疫苗的採購和接種意願卻仍然低下。

同年四月，桃園市的諾富特飯店出現群聚感染，其後宜蘭縣、新北市的蘆洲區以及臺北市萬華區也相繼出現群聚感染，而使本土感染情況快速擴大，地方篩檢站屢屢塞車，民眾與政府對於疫苗的需求也變得更加迫切。

到了二〇二一年五月十九日，臺灣宣布全面進入第三級防疫警戒。而在三級警戒宣布後的第三天，也就是五月二十二日，花蓮零確診的神話終於破功，一天之內新增了三例從雙北返鄉的確診病患；而臺東在之後的五月二十五日亦同樣終止了零確診的紀錄，在一天之內新增了二例確診病患。

以「後山淨土」為驕傲的花蓮與臺東人瞬間失去了信仰，有些極其不滿的民眾甚至開始在網路上進行猛烈的譴責，譴責這些從危險地區返鄉的人沒有良心，譴責臺灣政府沒有能力壓制住國內的疫情。國際媒體ＢＢＣ亦說到，臺灣明明有著一年左右的時間能夠觀察世界各國如何應對疫情，卻因政府措施的怠慢而錯失防堵疫情擴散之先機。

而那鐵定會非常、非常焦慮的企鵝，卻無從知曉這段時期裡所發生的許多事情……

她不會知道我是否有老老實實地戴著口罩，她不會知道我是否有用酒精消毒雙手，她不會知道我是否有乖乖待在家裡，也當然不會知道我是否真能夠長命百歲。

因此我才必須寫信，必須給企鵝寫信。

◎

「那些人就是看花蓮比較安全所以才會急忙回來，如果真的有做好自主健康管理，不到處亂跑，應該不至於罵他們『沒有良心』吧。」

「鄉民們就是不滿花蓮破蛋，但我是覺得，在全國疫情都沒有被完全控制住的情況下，花蓮也是同樣危險的啊！這裡又不會因為今天零確診就保證明天零確診，除非『花蓮國』真的獨立，出入花蓮算是出入國境，要不然總是會有別縣市的人進入吧。」

從我到店裡以來，就沒有新的客人光顧了，老闆和老闆娘也就開始在吧檯聊起去年疫情發生的事。而我則是持續盯著桌面上的這一張，仍只寫著日期的活頁紙——回憶著。

「欽弟，你還記去年六月初的時候，花蓮不是又有幾天都零確診嗎？」老闆問我。

「好像五天吧。」我回答，眼光依舊落在桌面上，「第六天好像就一次確診了六個還七個。」

「對啊，聽說是一位五十多歲的水泥工，從桃園的工地返鄉之後傳染給了全家人。」我還記得，那家人當時的活動足跡幾乎都覆滿了我家附近，如果企鵝知道的話不知道又要跟我講多少次小心……

「還好之後疫情有順利地壓下來，全民也都接種了疫苗，要不然啊，不知道這可愛的花蓮又要被摧殘成什麼模樣~」老闆娘感慨地說道，而我也十分同意。

「那段時期真的很辛苦……而且四月還發生那樣的事。」

「嗯？怎樣的事？」

滿臉困惑的老闆娘呆呆地望著老闆，彷彿她只記得去年的疫情非常嚴重，而忘了花蓮另外還發生了什麼天大的事。一旁的小妹則是在他們談話的短暫停頓之間，朝更裡面的座位區跑去。

「就是太魯閣號啊，去年清明節的時候。」

「噢、噢對……」老闆娘哽咽，並向我投來有些沉重的眼光，「弟，還好你沒有搭到那一班車。」

「……」是啊，真是還好。但我並沒有說出口。

「弟？你怎麼了？」

無語的我突然站起身來，接著把整疊的活頁紙和自動筆隨意地丟進背包。

「我要先回去了，突然想到有個地方要去，我過幾天會再來的。」

而當我把桌面收拾乾淨之後才發現，自己居然連一口咖啡都還沒有喝，而它也早已涼去，早已失去原有的香氣。

瞥了一眼時鐘，現在是十點十五分，我直截轉身，推開咖啡廳的大門向外邊走去。外邊的太陽很大，就和那天一樣。我戴著口罩騎上紅色野狼，倒轉前來這裡的路線，離開巷弄，離開市區和舊車站的方向，離開再也沒有火車隆隆跑過的鐵橋，離開花蓮港，離開北濱公園。至於是用幾檔騎的，我倒是全忘了，反正我是要去七星潭，去沒有封鎖線的七星潭。

然後寫信給她，給企鵝寫信——

◎

在全國宣布三級警戒的前兩天，也就是五月二十七日，花蓮縣便宣布以「準三級」的防疫措施來因應持續升溫的疫情。屬於開放式地區的七星潭也因為難以做到實聯制而被下令封鎖。

「妳知道為什麼七星潭明明是『海』卻被叫做『潭』嗎？」

「咦！對啊，為什麼？」

「因為原本的七星潭本來就不是指現在這個，由中央山脈和四八高地形成的海灣，而是指原本存在於花蓮機場裡的湖泊。」

「哦？」

「大概是在一九三〇年代吧，日本當局為了要建造花蓮機場，就把大部分的『七星潭』給填平了。」

「那為什麼海邊那裡也被叫七星潭？」

「這是因為啊，原本住在七星潭附近的居民在被迫遷到近海的地方時，為了紀念那些已被填平的湖泊，便以『七星潭人』自稱，而繼續稱他們的新居地為『七星潭』。」

「原來如此……哦嗚，感覺七星潭真的好漂亮！」

「是真的滿漂亮的，看到太平洋被中央山脈抱著，總是會感受到某種強大的安全感。」

「如果被群山抱著的臺北市也能為我帶來安全感就好了～」

「哈！所以妳連假真的要來花蓮嗎？妳不怕在火車上『中獎』？」

「呸呸呸，不要烏鴉嘴啦！反正我清明節又沒事要做，我每年都沒有跟去掃墓，現在疫情應該也……還行吧？況且花蓮不是淨土嗎，我就勇敢這一次吧！」

「好啦，那我今天晚上就先回花蓮囉，星期五早上我再去車站接妳。」

「收到！我可要見識見識到底什麼叫好山好水！從火車上就開始見識！」

「才怪，妳一定會在火車上睡著，至少我都會睡死。」

「我才不會！這可是我第一次去花蓮欸，一直睡不就太浪費了嗎？」

◎

肺炎疫情隔絕了人與人與太平洋，可海風也仍持續吹動著暗紅的封鎖線，波濤的響音也仍持續迴盪在無人的攤位之間。

二〇二一年四月二日，上午九點二十八分，在花蓮秀林鄉的和仁段清水隧道北口發生了列車脫軌事件，一輛載有四百九十八名乘客的太魯閣號在行經該隧道時，與滑落邊坡的工程車碰撞之後衝入隧道之中，並以高速擦撞隧道壁而使眾多旅客被拋離原座位，造成四十九人死亡和兩百四十七人輕重傷。此次事故的死亡人數僅次於一九四八年的新店溪橋火燒車事故，而超過了二〇一八年的普悠瑪列車脫軌事故。其中，脫軌的太魯閣號與普悠瑪號所行駛之路線，正好都是樹林往臺東方向。

現在的七星潭已不見一條封鎖線。

一臺臺的巴士開來，遊客多了，小販高昂的叫賣聲亦此起彼落。

我穿過人聲鼎沸的區域，走到了由許多大石所鋪墊出的階梯，迎著藍綠色的海風，向中央山脈的沉落處望去，繼續回憶著。

浪邊有一家四口正在踏水嬉戲，開朗的歡笑聲傳得很遠很遠。仔細一看，他們都沒有戴口罩，而我想這肯定會被企鵝罵死，儘管現在很自由了，沒有封鎖線了，沒有實名制了，沒有無良的返鄉青年了，沒有權貴因為偷打疫苗而被猛烈抨擊了。是啊，現在自由了。

◎

企鵝，我覺得世界上根本不存在真正的正義，要不然最認真活著的妳，為何沒有辦法和我一同見證自由的七星潭？

企鵝，我覺得這世界根本不存在真正的自由，要不然最認真活著的妳，為何沒有辦法和我一同見證更多的未來？

企鵝，我覺得活著確實是徒勞的。

企鵝，我覺得活著確實是麻煩的。

企鵝，最小心謹慎、最怕黑、最怕巨大聲響的企鵝，居然必須得承受這樣子的痛苦，我真是不能想像當時的妳有多麼的害怕。

企鵝，我在七星潭，而妳在同樣一片太平洋崖上的一個無限幽暗的隧道裡，妳沉沉睡去，我又何嘗清醒？

企鵝，我很想妳。

企鵝，我真的很想很想妳。

企鵝，妳長眠在花蓮的美麗，這是多麼悲戚的諷刺。

企鵝，為什麼我明明知道生命是徒勞的，卻又要寫信給妳？

寫一封長長的卻寄不出去的信。

寫一封長長的卻寄不出去的信。

我在給企鵝寫信——

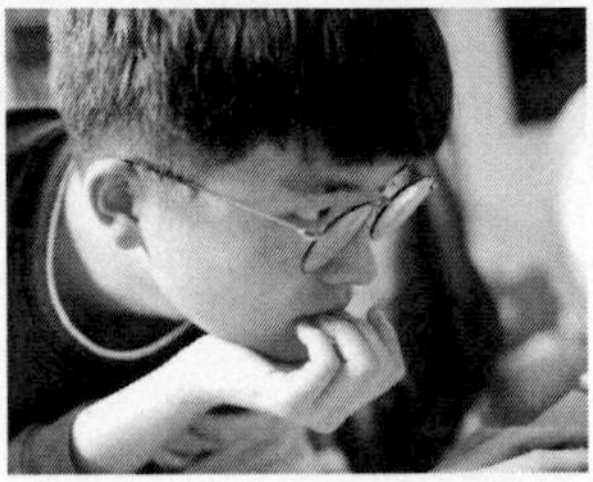

評審獎／王有庠

泥面

作者介紹

臺中日光仙子，有些自己常把玩的小徽章。常常在心裡度量A到B點的距離，比起出發更擅長寄宿，萬物都得經過雙手的天秤座。

得獎感言

我常常覺得自己，如果一不小心就會變成沉默冷酷的人。書寫時感到煩躁，小說逼我的。

泥面

撕開三合一，殘角含著咖啡粉。我燃燒整個長夜的糧食，漏了些在飲水機上，燒不盡。

我向下望，父親的骨灰隨水流逝。

母親總是將水喝完後就放在桌上，長年累積下來邊緣都布滿斑駁的水漬。在她喪禮當天，我用手指在水龍頭下細細搓洗那口杯，水流順著排水管，到了地底。

※

我不再撫摸那隻烏龜。但牠緩慢地將手腳伸出來了。

在我和佑交往一年半的日子，他說要慶祝，所以開始起了另一座雕塑。我問哪有人在慶祝一年半的，不都是從一個月兩個月，之後就直接跳到一年兩年？佑笑說我太樂觀了。

捏了半個月，我還是看不出來這一塊泥水四溢的混沌要往哪裡去，又從哪裡來，縱使佑說這是慶祝我們的紀念日。那應該是我的頭，或是我們的雙人塑像。我半夜進入房間，還會被這團泥塊嚇到，光僅勾勒出邊緣，也許它面露凶惡，然而大塊的陰影籠罩主體，什麼也不言說。

我通常在桌前寫作，半個短篇便耗費我大量的精神，窗外有時傳來狗吠。想必是隔壁棟，我嘗試集中精神，排除那些尖銳而幾近悽慘的吠聲。我走到窗前，聲音來源應該是在左下方，感覺像年齡不一，品種不齊的狗隻正在狂吠。可能只是打架吧，日常的鬥爭。發現樓下幾層，也有人探出窗外直直地朝上，往聲音來源看去。的確，在陽光尚和煦的午後，耳聞這種聲音，任誰都會探頭，那種受傷的聲音。

今天的天氣還算好。接近秋天的風，穿過鐵窗，在靠近的兩棟大樓中間加速離開。我關上大門，檢查包包裡面的內容物。每次都是關門才想到要檢查，這種微小的順序排列並不造成太大的影響。

※

他有一把玩具刀，其實我對這種道具沒有信心，塑膠材質的冷兵器。也許速度夠快、下手夠猛，還是能造成傷害。雖然一插到物體，刀就會縮進去，如果刀剛好卡住？刀有時候還是想成為真正的刀，不能傷害的刀難怪被稱做玩具。看起來像真刀就行。這把刀早在我們交往前，他就時常帶在身上。他解釋，有次走在路上，看見對面馬路，一個人被一群不知從哪裡竄出的黑衣人圍毆。他快步走離，直接走到軍警用品店買了一把。「也許大學的教授會派人來暗殺我也說不定，我的碩論像屎一樣。」

我記得第一次約會，我們約在電影院，但我到的時候，他說他已經坐在裡面，影廳的燈尚未全關。我找到他，他說，上一場也在這裡看，所以直接坐下了。其實廳內沒什麼人，要不要隨意換位置，決定權在我們身上。但他就選在第一排，脖子最痠的第一排。我就這樣陪他仰頭，一整部電影的時間。中途我數度低頭轉頭休息幾秒，就算螢幕上演的是我聽不懂的外文片。

其實並沒有關係，傳統的套路就是那樣，世界上大多數東西都有套路，沒有套路就無法運行。就算我出去上廁所，回來依然能順利接上劇情，同時回來看到他的臉映在光下，光影交替在他不曾眨過的眼上，像一座雕塑。

「你會說電影特效是特效，是因為你知道他是假的，卻又一廂情願。」他和我漫步回捷運站時，路燈的光沒有限制地撒下。走過小路時，父親和我並排走，從夜市返家的童年記憶歷歷在目。但我和父親走過的小路通常沒有路燈，因為路燈會照出每一樣路上的事物，就如同現在，微弱的光陪伴我走進佑的租屋處。

他有些朋友，一群同性戀在大街上喝醉後東倒西歪。

當他來到我面前，我意識到手已經抵在他家桌上。

一隻烏龜，收起蝌蚪般的尾巴。

我本來以為塑像作品都以大理石製作，沒想到他是以泥塑為主。反手靠在桌上，手腕還被凝固的塑像輕微刮紅。那天晚上，我靠在他的桌邊，嘴唇迎上去。他當下的驚訝是當晚唯一的情緒起伏。我習於面對這種反應，不論對方是誰，長時間的沉默並不會讓我難堪。

我折起的手翻過桌面，掃下他的包包，掉出一把刀。

「防身用的，」他一邊把我轉回正確的方向，一邊說明。

「衣服，」佑拉拉我的衣角，另一手摸在背脊上，「等等吧，先關燈。」

後來，我們一天會做兩次。但在狹長的房間裡，兩個人的肢體要如何伸展一直是個問題。一些他做好的塑像就這樣一直放在桌上，隨著桌子的震動而搖晃，好像在為我們掌聲鼓勵。我一邊抓著桌緣，看著桌上驚恐的頭顱前前後後，還好沒有開燈。沒有開燈，但我知道這個輪廓和大小，應該是他大小不一的半身像當中，神情最逼人的。

「我做不好。」他發現我盯著石像，「這個眼神就不太對，還有那種臉上肌肉的牽扯，我還得再練習。」縱使我已經在這座塑像中看到眼神裡的意圖，但想到其實我無從評斷起。

「……已經做了很久嗎？」

「不久，兩個禮拜而已。但可能就是兩個禮拜的關係，這個練習的做工和質感都很粗糙。」他邊說，一邊將書桌上的小泥像放進櫃子。這房間長寬比懸殊，放下一張床，雜亂的書桌，鐵櫃，空間所剩無幾。況且還要放下三腳座臺，他為了慶祝一年半而起的雕塑就放在那。他還在找電影特效翻模的職缺，他嘗試製作的蒼白女鬼，野豬獸人，綠臉妖怪堆在角落。那些都嚇不到我，雖然這些道具能在電影中運用，在無數電影院中放映，無數觀眾為之屏息。但它們只能堆在角落，角落的空氣令人窒息，黑暗的情緒卻又惹人注意。

我想起我在我服務的國中，每個人都陷在藍色的隔板後面。我的名字叫幹事，幹事兩個字比我本來的名字還大。教學組長、註冊組長、設備組長、資訊組長，每個人只剩一張名牌貼在隔板上。而我直到被冠上這個職位才知道，幹事其實就是什麼事都幹。主任叫我把下個月新進教師甄試的資料全部排好，照順序。照順序，我就想起佑做每件事都說這句話，不論是捏雕塑或我們一起洗澡。

「王、先、生」主任的聲音從遠方的格子傳來，大概是右後方生鏽的電扇底下，畢竟我還需要熟悉隔板發出聲音，如此富有藝術性的裝置。「我三點半之前要看到那些文件照號碼，放在我的桌上。」

前輩都說這裡環境單純，至少比面對民眾還好，只是……前輩在送我進去教務處之前，低聲跟我說。卻被從門口走出來的主任打斷了。

關在幾乎沒有陽光的濕冷空間，雙腳放在磨石子地板上。直到我當了幹事，才知道幹事就是啥事都幹，父親也是。

父親當的還是總幹事，我第一次看到他的隔板上，他的名字旁，寫著總幹事，就感到無限的風光。我在小學三年級第一次寫作文的時候，還把這件事寫進大大的格子內。我爸爸是總幹事，我媽媽是家庭主婦，我姐姐很少回家但我們可以玩在一起。爸爸還是總幹事，每天都要忙好多好多的事。我以為忙越多，代表錢越多，職位越高。因為爸爸能被放在隔板後面，只有露出名字大家就知道他是誰，爸爸一定很厲害。冠上「總」這個字感覺可以管很多人，跟總經理一樣。國小老師教我們上臺，一個一個站在臺前跟臺下的同學說以後想當什麼。我說我要當總經理，略帶羞澀的臉頰還輕微鼓脹。臺下和我一樣幼小的嘴發驚呼，「總」一定很厲害，大家都這麼覺得。但我頭一次去公司找爸爸，他縮在隔板後面，好像隔板將要吞噬他。我把小小的字填入格子內，我、的、爸、爸……

總算排完所有的資料，時間不過十分鐘。

「莫名其妙，莫名其妙！」我正要起身，窗外傳進小孩的哀求聲，從低到高，由遠至近。那聲音沒有語彙，沒有文法，只是情緒。假日上班，總會有父母帶小孩來附近的校園散步。但接著出場的男聲，惡意卻充滿整個衰敗的校園，理所當然地充滿。「莫名其妙！哭什麼哭！」雙手摀臉，我無法克制自己從腦中提取一樣的聲音、一樣的字。一樣理所當然，但沒有文法。那些聲音都繞過我，縱使他們像刺在我柔軟的皮膚上。「莫名其妙！」

「那些大頭老師啊，你就不要理他們，他們看你公務員來學校工作，還以為你只幫他們。」一邊聽著主任說，我短而粗的手指在文件上留下壓痕。

※

冬日的雲壓在陽光上，整座城市無處可躲。我等著南下的日子，位於臺中的那棟房子衰老且幽閉。父親一人在回音擺盪的冰冷地板上，盤腿讀報。一想到我就稍稍抓緊南下的車票。車票被揉皺，像一個人像跌在地上一樣，卻是真實地感受到地面的溫熱和溼氣。每個月都得回去。臺北的天氣連日陰溼，但在國中辦公室內，三不五時跑進來的臭汗國中生非常提神。臺中應該是我這個月第一次的陽光來源，連黃昏也炙人。

父親的老制服仍掛在發霉的房內，退休後的軍人月退俸維持著他近乎清貧的生活。提早退伍，退下軍服，他換上別有總幹事金色名牌的透白制服。從前穿上漿挺的薄襯衫前，母親會提醒他加一件衛生衣，「人家找你處理事情的時候不想發現你的奶頭也在看他。」也因如此，父親也鮮少受寒。如今，他的生命已在我的視線之外，細小、微弱，手腳乾乾淨淨。

剛開始學寫龜這個字，應該要多練習，父親這麼說。國字都是從圖畫轉過來的喔，烏龜那麼複雜，所以筆畫要多一點，這邊是腳，這邊是頭。他在日曆紙上寫一劃，我的頭跨在父親手臂上，手在作業簿格子上畫上一隻龜腳。流動的龜字完成，我則得到一隻屁股頂著地的烏龜。

我後來得到一個人半夜在客廳寫龜的機會。五十次，看著那隻複雜的龜。順暢，尾巴勾起，甚至帶有驕傲的拖曳，拉尖的筆劃向上，細密地刺在我的心臟。父親起床，發現我趴在桌上睡去，臂上佈滿了五十隻烏龜，充滿血液，就要行走。龜的殘骸和腹甲，堆滿我的角落。

我們習慣一個禮拜有一天一定要到夜市去吃飯。可以暴露在夜晚當中，將衛生堪憂的食物放進體內。吃完，繞著狹小的道路隨意瀏覽，大概每次都是空手而回。

而他居然答應我去撈鬥魚。零星的幼童，小手拿著小網，青色黃色紅色都化為光點在水裡竄動。旁邊還有烏龜伸著短腳，划開彼此。我第一次蹲著，用這種高一點的視角觀看，父親在我的背後看著一切。

烏龜一段一段地划，水中好像已經規畫好路線，烏龜只要點到點移動。網子平行潛入水中，一隻烏龜正好划到上方，被我將破的紙網撐起。烏龜不斷划動四腳，終於劃破紙網，正好掉進我的盆子。我們一路走回缺少路燈的小巷內，烏龜在鼓脹的透明袋裡，原地轉圈。烏龜在袋子裡畫圓，躺在我的眼底，在黑色的水底載浮載沉。

取一面盤子，放上幾顆海邊撿來的石頭和水，輕輕地放上烏龜。那面盤子就放在飯桌上，烏龜有時出來伸伸腳，走上走下。有天，牠把自己變成一個圓，連頭也不見天日，永遠地躺在我的眼底。

我說牠在冬眠，父親把烏龜從石頭上拿起，父親將烏龜垂直扔進垃圾桶。

我說牠在冬眠，畢竟烏龜那麼複雜。

※

紀念日已經過了一個月，那團泥塊好像逐漸成形了，頭型和鼻樑塑形完成，嘴唇排開臉頰的肌肉，製造皺紋。進度算慢的，我曾經看過佑在兩個禮拜做出一對飛揚上升的天使，上方天使的足部輕輕地支撐在下方天使的腹部上。如同追索著什麼，我問那是我們兩個嗎？

他說，「天使就是天使。兩個天使也不會變成戀人。」

泥像從會先塑造頭型，鼻子也會一同完成。得照順序。他說，如果是想像的人臉，得畫草稿，分配好五官。如果是真人，可以照著相片捏。至少他在捏的時候，沒看到草稿。當我一一觀察他櫃子裡的塑像，大小不一，但我的確看出哪些作品有說不出的怪，我從小就好像很會認表情，某種表情應該帶有的幅度，在我腦海一一歸檔。

例如父親和母親會輪流陪我睡覺，比起母親抱著我入睡，父親在睡前多了幾道工序。首先，塑出頭型。今天編出來的故事就算和昨天沒有邏輯地相連，我只能完全陷入父親建構的精彩謊言裡。再來，是鼻子和耳朵。他在故事之間製造的懸宕。最後，凝結時間，完成五官，用雕刻刀刻上頭髮。父親關燈，說睡覺，該睡覺了，背向我。我發現沒有打呼聲，代表他根本沒睡著，所以敲敲他的背。父親轉過來，一片漆黑，只有兩孔的熱氣提醒我他已經轉過來。

「爸爸……」父親眼睛睜開，齜牙咧嘴。父親撐開眼皮的聲音像空氣中有東西正被撕開。整片黑暗當中，不論我如何呼喚他，他只維持同樣的表情。黑暗中的眼珠和白牙，甚至不眨眼，只是笑。

塑像提醒我關於父親的遙遠記憶，直到佑的臉龐映照在玻璃上。當天我們又做愛，他把還未乾的半身泥塑像移在桌緣，說要讓它見證我們愛的過程，學習怎麼愛另一個人。霎時，愛的定義被縮減到幾乎狹隘。

在搖晃迷濛的視覺中，我看見那張驚恐的石像在半身像後面，眨眼。就像我第一次看到從包包翻掉出來的刀，看見父親盤腿靜坐於地。我已經無法顧及驚恐石像，只擔心桌緣的半身泥像會隨著桌子，滾落地，腦漿四溢。縱使它從沒活過。它真的沒活過嗎？在光線和黑暗都過曝成線的重慶森林，那樣真正能刺傷眼睛的目光，真的沒有活過？

泥像開始前後搖晃，尚未完成，重心可能還不穩定。我該把它推遠，伸手——插進了泥像。

原本平靜而略帶憂傷的嘴，被向上的手指一戳，變成了一半笑臉一半平靜的詭異神情。我忍不住叫了出來，我破壞了它，當我想保護它。佑絲毫沒有發現，搖晃和朦朧持續進行，房間唯一的光源是窗簾後時現時滅的街光，一抹照在泥像上。我的手沾滿泥，向後抓緊，指甲彷彿嵌進佑捏泥塑的肌肉和筋條，汗持續地流。泥和水混成汙濁的顏色，沾在我們之間。熱氣流動的暗室內，肌膚黏上再撕離的聲音清楚可辨。

「其實你本來就對黑暗感到習慣吧。」佑摟著我，躺在滿是汗味和泥味的房間內。手臂上仍有點點泥斑，還未凝固。

「開燈吧。」

「木櫛土是一種常用來雕塑的媒材，但需要常常去揉他、澆水、練他，才不會硬掉。」佑開燈後看著泥像，臉上多了一抹痕跡。那是我和他活動的痕跡，那時刻的體液和指紋留在上頭。見證一切，難怪平靜的塑像也露出微笑。

「這樣……還救得回來對吧？」我看著光滑的頭型、順流而下的鼻形，最後收束在嘴唇。「來，」佑拿噴霧器灑水上泥，手劃過泥像。「這樣子……」嘴唇和臉頰回復原有的樣子，甚至更加豐厚。我顫抖著手指，生怕圓潤的臉頰一碰就綻裂，失去原有的平衡。「現在準備要到眼睛，耳朵，頭髮是最後，最後用雕刻刀劃上去。」佑講最後兩句時，看著泥像，眼皮稍稍垂落了一點。雙手捧在泥像的雙頰進行塑型，呵護它，與它耳語。

他的一手在我手臂的烏龜疤痕上，一手輕扶我的臉頰，添加土量後，我的臉頰回復原有的樣子，甚至更加豐厚。「還救得回來。」正要完成的泥像圓滑光潤，背對著窗，人聲和泥像的微笑，湮沒在車聲中。

我下班回來，不再被泥像嚇著，它就像角落那些翻模頭套一樣，那麼真，那麼冷。秋天的風在下午已經轉弱，窗外的鐵欄杆卻還是隱隱顫動，上次聽到的狗吠好久沒聽到了，或許那是假日上午才有的特別優惠。秋天的風吹過大樓中間，每戶鐵欄杆的震動都在相互招呼，聲響有時過大，連關起的玻璃窗也無法阻隔。也許對面的氣密窗可以完全阻絕，有另一張臉和我一樣，在玻璃後，無動於衷。佑依然專注在泥像上，完全忘記桌上堆疊的小塑像越來越多，而且朝同一方向，面對我。不論是不是佑故意排成這樣，我繼續埋頭寫斷裂的短篇，相同的是旁邊同樣有監視的目光，在我習於的日光中，使我注意力中斷的從不是因為我專注的事過於困難。母親在帳本上埋首，我若心神從作業簿上轉移，她便蓋上帳本，縱使我知道上面寫的數字跟作業簿上的答案差不多。母親側頭微笑，日光燙金她未綁好的髮絲。在印象中，母親的表情好像凝在石膏堆裡，甚至不眨眼，只是笑。母親要在自己的故事裡活著，擁有自己固定的神情。卻又感覺自己是光速移動的：一個無恥的形容詞。

佑說，我寫小說，基本上在跟電影做一樣的事，為什麼不相信電影卻相信小說。

「我沒說我相信小說。」我坐在床邊，電腦螢幕一串字後面，小直線反覆閃爍。也許我將母親寫入故事，她就成為虛構，有自己的故事脈絡，我只要放手讓角色行走。佑放著泥像不做，反而畫起翻模的素描。

「你怎麼有自信做雕塑？你一捏，他們的表情就永遠固定下來。」

「他們因為我才有這麼多可能性，不是嗎。原本躺在土裡的表情，我能挖出來。」

「你今天不用出門嗎？」他停頓幾秒後才問。

「今天補假，不用看到那個主任。」

「說不定你可以改變他們。」

「他們沒救了，定型的事物已經在他們心裡，表現在他們臉上。哪跟你做雕塑一樣。」

佑沒有回話，我轉頭看到他拿著玩具刀揮舞。

他走過來，像電影播完漸次亮起的燈光，緩慢地步向我。我沒有抵抗，倒在他的身下。他看著我，「還有救的……」他的淚混著泥混著血，滴在我的臉頰和床單上。手壓進床，像他捏出耳朵和嘴唇。玩具刀陷進被單，略為割破深藍色的皺褶。

玩具刀的鋒利像是真的。

※

我停留在一樣的位置。床上的皺褶有表情，佑曾細細地跟我說驚嚇的皺褶要怎麼做，哪裡的肌肉會受到影響。佑不在身邊，但泥像上的水痕清晰可辨。自從我跟佑說，泥像會在我開門時嚇到我，泥像就被轉到另一邊，正好面對床。我反而習於這種目光，起床就有人盯著我，父親母親會盯著我起床，發現我起床之後用手指偷偷彈我幼小的勃起。起床了喔，升旗典禮，敬禮！父親在上班之後，母親會牽著我一階一階走進地面的喧囂當中。去幼稚園的路，與其說是下樓梯，更像是跳樓梯，十階的樓梯被我跳成五階。

「回來回來，用跳的很危險。」

「用跳的又不會死掉！媽媽妳好膽小喔！」

母親看著牆緣，視線延伸到遠方的大樓，再拉回地面。用跳的不會死掉。母親那天也成為泥像，一團摔爛在地上。大樓裡的人紛紛探頭出來。

父親看著母親笑得過於燦爛的臉部。還有救嗎，但他心裡知道這句話，只是給大樓探頭出來的人聽。那是他第一次看到社區全部的人。此後父親鎮日待在屋內，除了下樓拿報，除非我們走去夜市，或是上班。拿報要在早上六點，上班是六點半從家裡騎機車急駛而出，去夜市要走沒有路燈的小巷。到了晚上八點後家裡幾乎全然陷入漆黑，只有玄關的燈可以苟延殘喘，直到父親半夜起身上廁所。

有次我在半夜走進房間，微弱的燈光卻剛好照清他的臉龐。他看著衣架上的白挺制服和衛生衣，一彎白光橫過他的臉中央。

要照順序，做雕塑是有順序的。父親的臉被捏成同一個樣子，每次回去便是盤腿讀報。

當我回到臺北，火車轉捷運，車站的廣播諭示列車的方向。腦中仍會短暫播放父親愈加衰老的輪廓。在兩排列車同時進站時，父親的表情一如我在車站看到的每一個人。他們凝結了，他凝結了，而我只會判斷表情，放任他定型。

當車站有兩排列常同時進站，人們早已確定前往的方向。兩側廣播疊加，干涉後忽大忽小，閘門的紅燈好像也隨之明滅不定。「一號月臺，往……」「二號月臺，往……」前面幾個字相似，疊加得更猛烈，不同的目的地則相互抵消。「一號月臺……二號月臺……」在離站的風中，我能看見那種定型的臉在人群中，父親的臉。

回到家中，下午的雲擋住最後的日光，整間屋子變得幾乎只剩輪廓。秋天的風促使我再次穿上長袖，一隻隻龜棲息於溫暖的遮蔽下。秋天，即將進入冬眠的龜，不需要面對公文和需要照順序的文件編號。風和車聲稀釋過後傳上來，睡意則來的無聲無息。

相隔三天，佑依然不在家。訊息也不回覆，只有塑像每一雙靈動的眼紀錄他最後的痕跡。他那把玩具刀，插在一旁不成型的泥塊上，「頭髮是最後最後，用刀刻上。」其實他那天還說了最後一句，「好像是活的。」

玩具刀依然銳利，只要速度夠快、下手夠猛。當主任要求我整理剛印好的文件，發熱的紙張攢在手裡，排序時能割破我柔軟的手心。佑說拿一點木櫥土，混著水塗上傷口，常常加水，就能輕易的塑型，直到我整個人被置換成一尊塑像。「烏龜也可以在泥裡面。」，佑看著完成的泥像，慶祝紀念日，費時一個半月的泥像。

「這樣就不是我了，只是照著我捏的塑像。」龜在心裡走來走去，踏出自己的一塊泥沼。

「照著順序捏，神情看起來一模一樣。」佑把手上把玩的玩具刀交給我。

我的手中拿著玩具刀，想像眼前鋪著摔爛的泥像，如母親的綻放的頭部那樣。「還有……」我說不出話，佑也不再回應。對待佑就像對待泥像一樣，我想想怎麼塑形，佑教過我的所有技術。首先是灑水，邊緣會些微的軟爛，這時開始塑型。手指壓進眼睛，受到輕微阻擋後輕易陷入，頭髮以刀劃上，一條一條。

佑沒有回話。我手上拿著玩具刀，渴望幫助塑形。

當父親穿上制服，應該沒想到那天會在家以外的地方看見母親。母親手壓著的帳本，翻開後數字排列，佈滿寫不完的生字和數學題，一題一題餵食我豢養的烏龜。當我想念烏龜，就用紅筆在皮膚上練習一遍。龜怎麼寫，龜要怎麼寫？後來我才想到，可以灑水上去，也許會有不同的造型。但佑說，順序不對，整個神情就會消失了。

我抱著泥像，未乾而軟爛的泥像，一路奔下樓梯。泥像卻逐漸陷入我的手指當中，彷彿要留我。我停下來，坐在階梯上，擁著它的臉龐，同時破壞它的造型。

「要常常揉它、練它，才不會乾掉。」射進樓梯間的日光稍微被遮住了一點。

佳作／林佩妤
五號

作者介紹

臺灣大學社會學系一年級。還在尋找最舒服的社會角色，寫作的人可能是一個。

著有《長大後不想忘記的事》，希望十年後真的沒有忘記，而且還有下一本。

得獎感言

謝謝老師，筆電，按摩師傅和卓聯的丹堤咖啡。

謝謝小說，它的虛構和抽離讓我更清楚看見自己。會再繼續努力的：）

五號

玻璃門被推開，懸在門上的風鈴叮咚一響。沉默如浪一般，從近門的地方往裡面推進，按摩師傅一個接一個安靜下來，動作甚至頓了一下。沙發椅上聊得熱絡的客人不明所以，也不安地跟著噤聲，往同一邊探頭。

一個女人逆光站成了漆黑的剪影，她緩步走進，高跟鞋喀喀敲打磁磚地，長裙和大波浪捲髮跟著一晃一晃。

「張……五號，在吧？」

頭髮花白的老師傅們面面相覷，夾在皺紋間的唇微微歙動又闔上。櫃檯邊有扇門簾被掀開，一個著短袖棉衫的年輕人走了出來。

「你……可以嗎？我這邊快好了等下也可以做……」

「沒關係。」年輕人低頭向矮凳上的師傅揮揮手，「什麼地方？」

「肩頸就好。」

女人被帶到靠近角落的沙發椅坐下，趁著年輕人倒茶、調整小螢幕電視的角度，她瞥了一眼他的臉，那雙薄唇一如預期地繃成一直線，目光專注在前方看不出表情。女人鬆了口氣，又隱約有點失望，不知道他記不記得，她第一次給他按的就是肩頸。

年輕人離開了，大概是去拿熱毛巾和乳液。女人向後陷進椅背裡，被舊皮革的氣味環繞。上次來這裡是半年前了，她還記得他看見自己時僵住的神情，好一會她才理解那無關驚喜。年輕人一直推她離開，她執拗不依，最後勉強地給一個女師傅按了腳底，全程冰冷的表情讓多話的女師傅幾乎不敢出聲。

「幹嘛還要花錢去店裡？」那天晚上他揉捏著她赤裸的胸，俯身在她耳邊細語，「我在家裡免費給妳做全套的……」

他的動作輕柔，變換各樣的指法，彷彿掌中把玩的軟肉是細緻的藝術品。她瞇起眼，輕哼一聲向後仰，暗想著自己還是更喜歡他按摩時那種生猛純粹的力道。

真是奢侈的不滿啊。那時他們還做愛。

年輕人又走向她，把對折的熱毛巾罩在她肩上。潮濕的觸感先是令她一陣瑟縮，又被絨布溫熱的柔軟熨得舒展妥貼，身後那人停頓得有點久了，她正要回頭，就感覺長髮被輕輕撩起，紮成一個鬆垮的包頭。

不經意觸過她頸後的指尖，比浸了熱水的毛巾還要燙人。

「妳是真的要去？」

「對啊，陪我去嘛，我請妳。」

「才不要，尷尬死了。」Gina吐舌，「去給前男友按摩到底是什麼概念？」

「我就是想看看能不能回到最開始那樣嘛。」梓安搖了搖滑鼠，對著亮起的電腦螢幕發呆。

回到關係的初始，始於肌膚相觸卻無關肉慾，只有最隱密深刻的心靈相通。他的指腹一壓便知曉她未曾言說的煩憂，使勁一推，鬱結的心思便如水流散，沒入肌肉的紋理間。

「嘖，當社工的人還能這麼天真。」Gina搬來鐵櫃上的一疊個案資料，紙張摔在桌上的聲音悶悶的，還有空氣從縫隙間溜走的摩擦聲。她又嘆了口氣喃喃自語，「也是，只有天真的人才會當社工喔……」

梓安敷衍地扯一下嘴角，心思早就飄開了。最開始，那三個字好像剔透閃著光，一出口就不能若無其事地收回了，它們散發強烈的吸引力，直牽著她往某些悠遠的時空去。

也不是真的多久之前，只是一切都變了太多，便感覺像橫亙一段難望穿的距離。

那時張凱還叫作五號。鎮館的大師傅只有姓，其餘夠資深的師傅們才以名字被稱呼，而他是唯一的學徒。其實許多人都默認了他的「出師」，只是和其他師傅的年紀實在差了太多，又喊得習慣，還是叫他五號，兩個短音節裡夾著疼愛縱容的意味。

養生館是Gina的朋友介紹的，隱身巷弄間，只有一塊斑駁的深綠色招牌。Gina說它只是用來幫新客指路的，見過一次那人潮她就懂了。

「小青介紹的喔，那一定是推薦張姨吧……」櫃檯的阿姨來回張望，又翻找桌面上的紙條，眼神幾乎沒落在她身上，「不過大家都很忙欸……五號可以嗎？妳不要看他年輕，也很有經驗的喔！」

第一次按摩的梓安怯生生的，雙手在小腹前交疊，順從地點頭。她環顧籠著黃光的昏暗空間，快速掠過沙發椅上那一張張或閉著眼，或雙唇開闔不停，神情鬆弛的臉，揣摩該如何當個好顧客。

目光回到櫃檯前，她才發現暗處站著一個青年。他看起來比自己更小一些，罩在和其他人一樣的米色棉衫和長褲裡，底下是古銅色的肌肉線條，藏不住大男孩的陽光氣。出於和許多非行少年相處的直覺，她很快注意到他腕上的刺青，黑色花體英文單詞。

五號帶著笑意，嘴巴動了一下，梓安其實沒聽見，但她想他說的應該是「這邊」。

倒茶、打開電視、敷熱毛巾，五號來回忙碌了一陣，沒再說話。梓安乖巧地坐著等待下個指令，擱在腿上的手又握了起來，連背脊也只是輕輕抵著沙發。

直到頸後的熱毛巾被掀開，有細微顆粒的毛料觸感被一隻微溫的手取代，她才聽見五號的聲音。他輕笑一聲，聲音比想像中低沉，梓安覺得耳窩一陣痲癢。

「不要那麼緊張！妳第一次按吼？」

她不敢動彈，小小嗯了一聲，臉頰有些燥熱。剛才明明深呼吸好幾次，還刻意壓低肩膀，努力想放鬆了。

但說也奇怪，當五號的掌心完全覆上她的肌膚，施力下壓後緩緩繞著圈，如此來回幾次，她便感覺被觸過的地方都變得柔軟，像有道深鎖已久，連自己也不知道的結被解開了，肌肉一下子得以自由舒張。連呼吸也變得平緩，她不自覺想閉上眼睛。

「憂國憂民，妳的工作是不是要擔心很多人啊？」

「你怎麼知道！」她幾欲交纏的上下睫毛倏地分開。

「這裡。」他的拇指抵在後腦勺某個地方，逐漸使勁，梓安剛開始感覺到悶痛他就收了手，「都塞住了。」

接著幾天，她逢人就說那按摩師傅有多神奇，不只按完舒暢清爽，他只碰了那一小塊地方，就知道她的工作、飲食習慣、最近的睡眠品質，「比算命還準！」

朋友都笑她沒經驗，說按摩本來就都是這樣的。她不聽，老師傅或許有巧勁，熟練各個穴位最好的按法；但那樣來自年輕強壯身體的力道，因為青澀而帶一點探索意味，細心捕捉她每個反應的誠懇，她相信那是五號獨有的。

她開始省下手搖杯的錢，只為了更常往養生館跑，反正五號也叫她少碰冰的。當他一邊用指節在後背來回滾動一邊說，「最近吃得比較健康喔！」梓安覺得自己簡直是把勞作用力攤在老師面前求誇獎的小學生。

按摩時，五號不是站在她背後，就是低頭看著她的腳，只有剛進門和結帳時能匆匆互看。她想，在人群之中，加上距離和帽子口罩等等阻隔，他們未必能認出彼此；但如果在一輛急煞的公車上，他的手不小心抵住她的背，他們的肌膚一定能彼此相認。多親密的關係。臉屬於每一雙路過的眼睛，可他們熟悉的是彼此的肌肉弧度、掌紋的排列，一些更不輕易共享的枝微末節。

在另一個人面前無所遁形，她竟然不感覺赤裸不安，反而格外踏實。初入職場的水土不服，難以啟齒的焦慮茫然，都有一雙溫暖的手能穩穩接住。在一個角落裡有人如此了解自己，城市再如何冷漠，如何高速運轉，她都有了不被吞噬的底氣。

但在一起後就不一樣了。他不願再把她當作客人，即使象徵性地按了幾下，也很快就會往不可言說的地方探去。那雙手彷彿拓荒者，遊走在她鋪展開來的高山深壑，時而侵略挑逗，時而柔軟得像溫熱水流，唯獨沒了從前那直直觸在靈魂上的深沉。

也許一開始就不該交往的，梓安偶爾會想。

她喜歡當他的客人，喜歡他所有出於敬業的對待，也許自己並不真的想成為他的獨一無二。

「我一直不知道，妳叫什麼名字？」

五號對她的瞭解在每一次的見面快速躍進，除了來自身體的，也從交談中得知那些一般社會人士要定義她時所需的資訊。他知道她比他大一歲，前年畢業於頂尖大學，為了理想每天搭捷運從六坪小套房出發，到擁擠的ＮＧＯ辦公室面對一堆問題少年；卻從沒問過這最基本，意義幾乎等同起手式的問題。

那時五號雙手圈住她的小腿，像一個過小的環硬是要從腳踝往上推。梓安愣了一下，乾脆等緩過那陣擠壓的鈍痛再開口。

「工作上遇到的人都叫我Ann。」

「我是妳工作上遇到的人嗎？」

她輕笑一聲，「梓安，許梓安。你呢？」

但自己就是出現在他工作場域的人。一說完梓安就想到了，這個認知莫名讓她有點沮喪，隨即被自己快速湧現而且沒來由的情緒嚇到。

「我叫張凱。」

以前都沒注意過嗎？那低沉的聲音帶笑的時候聽起來天真靦腆，像籃球隊裡不是主將的那種男孩。

到下一次去按摩前她都在困擾，下一次去該叫他什麼？都知道名字了還叫五號是不是有點沒禮貌，但……張凱。她還記得自己在家裡小聲地唸，感覺用了格外多的力氣才從喉嚨推出，那兩個音節莫名不協調，尷尬地滯在沉默的空氣中。她只唸了一次就住嘴，像吐出什麼秘密一樣耳根微熱。

後來才發現這根本是個假問題。她一踏進養生館，櫃檯阿姨就會回頭喊五號，或要她先到哪個位子稍等，一句話都不用說。她從沒意識到自己被默認成五號的客人了。店裡沒有人露出神秘兮兮的八卦笑，話語手勢也都和對待另一個客人並無二致，但這個認知讓她坐立難安，連和經過的老師傅打招呼都突然不好意思。

櫃檯阿姨、師傅、常客們……其他人看著他們，心裡都在想什麼呢？

張凱不知道她一大圈的心理活動，揮著手向她走來，「妳來了啊！」

事情好像就是從那天開始變化的。

先是下背、腰間、腳心，然後如病毒感染蔓延開來。除了陷進肌肉裡的疼痛，她開始在某些部位被觸碰時感到麻癢；不是被蚊子叮那樣鑽進皮肉裡的，而是浮在肌膚表面，隱約飄忽，伸手去抓卻又觸不著的感覺。太強烈時便聚成一股電流，快速穿梭全身，在下腹匯集成一汪溫熱。她總會不自主地瑟縮，然後微弓起背，感覺胃也跟著揪起。

她變得很敏感，好像神經不斷滋生，且被觸發過後就無法回到原先的遲鈍。不只如此，她覺得張凱的手也變了，偶爾會遲疑，會收回力道，偶爾突然在一處耽溺過久。

都是社會人了，說起謊來大都能面不改色，但身體喔，身體不會騙人的。

按摩不再是全然放鬆和自在的過程，多了一點緊繃和小心掂量，好多細節一旦注意過就無法再忽視。梓安開始計算與張凱對視的次數，拿捏沉默的長短，話出口前都先溜去腦袋審核一遍；累人，但凡嘗到一點點的快感都令人越發上癮。那天聽到他這那麼說，她幾乎是失落地大叫出聲。

「我覺得，我不能再幫妳按摩了。」

「什麼？為什麼？」

「趙師傅說，如果心裡有其他邪念，按出來的手勁就不一樣了……」

她那天晚上就吻了他。

他們年輕但被迫學著世故，於是交往時感覺更年輕了。梓安常想到國高中的自己，和體育男孩在一起的資優生，在球場邊勾手，在校園旁的暗巷擁抱，好像時常在一起但也沒說多少有意義的話，只記得如何齊聲大笑，陽光照在他們透紅的頰上。

她會在下班的路上買了宵夜，去養生館等關門。師傅們會慈祥地笑著催促，說要幫他收拾，推門走出的時候張凱總害羞地低頭，而她笑著揮手。他們在霓虹躍動的夜裡牽手，漫步遊蕩，交纏的十指就是不會迷失的定錨。

也許是這樣，她忘了他們都已經長大。大人是不相信兩人世界的，他們只有現實。

梓安和張凱之間，能毫無疑問被定義的吵架大概只有一次。也許曾有過一些帶刺的對話、細微的擦槍走火，但她不記得了。張凱不是個案，不用記錄他的每句話每個反應。

梓安記得的總是他的背影。「反正我說不過妳。」、「我不想吵架。」當他們有些爭執，剛開始張凱會試著繞開話題，說一些無關緊要的話甚至逗笑她；發現她不會就此放過自己後，他學會一種幼稚的沉默，無論如何都閉緊嘴，最後變成轉身就走。

拒絕溝通。個案會談時他們是如此稱呼的。

這比爭吵更糟，這代表毫無進展。梓安知道這是最不好的情形，但每當看見張凱這樣，她總是鬆一口氣。她想要的從不是什麼進展，她只想要他們的關係維持原樣，一覺醒來就當作什麼都沒發生，張凱還是會在出門前擁抱她，這樣就好了。

Gina是從加班時間看出異狀的。「妳又要留下來？」

「最近不是很忙嗎？又要和家扶合作活動又有一些新個案。」

「什麼時候不忙了？」

梓安習以為常地忽略她愛挑事的嘴，手中的文件卻被她一把抽走，「妳和張凱怎麼了？前一陣子妳還想盡辦法早走要去等他下班的。」

Gina彎腰傾身，梓安抬頭，就這麼僵持了一陣。那些幽微的一旦被言語定義就無法否認了，梓安猶豫著該傾吐還是打哈哈帶過，嘴巴卻搶在思緒之前，「這妳也看得出來？」

「就說了，我繼續讀下去一定能考上心理師。」

對著那張自滿的笑翻了個白眼，梓安坐直了準備說話，與一雙期待的眼睛對視好久，才發現一個字也擠不出來。

「我也不知道啦。」

說完她就笑了，帶著歉意，又有感到極度荒謬的冷笑，不知所措的面部肌肉顯得扭曲。

不是張凱拒絕出席她的同學會，也不是他從公益活動接她回家時悶悶不樂，有什麼在更早之前，她想不起來的時候就發生了。她猜想，那像是一顆永夜裡發芽的種子，暗自生長，天亮被發現時已經大得無法連根拔起。

最初的激情像迷霧散去之後，許多細節都不再被朦朧遮掩；話題的斷裂、對彼此生活圈的陌生，突然都清晰硌人。他們開始常因為一些小事不愉快，那種不見得會挑明，卻擱在空氣裡無法忽視的不愉快。他們都隱約知道那不只關乎當下的事件，衝突或誰犯的小錯都只是表面，有更大的陰霾在逼近，在操弄一切，卻又說不出是什麼而無從解決。

她以為對小石子轉頭不看就好，它們卻日復一日積累，終於堵死了路。

「你不說清楚，我怎麼知道你在想什麼？」

梓安是文字的信徒，總在試著吐出更精準、更有力的詞彙。她從小受的教育就是那樣的，強調表達，覺得戰爭極其落後可憎，卻都用言語和思想當作武器，即使她不願承認。還指望溝通的時候，她總是看不慣張凱吞吞吐吐，沒擠出幾個字就頻頻嘆氣，或乾脆消極地縮進椅背裡，吞下露出一半的話語。

也許每個人都有不同的傾聽和表達方式，至少她說服了自己。她央求張凱像從前一樣幫她按摩，那曾經是他們互通心意的管道，但他總是推託自己累了，甚至發脾氣，怪梓安只是把他當按摩小弟。

「我們的世界不一樣。」最後張凱總是這樣作結。

算什麼敷衍高中女生的爛藉口。

「失學、早早進入社會……」Gina拍了一下梓安正盯著的電腦螢幕，瞥了一眼見她沒反應，又繼續悠悠地說，「妳應該要很善於和這樣的男生相處了啊……」

至少還知道停頓一下。梓安居然已經覺得欣慰了。

「他是我男朋友，不是個案。」

「不是啦！我的意思是，那些談話技巧、行為模式，妳還是可以帶到生活中用啊……」

她突然明白張凱也想說過這樣的話，以他的表達風格，梓安到現在才聽得出潛臺詞。那是某趟下班的車程，氣氛在幾句談話之後有點僵滯，但還不到爭執的邊緣，張凱看著前方吐出一句：「我怎麼覺得，比起我，你和那些問題少年相處得更好。」

「你在說什麼？」梓安瞪大眼轉頭看他，又噗哧笑出聲，「你在吃醋？有什麼好亂吃醋的啊？這是我的工作欸！」

她好笑地伸手逗著他的下巴，張凱不滿地別開頭，「不是，但你可以那樣和他們很聊得來，為什麼平常……算了。」

梓安那時只被逗樂了，忙著欣賞男朋友的可愛，睡前才覺得車上的他似乎試著要說什麼。但還沒想通，又在幾天後被他的一句話堵住：「我是不是另一個你在扶助的青少年？」相像的對話反覆出現，從張凱、Gina，或知道他們關係的朋友口中。他們一會期待她以社工的專業解決問題，一會又笑她怎麼能把交往和工作混為一談，越聽她就越是困惑。她越來越難只憑直覺和張凱互動，給出反應前都要再三斟酌，摩擦不但沒有減少，那種經過計算的僵硬尷尬，反而把距離推得更遠了。

自己可以讓那麼多棘手的、和誰都難相處的個案卸下心防，建立關係，卻連和男朋友的日常互動都做不好嗎？

茫然堆積成沮喪，又循著心理防衛機制築起憤怒的牆。她察覺了，卻沒有力氣反抗，放任自己失去耐心任意怪罪。心理學果然不是騙人的啊，她想。

「你知道嗎？那只是你的大男人主義作祟。」唯一的那次大吵，她終於失控大吼：「我的學歷和生活圈讓你覺得自卑，沒安全感，開始亂發脾氣，又不願意說，放不下該死的自尊心。但這些又怎樣？我愛你又不是……」

「妳就是這樣想的？」張凱從沙發上站起來，跨一大步逼在她面前。

他們都不知道那會是最後一次見面，但梓安確實把他那一刻的臉記得清楚了。張凱低頭俯視，一張臉陷在陰影中，眼睛卻特別明亮，眼周泛著點點血紅，目光是她沒見過的狠戾。

張凱抬起右手，梓安以為他要揮拳，下意識閉上眼，但他的手滯在半空中，左手指著手腕。「妳知道這是我媽的名字縮寫嗎？妳不知道，妳從來不問，妳一直以為是什麼幫派入會證明，不敢對我提，其實也不想知道對不對？」

「妳搞清楚，月入七萬的是我，假日能去看房的是我。」他的胸口起伏，微敞的襯衫領口幾乎要搧到她的眼睛。

「我不是需要妳可憐的個案。」

梓安閉上眼睛，隨著頸後那雙手有韻律的動作漸漸沉進椅墊裡。張凱的手法明顯又更老練了，也不知道是技藝進步，或只是太熟悉她的身體。省去了那些探詢的過程，他們一句話也沒說，梓安勉強集中越發渙散的意識，回想一下，才發現省去非必要的話後真的可以沉默至此。

如潮的睡意再次將她溫暖包覆，那雙手的觸碰沒帶給她想像中的緊繃，也沒有記憶裡的酥軟麻癢，只有踏實的安全感。她算是認清，他們真的就到這裡了。

她和張凱真的曾經快樂過，但也就是快樂了，仙女棒那樣燦燦的火花不可能一直燒下去的。現在這樣大概才是他們最適合在彼此生命出場的角色。可惜了，梓安心想。不知道再過久一點，能不能當回那個愛和五號聊天的客人，她真的很喜歡他的勁道。

睡著前她想到一個場景，那是他們開始交往沒多久後。那天她只上半天班，早早訂了餐廳，套著一襲細肩帶洋裝來等張凱下班，連櫃檯阿姨都忍不住撥空虧了兩句。張凱卻剛好沒帶替換的衣服，扯著那一身古樸的裝束，臉都垮了下來。

「你穿這個很好看，真的！」梓安攬住他的手臂，歪頭靠上他的肩，「這就是我愛上你的樣子啊。」

就著路燈，她看見張凱的耳尖泛起紅暈。

「妳覺得，如果不是在這裡遇到……」

「那你會不會是我的個案啊！」

「讓我說完啦。」張凱轉身看她，神情認真，「你覺得我們還會在一起嗎？」

她當然沒有回答，甚至無暇理解那個問句，他們的唇又交纏在一起了。

那時候，任何的話都只是調情或索吻的邀請。

佳作／郭子銓
千年後的你

作者介紹

新竹人，一九九九年生。對花生過敏，一陣子會換一次髮型。興趣是看電影，相信命定論，喜歡坐在日光大道的長椅上看毛毛蟲，幸運顏色是綠色。

得獎感言

很幸運能夠得獎，這是我第一次得到文學獎。

千年後的你

原來這就是一千年後的世界。

我被一群身穿灰白色套裝、和你當初穿著一模一樣的人們帶往一架飛行船上。他們用一種奇怪的眼神看我，好像我是什麼珍奇異獸似的。的確，我不像你們的皮膚，如此白皙，我也幾乎快忘了你的皮膚是如此潔白。透過窗，我看見了你們這個世界的星空，就像你說的，流星早已不足為奇，而遙遠的星空確實有幾個角落正在不斷閃爍著。

飛行船讓我無法感受到任何重力，一眨眼就來到了你們的星球。高樓矗立，我突然想起你曾經和我說過，這些大樓與你在我的書上讀到的文字排列很相似。

我們降落在一個漂浮於空中的停機坪，底下似乎接連著不少管線，延伸到四周的大樓。我這時才察覺到飛行船從起飛到降落都沒有任何噪音，這讓我對於你們的科技發展更加欽佩。一千年的差距竟然如此巨大。

我被帶領到一個大概是電梯的地方。我說能不能讓我喝個水？不知道是不是因為這裡的空氣比起我熟悉的世界還要來得乾燥，我感到口渴。每個人聽見我說的話，都瞪大了眼，甚至還帶點興奮。我想起你第一次聽見我說話的時候，好像也是這樣。有人遞上了水，我緩緩地喝下。

電梯是透明的，速度很快，快到外頭的燈光都成為一條條光線，懸吊在黑夜中。雖然感受到速度的飛快，卻沒有絲毫的不適感，最後電梯往一棟黑色的大樓下降，建築物的內部同樣看來充滿了科技感，懸空的按鈕、透明的面板，我不曾看過的各種裝置。

你的夥伴透過類似無線電的裝置正在溝通，與此同時，我們也不斷在移動。我們穿過了很多道大門，有些門需要識別證、要瞳孔掃描或輸入密碼，有些門一旁還有人守著，感覺像個什麼重要的軍事重地。最後，我們來到了一個看起來厚重的房門前。他們對我做出要我進去的手勢，大概吧，反正我被推進房門。

房門裡頭擠滿了人，但遠遠地一眼望去，最吸引的依舊是你那熟悉的橘紅色頭髮。你的穿著很明顯地比起別人還要高階，像是個領導者，正在指引整個團隊。你對著投影在桌上的星球——看起來就是地球的樣子——標示著幾個點，這些點散發出吸引人的光芒。我慢慢走進，而身旁的人們逐漸引起騷動。

你被這陣騷動引起注意，抬起頭。你深藍色的眼睛，依舊讓我難以忘懷。

你先是愣了一下，然後盯著我很長一陣子，而我也看著你。

過了很久很久，久到我聽不見周遭的吵雜聲、感受不到時間的流逝，你才終於開口。

嗨。你對我說。

嗨。我也對你說。

我們相視而笑。而我注意到，你湛藍的眼睛泛著淚光。

☆

第一次遇見你，是在一個天氣晴朗的早晨。

太陽剛從海上浮出，昨晚被大雷雨吵得睡不著，索性來海邊散步。遠遠地我看見你的身軀卡在岸邊，隨著海浪沖刷，浮浮沉沉。原本以為發現的會是一具屍體，帶著稍微忐忑的心走近一看，卻發現映入眼簾的你身穿一套灰白色、看起來和電影裡頭出現的太空套裝一模一樣，手臂上刺眼的警示燈還閃爍著；橘紅色的頭髮沉浮在清澈的海水，你的皮膚異常的白，鼻子和一旁的海岸山脈一樣高，隱約還能發現你的胸膛隨著你的氣息起伏。

猶豫了很久，決定把你移往遠一點的岸上，你的鞋子與拖曳過的石子發出的聲音和海浪沖刷它們的聲響有一點相似。思考著該不該請求協助的時候，你突然睜開雙眼，驚恐地起身，你的眼睛是很清澈的深藍色，和你身旁的大海顏色很相像。當你看見我時，你的瞳孔瞬間放大，驚恐的程度比幾秒鐘前的你多更多，你雙手一撐，迅速遠離，雙眼緊盯著我，視線沒有移開過。你說了一句話，但我聽不懂，一個好陌生的語言，加上你的模樣，讓我懷疑你是不是從別的星球來的。後來才發現，原來我對你的第一印象完全正確，你真的是從別的星球來的。

語言是溝通的工具，但少了語言，頓時讓我們不知所措。你是誰？我問。你愣了愣，左手繞了幾圈的同時又說了一句話，似乎想表達什麼，但我懷疑或許我們肢體語言的意思也有所不同。你攤開你的手掌，掌心上的黑色圓盤突然展開放射狀的青綠色光線，重組後合成一條直線，懸浮在你手上。你對我喝斥一聲，點了自己的嘴，又指向我。

什麼意思？你要幹嘛？我對你說。懸浮的直線開始波動，重複波動，然後一旁開始浮出密密麻麻的亂碼，我眼中的亂碼。而你驚呼，嘴角上揚，這是我第一次看見你笑。然後你對我說：Mandarin？

就這樣，我們花了一整個早上，面對面，用你手掌上我把它當作是翻譯機的神祕科技，一句一句，把你的語言轉換成英文，我再理解成我的語言。英文似乎是我們的共通語言，慶幸自己英文還不錯，如果聽不懂，我就用我的手機馬上查，但有些陌生的字卻還是卡關，查也查不到。你好奇地看了我的手機，我指了你手上的光，你理解似地點了點頭。這是我們科技的差距吧，我想。

你對語言似乎有一種天賦，一下就能掌握我的語言，雖然還沒辦法講得特別流暢，但對於基本的幾個用法和概念，加上一點指示，你就懂了。

你、我。

我指著你，再指向我。

眼睛、鼻子、嘴巴、耳朵。

你和我一起觸摸自己的五官。

頭髮。

我拉起一撮我的頭髮，而你也用你的手指捲起一束你的頭髮。

黑色、橘紅色。

你伸手捲曲我的黑髮，再觸摸你的橘紅髮尾。

我直視你的雙眼。深藍色，我在心裡默念。

早晨、中午、夜晚。

太抽象了，你無法理解。我用英文解釋一次。

天空、太陽、雲朵。

實體的事物你才能馬上懂。

山、石頭。

慢慢來吧。

海。

Hi？你對我招手。

不對，是海。我指著一道襲來的海浪，被你逗樂。

你說理論上，你不該和我接觸的，但我的語言吸引了你。中文是失傳已久的語言，已經沒有人能用中文完整表達一段話，也沒有人知道該如何念出正確的讀音，所以當你聽見我脫口而出的話，看見儀器分析結果，你好驚喜。失傳？我很訝異，怎麼可能，現在地球上近五分之一的人說著中文，或者說漢語、華語，相關的語言有如此多人正流傳著，怎麼會失傳？

你說在未來發生了各種我無法想像的事（還說你不能透露，不然會違反時空法則），後來人們找尋到了新的星球，在那裡生存，繁衍，一代接著一代，然後到了你的世代。感覺充滿故事的過程你就這樣輕描淡寫帶過，我有滿肚子的疑惑，但我知道問了你也無法給我答案。於是我問你，我們的時代差了多久？

一千年。你說。

一千年是被允許穿越時空的最適合年限，這樣的距離讓穿越者比較不會因為發現任何與自身經驗相關的事物分心而導致任務出差錯；也因為一千年的限制，讓每一次穿越時空的任務都只有一次機會，能穿越到此時此刻的時間，在未來也只會有一次。你說這是在你那個時代，身為時空穿越者都必須要知道的常識。能成為時空穿越者的人少之又少，多數人其實並不知道有這個職業，甚至連能進行時空穿越都不知道；而時空穿越者的任務就是回到過去，避免、預防某件事發生，或者確保某件事一定會發生。

為什麼不回到過去，把我的語言保留下來，傳承下去？我好奇地問。你說有些事是必須發生的，戰爭導致了貿易的發展，疾病促進醫療的進步，或許一個語言的逝去是造成未來某些重要發展的基礎。而且，你說你們沒辦法從事任務以外的任何行為，否則會造成整個時空的錯亂。

那你現在造成時空混亂了嗎？我笑著說。

大概吧。你也笑著回應我，撫摸我的髮梢。

任務又是誰指派的？你說其實時空穿越者這個職業像個棋子，被要求從事各種任務，但沒有人知道這些任務究竟是誰下達的。你猜測有一個更高次元的我們能夠一眼看穿所有時空，在適當的時刻安排任務，拯救我們免於危難，給予我們最適合生存的方式。

意思是，其實整個世界、整個宇宙的一切，都是被安排好的嗎？

你先是緩緩點頭，卻又馬上搖頭。你說雖然我們所過的人生，看起來都是命定好的，但你相信自己其實可以改變世界。你不太喜歡被註定的感覺，你覺得好像一輩子都沒辦法做出自己的決定，這樣就失去了人生的意義了。

就像這一次的意外，其實不是註定好的，而是你改變世界的開端嗎？

你盯著我，笑而不語。你湛藍的眼睛吞沒了我航行已久的船。

那你這次的任務是什麼？我問。

你思索了好一陣子，後來你只告訴我，這一次的任務出動了非常多人，是你參與任務以來最大陣仗的一次，因為非常重要，攸關到未來的世界。那究竟發生了什麼意外？你說當隊長宣布任務結束，準備穿越回去一千年後時，你所在的位置被雷擊中，時空儀器瞬間失靈。

你失去意識，之後你就在海灘上醒來，看見了我。

那你該怎麼辦？

什麼怎麼辦？

該怎麼回到你的世界？

等下一次任務吧，等小隊再次來到這個時代。

你轉過頭來看著我，兩人都沉默了。突然有種說不清的感覺，好像我們都不想要下一次任務的來臨。

與你相處在一起的日子，改變了我原本一成不變的生活。我好像帶著一個剛誕生的嬰兒，每一天都與你一同發現新的事物，你對周遭的一切充滿好奇，因為這並不是你所熟悉的世界。我一一告訴你你所看見的一切，教導你用我的語言表達，具體的實物與感觸、抽象的概念與情緒。而從你牙牙學語的樣子，到你不禁脫口而出的語句，標準的發音，就像看著孩子成長，讓我好有成就感。然而，每一天我都當作是我們相處在一起的最後一天，我不知道下一次任務究竟何時會到來，所以當我每天一早醒來，還能看見你湛藍的眼睛時，我都感到很慶幸。而我相信你也有同感。

書。書櫃、書籤。

我指著放在書櫃上的書。你好奇地翻了開來，快速瀏覽起這些文字。你說你最開始看到這些字，就好像在你的世界那些高聳的大樓剪影，只是現在是用一塊塊方塊拼湊而成的。後來的好幾天，你都沉浸在這些書的世界，我陪著你一起閱讀，偶爾告訴你指的這些字是什麼意思。很快地，你連詩都能夠細細品味了。

衣服。衣櫃、衣架。外套。

你褪下的灰白色套裝掛在我衣櫃的深處，那是我不曾觸碰過的材質，你說這是用一種地球上沒有的軟金屬製成的。普通的棉質上衣，牛仔短褲，你的四肢和你的臉一樣，異常白皙，在你身旁的我顯得膚色很深。你說在你們的星球上，沒有像我們一樣有太陽的存在，各種能量如熱能、光能等都是靠地熱與科技而來的。

一千年的差距，會改變什麼嗎？我很好奇。你說你也是，你其實從未接觸過往的人類。面對面的兩個胴體彼此觀察，毫無遮掩，你的皮膚很光滑，除了頭髮之外，身體沒有其他的毛髮。我的肌肉紋理看來與你相同，心臟的位置也偏左，但你說你們已經沒有闌尾，免疫系統比我們來得更完備。你的腳底板在比例上似乎顯得更寬，但整體來說，我們依舊很相像。

甚至，我們連身高都很接近，體型、身材也差距不遠。最不一樣的，大概是你與我的體溫。當我們互相觸碰時，可以明顯感受到你的冰涼與我的溫熱。

我們都是人類，流著相同的血液，擁有相同的情緒，我能感知到你的感受，相對的你也可以。當我觸碰你的胸膛，我能感受到你的心跳加速，你從你的雙眼看透我的靈魂，觀察到我的瞳孔正在微微放大。你橘紅的髮絲與我的黑髮糾纏在一起，當我們擁吻時，我有點擔心唾液的轉換會不會讓彼此的身體出現問題，畢竟我們的人體結構相隔了一千年。幸好後來，我們都相安無事。

海。你說。

對，海。

我們躺在海岸邊，看著滿天星空。星星，我指著天空，對你說。

星星。你已經很精準掌握發音的方式了。你從你背包拿出了一個類似手電筒的東西，射出一道光，很像雷射筆，但光線卻沒有那麼銳利，帶了點柔和。你對著天空比劃了好一陣子，光線指向一處遙遠的黑，告訴我，這就是未來的人類的家。

你盯著這片星空，過了一會兒後發現，這片星空與你所熟悉的有一些差異。我說的每一顆星你在推測後，都能精準告訴我位置，你說這是你們從小就要學習的必修課程，除非我提起一些已經消逝的星，那些在一千年後已經黯淡無光的死寂。我告訴你星座的故事，你們早已不再把天上的星星連成線，而你說在一千年後，這些星座有些已經缺了一角，或者上頭有人類的基地。你比較著未來抬頭仰望星空的模樣與現在的差異，告訴我某些方位還會散發出持續的閃光，避免航行宇宙中的人們失去方向。你望著現在的天空，感嘆原來這片星空曾經如此純粹。

一道流星劃破天際，我閉上眼睛對它許願。你很疑惑，我告訴你我們對於流星的傳說。你說在你們的星球上，天天都能看見流星，早已不足為奇。你問我許了什麼願望，我告訴你如果我說出來就不會實現了。

那晚伴隨著海浪沖刷碎石的聲響，我們牽著手在銀河間共舞。

春天過去了，夏天剛來臨。你說你翻到了一首詩，剛好有英文在旁邊，但這個英文與你印象中的也有些許落差。你要我唸成中文給你聽。

我接過來一看，是莎士比亞的詩。莎士比亞？你一臉疑惑。沒想到連莎士比亞這樣的大文豪，儘管經過了四百多年的歲月仍然傳頌著，但再過了一千年也沒有人認得了嗎？我替文化的逝去感到些許難受。你說，或許在你們的大數據資料庫某一個小角落會有這個名字的存在，但在一些意外後（你又搬出時空法則，不肯向我解釋），人們把發展重心放在科技與生命相關的研究上，就算在未來，你們自己也發展了你們自己的文化、文學，但你說，我書櫃裡的隨便一本書都比你讀過的故事還要吸引人。

甚至，你說這首詩，是你讀過最美的一首詩。

Shall I compare thee to a summer's day?

你先試著唸英文。你的口音我已經聽了無數次，但直到如今，我還是深深著迷。它不屬於任何一個國家的口音，是一種難以模仿、難以駕馭的抑揚頓挫。

我是否該將你比喻為夏日？

我唸出翻譯。

Thou art more lovely and more temperate.

比起夏日，你更溫柔動人。

Rough winds do shake the darling buds of May,

狂風搖落五月的嬌蕊，

And summer's lease hath all too short a date.

夏日只是個稍縱即逝的季節。

那年夏天，是我度過最美好的一個夏天。

我帶著你認識我所熟知的世界，不再用習以為常的方式過著本該是獨自一人的生活，你的出現打亂了我的所有，卻也亂得令人陶醉。

從來沒有料到，光是這短短的、眨眼即逝的夏日，就可以發生如此多的改變，一直到最後，徹底改變了我的一生。不對，或許不能說改變，照你的話來說，是讓我遇見我註定好要過完的一生。

Sometime too hot the eye of heaven shines,

時而，穹蒼之眼炙熱難當，
And often is his gold complexion dimmed,
時常，穹蒼容顏金光褪藏，
And every fair from fair sometime declines,
美景時時衰微，融入下一個美景，
By chance, or nature's changing course, untrimmed;
或順應機緣，或循自然荒野的行徑。

那些美景與你一起見證。從雲縫竄出的日出、魔幻時刻的金黃日落。搖曳而發出窸窣聲的森林、蟲鳴鳥叫。閃電、打雷，暴雨過後的彩虹。坐在後座的你，沿路唱著我教你的歌，雙手擁抱著迎面而來的風。我們又走過好多我也不曾去過的地方，但那些風景也比不上你，只是更襯托了你的光彩奪目。

一些拿手好菜，或是酒精，你似乎無法負荷酒精帶來的暈眩和昏沉，你說未來的你們沒有這種飲品。看著原本白皙卻變得通紅的你，我與你一同痴痴地笑。不知不覺，我們隨著音樂漫舞，你特別喜歡古典樂，那些你不曾聽過的柔和、動人。後來的吻以及後續自然而然地發生，那是人類自古以來皆有的情緒反應，一種對於愛的本能；就算是差了一千年，也不會改變的本能。

But thy eternal summer shall not fade
然而，那屬於你的永恆夏日從不老去，
Nor lose possession of that fair thou owest,
你所擁有的夏日之美也不曾淡去，
Nor shall Death brag thou wander'st in his shade,
死亡無法誇言，你曾漫遊於他的陰影，
When in eternal lines to time thou growest.
因為你已誕生於時間永恆的詩句。

好多時刻都值得成為永恆。

你背著夕陽的影子，你盯著毛毛蟲彎曲身體慢慢向前爬，你踩過水窪的尖叫聲。我躺在草地上看著藍天白雲，看著樹上的枝椏逐漸濃綠，看著你在我身旁。在你身邊讓我光是呼吸都覺得奢侈，每一刻彷彿都被暫停了。

我無法想像這個夏天逝去後的樣子，也無法想像沒有你之後的日子。

So long as men can breathe or eyes can see,

只要有人呼吸，有眼凝視著，

So long lives this, and this gives life to thee.

這首詩將長存，並賜予你永生。

所以我珍惜著屬於我們的夏日，珍惜著有你在我身邊的每一天。不管是那些照片，還是遇見你之後的每一篇日記，我都細心呵護著。只有這樣，我才能在未來的某一天，當你離去之後，記得你的種種。

☆

後來四季更迭，夏天過了一年又回來了；遇見你也已經過了一年多，彼此早已習慣了這樣的生活。有一天，你卻突然語重心長地對我說，你覺得任務已經失敗了，你可以待在這個時代與我永遠在一起。過往一年內至少會有三個以上的任務，然而現在已經超過一年了，卻沒有人來接應你。你認為任務徹底失敗了。影響很大嗎？你才告訴我，一年前你被指派的任務是確保時空儀器的發明，但其實參與任務的每個夥伴接收到的資訊都不太一樣，為了防止有人知曉事情的全貌後蓄意破壞，沒有人知道究竟做了些什麼才會真正影響到事件的發生。

那你被指派的任務是什麼？我問。

加入這次的任務，聽從指示。就這樣，沒有更詳細的說明了。你說過往的你是任務小隊中很重要的角色，就算不是隊長，也會是中心人物，但這一次就像個打雜的一樣，完全沒有具體的行動指示，像是個從旁協助的助手。

所以，你會永遠留在這個年代嗎？

我想是的。

那我們就不必分離了。

我們的眼神交會，就像時空交錯。

你不會想念你的世界嗎？你說在你的世界裡，你的生活一成不變，在科技發達的時代裡，有太多事顯得理所當然了，而一次又一次的訓練、任務出動，你也忘了你究竟是喜歡這樣的日子，還是被迫日復一日，迷惘地過著接下來的人生。

所以你說，你來到這裡，就像發現新天地一樣。雖然最初覺得生活好不方便，三餐還要自己處理，而不是按個按鈕就會有食物出現、交通工具竟然還要自己駕駛、紙筆也是你從未見過的記錄媒介，但熟悉了一切之後，你才感受到未來的日子都過得太快了，快到來不及好好享受一切，那些雖然花上更多時間卻能帶給你美好成就感的瞬間、親手去探索、發現的感動。你說你想要待在這裡，就這樣，好好過完你的一生。

原來我們的時間還有好長好長，我不必再擔心隔天清醒，就無法看見你的樣子。陽光從窗外灑落在你身上，橘紅色的髮絲在發亮，潔白的臉彷彿變得透明，我輕拂過你的臉頰，你的呼吸頻率穩定，與胸膛的起伏一致，而我又再次安穩睡去。

下一秒睜開眼時，你卻不在了。

你所存在的一切好像都是虛假的，我翻遍了整個房間，櫃子裡的灰白色套裝已經不在，那些照片也從相簿消失不見，日記裡的文字變得扭曲、無法辨別。我站在我們曾經一起走過的海岸線，思考著你會不會坐在海灘旁聽著海聲、等待魔幻時刻，那總是讓你著迷的夕陽？或者，你正站在路旁，看著來往的車輛並不是漂浮在空中，而是在地上呼嘯而過；你搭上一臺你不知道方向的車，繼續探索著這個時代的每個角落？

你在哪裡？

在外頭奔波了一整天，精疲力竭地回到房間裡，這時我才發現，床頭櫃上放了一個和你套裝的手掌上很像的黑色圓盤，但更大了些。

直覺地按下中間的按紐，熟悉的青綠色光線四散，投影出你的樣子，以及你背後的夥伴。

你用英文告訴我，你的夥伴回來了。或許你的任務失敗了也不影響時空儀器的出現，而對於為何過了那麼久才有任務，你們也沒有頭緒。但這一次的任務，根據你的同伴說，就是把你帶回未來，一千年後的你的時代。

我第一次看見你流淚，但我沒辦法看見你的淚水是否會讓你湛藍透徹的眼睛變得模糊，這些綠色光線組合而成的你讓我所熟知的你的一切變得陌生。你說你很感謝這段時間有我的陪伴，但你希望我能忘了你。

你被拍了一下肩膀，示意時間差不多了。你點點頭。在投影結束之前，你向我靠近了些，整個投影只剩下你的臉。

你用我的語言對我說，其實當初第一次見面的時候，吸引你的不是我的語言，而是我，讓你一見鍾情的我。

☆

距離我們第一次相遇，已經過了三十多年了。我沒有料到，原來科技的進步能如此迅速，讓我的研究可以更加順利、更往目標邁進。如今，整個故事都完整了，在這些年來我苦讀、鑽研，用盡一切知識所發掘到的一切，在此刻似乎都算不了什麼。我才曉得，原來這一切真的都是註定好的。

別人總問，為什麼我那麼堅持、花時間去研發這充滿不確定性的儀器；身邊的人們對我的研究也都抱持著懷疑與不信任。我總是說我知道我會成功，雖然我知道，沒有人會相信我說的話。

你說你可以改變世界，但我覺得整個宇宙發生的一切，都是命中註定的。就像你所執行的任務，就像你發生的意外，就像我遇見了你，就像我愛你。這一切，都是命定的結果。

那晚在星空下，我曾經問你，除了時空儀器能讓兩個不同時空的人產生連結，還有沒有別的方式可以讓我們遇見彼此？

你告訴我，有啊。愛。

愛。我重複一次。

你的任務其實成功了吧，或許現在的你還不知道。你的任務就是遇見我，而這也是我的使命，我註定的使命。就是因為你出現在我的人生，我才會有動力去發明這臺時空儀器，而經過了無數次的實驗，我相信它會成功，讓我可以穿越到一千年後，再和你相遇一次。

我走進時空儀器，設定好穿越的時間，閉上雙眼，準備倒數。我不害怕失敗，也不害怕發生任何意外。

我相信我可以，因為這都是註定好的。

佳作／張佩琪

染髮以前的，我的故事

作者介紹

出生於新竹。目前就讀師大音樂系，主修鋼琴。

十二歲時受同儕影響開始接觸寫作，但直到大學加入了社團後才真正對文字產生執著。曾任師大青年寫作協會社長。

夢想是為世界帶來一點兒笑容，以及過著能與白飯共舞的日子。

得獎感言

很榮幸可以獲得這次現代小說獎的佳作。想當初剛入學，完全沒想過能與紅樓文學獎有緣——直到寫著感／敢言的現在都還覺得相當不真實。

我覺得能獲得這個獎項，必須歸功於師大青年寫作協會的夥伴們：要是沒有他們用心地閱讀，並熱心提供很多修改建議，這次的作品一定無法成為今天的面貌。

謝謝大家。

希望能讓你再次與我的文字相遇。

染髮以前的，我的故事

01

第一次因為大人的稱讚而感到驕傲，是在我五歲、姊姊十一歲的時候。

那是聖誕節的親戚聚會，小孩子們分完新玩具後，各自滿意地離開了客廳；唯獨我手中空空如也，因為不想拿最後剩下的那個玩具。見我佇在原地一動也不動，似乎正在等待轉圜的餘地，脖子、臉蛋、耳根以及紅眶全都爬上了一片熱紅，一群大人面面相覷：買玩具的那間大型零售商在很遠的地方，和其他小孩協調玩具也有些晚了，然開飯時間就要到了，沒有人想出聲接下我這塊燙手山芋。

老實說，我最想要莉卡娃娃。那陣子，我們女孩子間相當風靡莉卡娃娃：細緻的五官及白嫩的肌膚，再加上日系的粉色調蘿莉塔式澎澎裙，可說是流行的象徵。但是唯一的莉卡娃娃被姊姊拿走了——她嚷著它的名字一整年了。也因為喊得夠久，所以一見有莉卡娃娃，大家都不說二話地讓給她。

媽媽率先蹲了下來，將袋子中剩下的那盤七巧板遞給我：璇璇啊，這次娃娃就先讓給姊姊好不好？她笑得好親切，親切得不像我嚴肅的媽媽。其他親戚也連忙幫腔，對啊，璇璇啊，下次再買妳想要的給妳呀。

璇璇啊、璇璇啊。

無以名狀的不舒爽在我的胃裡翻攪。為什麼我一定要讓姊姊？明明平常不乖乖寫作業、常常忘記帶聯絡本回家的人是姊姊耶，搶我布丁、使喚我跑腿的也是她耶……

然而，我知道他們的眼裡寫著的期待，絕不是我的哭鬧。於是我將七巧板接了過來。剎那間，在場的長輩們全都舒了一口氣：「璇璇最乖了！」他們紛紛揉了揉我的頭髮，就連平常吝於稱讚的媽媽也用嘉許的眼光看著我。「我們家璇璇一直是最優秀的。」他們緊接著將我的情緒捧得高高的，彷彿生怕我回頭望向自己胃裡的不愉快。

也許只要這麼做，哪天，他們就會買莉卡娃娃給我了；被姊姊搶去的玩具、衣服也都能回到我的手裡了——畢竟我是他們口中最優秀、最乖的小孩。看著手中五顏六色的七巧板被我不停地拆解、組回、拆解、組回，我覺得自己比姊姊成熟多了。

02

姊姊和我的年紀差說大不大、說小不小，正好是我升上國中，她便高職畢業的差距。畢業之後，她沒考大學，而是去了隔壁縣市的髮廊做設計師。因為接受不了太長的通勤時間，她和媽媽說想住在髮廊的員工宿舍。

嘆了口氣，媽媽的碎碎唸水龍頭一旦擰開了，便嘩啦嘩啦地停不了：于婷啊，我花那麼多錢把養妳這麼大，為什麼一定要做那種工作，拿個大學文憑多好，這年頭沒大學畢業沒飯吃，想當年我就是因為懷了……什麼的。但再怎麼嘮叨，也拗不過姊姊的固執，她終究是允諾了。

「姊姊的工作真的有那麼差嗎？」不但媽媽不准我到火車站給姊姊送行，任性的姊姊也不容許我吐出任何一字的挽留。在姊姊拖著行李箱踏出家門的那一刻，我只能訥訥地喃道。

搖搖頭，媽媽臉上的皺紋之間爬滿了無奈：璇璇，好好考個公立的大學吧，別跟妳姊一樣。

沒辜負媽媽的期望，我考上了地區首屈一指的高中，維持著可圈可點的成績。媽媽總是笑著和其他親戚說，全校性集會的司儀八成念爛了鄭于璇這個名字了吧，因為這幾個字老是接在「第一名」三個字的後頭。

在姊姊離家之後，媽媽的嘴裡便很少出現姊姊的名字了。甚至在幾次家族聚餐時，我還產生過自己是獨生女的錯覺。一直到高中我有了手機，才透過社群軟體得知姊姊這幾年的狀況：她似乎很常出遊，打過卡的地點幾乎可以繞整個臺灣一圈了。照片裡的她總是漾著神采奕奕的笑容，很享受著這個世界。

她染了一頭淡紅色的頭髮，掛起叮叮噹噹的耳環來；常常穿著短版的上衣，露出一截性感的蠻腰，很適合她——只能怪社群軟體的相片畫質總是參差，否則我就能確認她是不是在肚臍上也穿了個環了。

這樣的人，在我們學校是幾乎看不見的。不知不覺，我們的環境中也懸浮著對高職生若有似無的輕視。浸淫在這樣的氛圍下，我對姊姊的事絕口不提，也偷偷解除了姊姊的追蹤，唯恐同學看見了我和這種人搭上邊。

高二分班後，我追隨潮流地去了三類，認識了一個在名次上老是窮追著我不放的人。他是黃鈞。

要說我和他的共同點，大概是我們共享著同一所第一志願學校。我純粹因為那是臺灣風評最好的大學，而他則是從小便希望赴那所學校的資訊工程學系就讀，儘管離家很遠。

我們是在高二上學期的第三次段考之後熟起來的。結業式前一天的早上第二節課，數學課。因為要趕在放假前發考卷，所以數學老師大概是熬夜改考卷了吧。他臉上掛著的黑眼圈令人印象深刻：「這次班上及格的人只有兩個……下學期還會用到這學期的內容，你們這個寒假回去給我好好讀書……」

——誰會在寒假讀書？正當我這麼想著的時候，有人馬上用行動反駁了我。

他是黃鈞。

「喂？鄭于璇？」居然不是打錯電話，「我有事要找妳。妳現在有空嗎？」

聽他道完來意後，我關上房門，將手機放在桌上開擴音，從結業式回家以來就沒打開過的書包裡翻出一張有點壓爛的紙。這傢伙也太認真了吧，不過為什麼是找我……就因為我考得比他好？那為什麼是打電話而不是傳訊息……因為我跟他不是好友嗎？可是他從哪裡弄來我的電話號碼的啊？

千百個問題在我的腦海中盤旋，「你哪一題不會？」我卻只敢問出這句話。

我隨意地翻著那張掛著大大的96的數學考卷。我錯了一題填空，還是粗心錯，四分就這樣飛了，真不應該。

他抛了五個數字給我。

「不會吧？這也太多了吧？」

「還好吧，我又沒有妳那麼聰明。」

「不是啦，我記得你不是也及格嗎？總不可能錯這麼多吧。」

「喔，我有幾題雖然沒錯，但有幾個地方還是不太確定，想要問妳。」

儘管他看不見，我還是擺擺手，「唉呦，老師不會檢查你有沒有訂正的啦，都已經放寒假了耶，成績結算早就截止了好嗎。」

「我不是因為老師要檢查才訂正的。」

那不然是為什麼——我再怎麼笨，也不會問出這個問題來。大概是那一刻，我的心湖中多了一顆以他為名的石子，從景仰開始。

03

寒假過去，開學換了座位，黃鈞和我成了前後桌。那通電話像是開啟了什麼開關一般，他開始會轉過頭來和我說話，而話題的內容不再僅限於課業的你問我答了。

我曾經不經意地和他提過我姊。「妳有姊姊喔？」他看上去挺意外的。「我以為妳是獨生女。」

「什麼啊……喔，不過她跟我也不太像就是了。」我熟練地在手機中翻出了她的社群帳號，給黃鈞瞧了瞧那個淡紅色的她。

拖了半晌，他才像是耗盡了畢生的委婉一般，「要是在路上看到她，我不會聯想到妳。」我忍俊不住。

「我也常常覺得我們是兩個世界的人。」

明明是從同個肚子裡爬出來的，明明吃著一樣的米飯長大，為什麼她自個兒走那麼遠呢？我又和相片中笑容滿面的她四目相交了一次，隨即別開了目光。

反過來說，也許在外人眼中看來，黃鈞和我才比較像是同個世界中的人吧——但在我眼裡，卻是大相逕庭。舉例這個寒假為例子。這一個月的日子，我們都沒有補習，但他參加了一個大學辦的營隊，並列了一長串的書單與電影清單，度過了一個充實的假期；我則是成天窩在兩條巷子外的早餐店裡，包裝水果三明治和煎起司蛋餅。

雖然我並非自願去打工的，但我也不怎麼羨慕他，因為我對教科書以外的書沒興趣，也對參加營隊這種需要社交的玩意兒意興闌珊。煎蘿蔔糕挺有趣的，我特別享受把蘿蔔糕切成六等分，並完好地裝進小紙盒裡所帶來的療癒感；就像我享受把數學題解出來的那刻一樣。

他似乎說過他挺訝異那個名次在他前面的人居然比自己還混水摸魚，但我也只是踏實自己該走的路而已：母親要我好好讀書，我便讓她滿意；要我去打工，我就照辦。沒什麼想不想做的，只有該不該做而已。

話又說回來，坐在我前面的黃鈞轉過頭來時，有個習慣的姿勢。他會往左轉，側著坐，把手肘放在椅背上，並把重心壓在左臂上；有時沒注意到，他還會壓到我桌上的考卷。我很喜歡他的手入侵到我的地盤的時候，像是佔據了什麼東西一樣，看著便令人滿足。當然，這不會是什麼真正的佔有。大多數時候的他，在十五分鐘的長下課時會跟朋友們去打球，因為籃球場離教室還是有個一兩分鐘的時間距離；只有在老師拖到下課時間時，他才有回過頭的可能。

當然，這個習慣動作並不會只有我注意到。他的習慣引來了同學們的注意。接著他們像是發現了新大陸一樣，開始找我攀談。

「因為妳常常擺臭臉又不常說話，我還以為妳很兇，所以不敢找妳講話。」他們通常是這樣形容我的，「誰知道妳笨得這麼可愛。」但我也不太清楚他們對可愛的定義是什麼。我外表樸素，和姊姊相差甚遠。

當然，他們也注意到了我眼裡總是盛裝著的人影。雖然沒跟我正面求證過，但這在同學之間——不，全班之間，似乎不是什麼秘密。記憶猶新，一次音樂課分組的時候，老師先是抽到他的籤，在同組名單內又抽到我的名字，一唸出來的剎那，一陣笑鬧起鬨的聲音簡直要把音樂教室的玻璃窗給震破了。

還有一次，我和他一前一後打飯菜，被其他同學調侃，說什麼我們的身高很配，還很有夫妻相。

我總是面紅耳赤地大力否認，儘管心裡挺是開心。反應越大，越值得捉弄，這點我還是知道的。就這樣，提到他就會提到我，說到我就總不能少了他，我們倆的名字被串在一塊兒了。

這全班和我站在同一陣線的滋味，不試還好，一試便上癮了起來。我逐漸毫不掩飾總往他那兒飄的視線，有時還能說是有些故意了。

高三，黃鈞被一個學妹給纏上了。

也不能用「纏」來形容，那學妹是他國小在安親班就認識的，他們似乎感情基礎不錯，但頻繁來找他卻是最近的事。然而，在這個高三生衝刺的關鍵時刻，就連下課也是值得把握的黃金時光；學妹卻三不五時就跑來找他，而內容總是無關緊要的生活大小事，似乎是想緩解他緊繃的情緒。

「你都已經那麼厲害了，就休息一下嘛！」我曾藉著上廁所假裝路過，聽見學妹這麼說。但可想而知，原本考試壓力就不小的黃鈞，隨便往教室瞥一眼卻不見班上的哪個人在悠閒地談天——當別人都在努力，自己卻在摸魚？想當然耳，這對他而言並不能令人放鬆，恐怕還成了反效果。

第三次模擬考的前一天，窗外天氣晴朗，黃鈞正抱著數學題本，蹲在我座位旁邊跟我討論題目的第二種可能解法。坐我前面的同學好心地問他要不要借他座位，被他婉拒了，說他不會在這裡待很久。

驀地，靠走廊的窗臺邊一陣騷動。我心一沉，下意識地加快了解題的速度，讓黃鈞為了跟上我的速度，無暇從數學中抬頭環顧四周。

「妳找黃鈞？喔——他不在啦。」

坐在窗邊，綠的大嗓門讓全班都聽見她的謊言了。

綠是個直率的女孩。將瀏海梳到後頭紮著俐落的馬尾，有些自然捲的髮質讓她的頭看起來總是毛躁毛躁的。她跟我不算親近，僅因為學號相近聊過幾句。高一剛開學，班級家長座談會時，她剛好和我媽打了聲招呼，也聽見我媽管我喊「璇璇」，從那天以後她老是叫我璇璇。我有種被套近乎的感覺，便不著痕跡地和她拉開了距離。但是綠似乎很喜歡我，總是衝著我傻呼呼地笑。

配合著這番睜眼說瞎話，班上一陣不友善的咯咯笑聲四起，學妹也是明眼人，知道在這邊僵持也不是法子，馬上知難而退了。而話題的主角隔了好一陣子才後知後覺地抬起頭來，狐疑地左看看右看看，壓低了聲音問我剛剛有沒有人叫他。

沒有，我答。

對於學妹，我並不感到害怕。有全班支持的我有什麼好怕的呢？

這是我從姊姊身上學到的。就像小時候姊姊搶走莉卡娃娃一樣，只要先告訴全天下的人我喜歡他，等日子久了，事情就順理成章了。

04

在校門口那欉繡球花開的時候，各個大學放了榜。我和黃鈞都如願考上了T大：他如願去了資工系，我則去了經濟系，儘管我高中讀的是理組。系所不同，生活圈就像是互斥事件的兩個圈圈一樣：本來就不善於用通訊軟體維持聯繫的他，還有臉皮薄的我，自然是斷了聯繫。

起初，我還想如法炮製高中的情境，厚著臉皮去找他，讓他身邊的人們都認識我這號人物；但卻老是走到一半氣餒，尤其是看到他和其他女生同進同出時。我並沒有在眾目睽睽之下表現出心思的勇氣，尤其是在陌生的環境。沒了環境的支持，我彷彿不是我自己了。

就像莉卡娃娃一樣，日子久了，便會發現沒有也不會怎麼樣。也許我也沒那麼喜歡他吧。在那些難熬的夜裡，我是如此說服自己的。

無疾而終，是這世上絕大多數暗戀的最終章。

經濟系的課說難不難，憑著我還算靈光的腦子，成績上不怎麼讓人擔心。唯獨課程總是一些理論的東西，缺乏實務經驗的我總有股空泛之感，整個人學起來飄忽飄忽的。

綠考上了T大旁邊的S大，和我隔著幾個公車站的距離。我們是在高三下的時候熱絡起來的，因為正巧座位換到了她的旁邊。沒有人會平白無故地討厭一個喜歡自己的人吧，我想。由於系上還沒有熟到一起吃飯也不會妨礙消化的同學，我便三不五時地約她吃飯。對於我的邀約，綠也從來不厭煩，每次都跑來T大找我。

我原本以為我們大概也就是個這樣的關係，但在隨著時間過去，當話題增加了別人的名字後，竟然也讓我開始感到焦慮了──

那是我再熟悉不過的感覺。

「我跟他大概快成了：他上次還約我去耶誕城耶。」上了大學的綠去燙了離子燙，本來自然捲的頭髮變直了，整個人清爽了不少，桃花運似乎也跟著旺了起來。她用沾了醬的薯條指著我，口齒不清地繼續強調著，「他、約、我、耶！這次總算不是我約他了！」

很好啊，我佯作漫不經心地應著。明明骨子裡還是這麼沒氣質的女孩，只是懂得打扮了而已，這個社會也還真是現實耶。

「他說，如果我擔心的話，我可以帶朋友一起去玩。」

眉頭在我反應過來之前便緊緊鎖了起來。怎麼會有人主動拋棄兩人世界，他腦子是不是不太好？S大有這麼好考嗎？這是我對這個人的第一印象。

「妳不會要帶朋友一起去吧？」

她問我是不是沒去過耶誕城，我回了聲肯定的單音，一份喜憂參半的預感使我不禁心跳加速。她的聲音軟了起來，眨了眨眼，我知道，這是她撒嬌的開場白：「就是啊，我想說可不可以帶我最好的朋友去，他也答應了……」

他就是陳襄人。十二月二十四的傍晚，綠熱情地勾著我的胳膊介紹道。

一出捷運站，大大小小的燈飾以及不間歇的聖誕歌曲馬上灌進了腦子裡，使我差點被人潮給吞沒。最終，我們沒去新北市人擠人，而是還在中山站逛逛市集，反正只要有聖誕樹就差不多了啦，綠是這麼說的。

夜色半掩著天際，仍蓋不住節日的喧嚷。

當時，綠提議算上黃鈞，我們可以來個雙重約會。但，畢竟我們那麼久沒有聯絡了，而且我們本來就不是平常會約出來見面的關係，突然約他很奇怪的吧？我為自己的膽怯安上了合宜的藉口。

我往天上看，灰濛濛的雲遮住了月亮與星光。

「嗨。妳就是鄭于璇吧？我常常從綠口中聽到妳，說妳是她最好的朋友。」咧著嘴，陳襄人向我打招呼。一股不快感油然而生，不曉得是在被陳襄人上下打量的目光洗禮之後，還是之前。

確實，如綠所說的，陳襄人是一個很時髦的人。一身黑的穿搭，配上黑色的漁夫帽，將他原本就很高的身高，又再拉得更長了。我不敢再繼續盯著他瞧，以免綠產生出什麼誤會。

那我們要去哪？我催促著綠。

「先逛逛市集吧？」陳襄人說。他似乎熟門熟路，令我偷偷地安下心來，卻又覺得腳下的步伐不踏實。一路上，我幾乎都是望著他們背影走過的。綠為了照顧我的感受，還會時不時轉過身子來丟點話題給我。

整個市集區域不大，沒走幾步路就逛完一圈了。周圍的燈光實在絢爛得奪目，像是要強行佔據你所有心思一般。入夜以後，氣溫又降低了一些，儘管有熱鬧的人群作為盾牌，寒風還是能穿過並刺在我露出的肌膚上。對付這涼意，起初，眼前的兩人頂多是手背看似不小心地挨在一起；不知道從什麼時候開始，綠的手在陳襄人的外套口袋裡定居了，和外套主人的手一起。

如果我邀了黃鈞來，現在我們的手會不會也糾纏在一塊兒呢？像是要掩飾手裡的寂寞，我將雙手插進毛呢外套口袋中。早知道就在出門前塞一包暖暖包進口袋裡，這個夜晚還不至於如此寒冷。

05

期末，課程都結束了之後，我和綠約好一起南下回家。

我們都險些沒認出彼此來。她剪了一頭可愛的鮑伯頭；而她說我瘦太多，整個人氣場都變了。她繼續喋喋不休地說著，因為陳襄人聽到她說她長頭髮留了十年都沒剪過，賭她肯定不敢下刀。殊不知綠對自己的頭髮是毫無留戀。她晃著腦袋，告訴我短頭髮也挺好的，洗頭方便。

真好耶，我回。不曉得是在對於她換髮型的勇氣，還是陳襄人。沒深究我曖昧不明的答覆，她發出了沉沉的鼻音，在搖晃的車廂裡睡去了。我也追著她的腳步滑入了夢鄉，兩人就這麼在車上睡了好一會兒。再次睜開眼時，發現她正張著大眼睛凝視著我，感覺姿勢維持了一段時間了。

「……妳怎麼沒問我跟他賭了什麼？」她皺皺鼻子，揉了揉還沒全開的雙眼，剛睡醒的她聲音還有些沙啞。

「喔？」我失笑，「妳看了我那麼久就想問我這個？」

「沒啦，剛好想到而已。」

「好喔。那他跟妳賭了什麼？」

「陳襄人說他要騎機車載我上臺北，從我們家那邊。」

我頓了頓，「很遠耶？」

有什麼正在改變，在我沒意識到的時候——在我堅信它不會這麼快降臨的時候。害臊的緣連話都說不清了，「對啊，所以……嘿嘿嘿……」

「不，妳——」

不要這樣，不要和他交往，他不是你值得託付的人——千言萬語在我腦子中迴盪，確切證據的缺乏卻使我嘴巴一張一合，一句話也吐不出。

隨著月臺的警示聲響起，窗子外那塊寫著「臺南」的立牌正在緩緩地向我們遠去。腦子正在嗡嗡作響，我將視線拉回車內，門上的跑馬燈正寫著，感謝您搭乘臺灣高鐵，本列車開往左營……

「我知道啦！我也知道這樣會騎很久，所以我們在中間會停留個幾天……對，就是妳想的那樣。」

「我想的那樣？」

我的聲音中居然透著無法掩飾的顫抖。

「我們會過夜。」

一瞬間，臉上漾著害臊的綠，彷彿和我坐在不同班列車上。

我想到了黃鈞的臉書頭貼，一張和一個陌生女孩子的合照。他們站得很近很近，可能某天，綠也會換上那樣的相片。

不論曾經靠得再怎麼近，他們終究會離開。

被一陣語塞洗禮，我只管垂頭看著手機上掛著的吊飾發怔。

吊飾的來源，是平安夜那天的後續。我們先送綠回S大的宿舍。確定她走進女宿的大樓之後，陳襄人突如其來地又說要送我回T大。我和他沒什麼話聊，等公車的時候總覺得手錶的秒針走得異常地慢。妳不要一直看時間嘛，這樣會顯得我很尷尬耶。他甚至這麼跟我抱怨道。後來我們便有一搭沒一搭地聊了起來。

在T大宿舍門口燈光昏暗的一隅，我們交換了聯絡方式。陳襄人送了我一串小吊飾，據他所說，那是他在市集的攤位上買的，覺得難得緣分一場就順便送我。吊飾是以琉璃和幾顆珠子串成的，可以形容它既樸素又優雅。他送給綠的是祖母綠色的，而我的卻是紅色的，我沒得挑，因為他就買了兩個紅的，一個綠的，他知道綠肯定會挑後者。

和朋友的曖昧對象用顏色成對的吊飾總是不太好吧？但我還是掛在了手機上，像是在期待綠發現一樣。

但傻大頭的綠怎麼可能會發現呢？你瞧，她甚至開心地要去跟那個男人約會了呢！

「不要去。」

這是當年我沒對姊姊說出口的話。

那天也沒能對綠說出口。

06

綠曾經問我的一個問題：「妳是不是沒被妳姊欺負過？」

「不——」我下意識地先反駁了，「妳怎麼會這麼覺得？」

「妳有時候很任性……呃，我沒有在罵妳的意思。只是妳平常很成熟，但有時候出乎意料地對某些東西很執著。」

大我六歲的姊姊一直是個很任性的人，想要什麼就伸手，想去哪兒就行動，彷彿世間沒有任何能真正阻礙她的事物一般——就連離開時，她也能甩開我纏繞在她身上厚厚一層的思慕，就好像我不值得留在她的湖底。

其實我姊也沒少欺負過我。舉個例子，假使姊姊喜歡上了我的琉璃吊飾，她會昭告全天下她的鍾情，並和媽媽吵著也想要一個。接著，不大懂公平、只想趕快解決事端的媽媽，就會擅作主張地把我的吊飾拿去送給姊姊。

有了這個假設並不稀奇，畢竟姊姊就是靠這招搶走我很多東西的。她懂得如何和媽媽聯合起來，攻打我小小的城牆。像是搶走莉卡娃娃，像是劫走那串琉璃吊飾（儘管她沒有真的拿走，但就像是已經被侵佔了一樣，有了那個想法後，我便摘下了那串吊飾）。說來好笑，我那脆弱的土牆很快地便被夷為平地，漸漸，我國的人民竟然還向她的王城靠攏了——偶爾，我竟也不怎麼反感她的欺負。

我也不曉得該如何形容這份怪異的情緒，總不能說是輕度的斯德哥爾摩症候群吧？總之，我想那應該是源於小時候總是當她跟屁蟲的遺毒，才使我為被姊姊欽點之事感到莫名光榮。

這個想法實在是太古怪了，我對那樣甘之如飴的自己嗤之以鼻。但無可置否地，我小時候確實挺崇拜姊姊的——僅限於小時候罷了。就像我對黃鈞說的，我覺得我們是兩個世界的人。如今，我倆之間已不再是放眼即可相望的距離了。

當年姊姊的離家實在太過唐突，年幼的我只有看著她的背影接受事實的份。我沒有特別難過。因為，在心中的某處，我認為姊姊總有一天會回家的。就算我們已經成了兩個世界的人了，我們家仍是她唯一的歸宿。

這份幻想終究是被一顆紅色炸彈給擊潰了。

到了很久以後，我才知道，原來姊姊的髮廊才沒有什麼員工宿舍：她當時是住到男朋友家去了。媽媽擔心她遇人不淑，才千方百計阻止她。所幸媽的憂慮並沒有發生：男朋友不僅有擔當，還把她寵得快上天了，她的事業也是被他幫了一把。如今，他們要攜手走入人生的下一個階段了；兩人要組建一個新的家了，一個沒有我的家。

在那場簡單樸素的婚宴中，我終於再次與她四目相接。我原以為她會華麗地鋪張一座充滿夢幻色調的殿堂，宴請所有認識的親朋好友，盛大地告訴全世界她的喜氣洋洋；想不到，她選了一個位於市郊，由青草的嫩綠以及天空的青藍所包覆，再伴以鳥兒啁啾及花兒甜蜜的場所。

她一頭張揚的粉色秀髮如今已不復見，棕色的頭髮以低髮髻盤成了包頭。穿著一襲潔白而不誇張的婚紗，她從人海中看見我，愣了一下，隨即喜形於色，將我拉到新娘休息室，大費周章地支開了所有的人，整個空間只剩我倆的時候，她卻只是一味地笑著。

應該先抱怨她多年來的不聞不問嗎？可是，我也沒有主動聯繫啊；應該祝她新婚愉快嗎？可是，她會不會也不缺我這份祝福……望著她，多年來積累而成的千思百緒竟無法化作言語，只任憑我那鼓譟的心跳聲主掌著我的腦子。

「妹啊，妳們這幾年過得還好嗎？」終於，她在我之前開了口，就像一直以來的那樣，「媽叫我沒事不要跟妳連絡，怕會影響妳。」

我心頭湧上一陣酸楚。甚至連她喊我「妹啊」都令我感到不習慣，明明那是再正常不過的稱謂了。「沒事不要聯絡，怎麼一聯絡就是人生大事啊。」我嘗試著故作鎮定。

「妳跟媽還有聯繫過嗎？」

她搖搖頭。

「有空就回家看看吧，她一個人挺孤單的。」這番話連我都講不太順，太虛偽了。

噗嗤一聲，她擰了擰我的臉頰，就像小時候那樣。怎麼長這麼大啦？她語帶親暱地說，彷若我們過去七年的不聞不問並不存在一般。

驀地，我的腦中閃過一片被我遺忘了很久、很久的回憶。

在休息室裡，我們聊著聊著，她從輕輕地掩嘴笑，到後來的猖狂大笑，彷彿即將開始的不是婚禮，而是我們姊妹倆的敘舊茶會而已。

「妹啊，不如我幫你化個妝吧？我最近在練化妝哦。」在我還來不及點頭之際，我便被按上椅子。姊姊俐落地從她的化妝包裡掏出幾隻刷具和不同顏色的色盤，專注地將我的臉視作畫布。

她深深吸了一口氣，吐氣，再重複了一次，「第一次幫妹妹化妝，好緊張啊，感覺好像在帶壞妳。」

沒回應，我望著她的模樣出神。我曾經和媽媽一起嘲笑那年那個毅然離家的她，有多麼目光如豆；如今的她，在那剪裁簡約的純白婚紗中，在水晶燈的照耀下好不漂亮。

而我呢，又在哪裡，做些什麼？

趁著化妝的空檔，我打開手機。綠傳給了我一張相片，上頭一雙眼熟的琉璃吊飾，一綠一紅，彷彿正衝著我訕笑——就跟那年姊姊不許我拉住她一樣，粗枝大葉的綠當然沒有問過我為什麼在聽到她和陳襄人要過夜後沉默了那麼久，自顧自地成了隻羽化的蝴蝶，朝心之所向翩然。

璇璇啊，璇璇啊。

成熟懂事聽話的璇璇啊，總是抱著第一名獎狀回家的璇璇啊，小小的戀情被全班同學捧著的璇璇啊。

這樣的璇璇，怎麼煞費了心思，回首卻發現自己仍孑然？

「化好了！」她塞給我一面手鏡，卻把手中的鏡子往腿裡壓，不讓我照。「考慮到妳還這麼清純，我沒有給妳化得太濃；可是妳長得這麼漂亮，這個場合這麼美，我又忍不住多上了一點眼妝……」

她滔滔不絕地給我打預防針。直到她把想說的都吐了一遍，才總算鬆開了手裡的力道。

我舉起鏡子。

看到鏡子裡所映面容的瞬間，我才赫然驚覺，姊姊的粉色星球離我很近很近，就像是伸手可及的距離。

——她從來都沒有離我遠去；一直以來偏離航道的人，拒她於千里之外的人，都是我。

我五歲的那個聖誕節，吃完晚餐後，姊姊一手握著我朝思暮想的莉卡娃娃，一手擰著我的臉頰，別哭了啦，她安慰著我。「不、不然我們一起玩嘛？好嘛！」見我不開心，她似乎也快要急哭了。她試圖將莉卡娃娃塞進我的懷裡，只是我遲遲沒反應。

我遲疑了好久好久。明明大好機會攤在我眼前，我終究是堅守了我以為的「成熟」，硬脾氣地拖住了七巧板。

「不要！」

我就像顆波浪鼓，只懂得搖頭，往她看不見的地方逃跑，我以為我捍衛自己得來不易的驕傲。

「怎、怎麼樣……啊，這樣的話是不是要順便整理了一下妳的頭髮？」

姊姊伸手順了一下我的頭髮，將一綹髮絲勾到我的耳後。她提心吊膽地觀察著我的反應，就像是那時候一樣。

見我還愣在原地，她連忙尷尬地笑了笑，給了我臺階下。「開玩笑的啦。如果不喜歡的話我可以馬上幫妳卸掉……」

「不要！」

搖搖頭，我逃出了她的觸及範圍。

不要。

沒錯，鄭于璇，不要再逃避了。

「不要幫我卸掉，我很喜歡。」以笑容回應她遞來一世界的暖意，我緊緊抓著那面手鏡，有如那是我立足的起點般。

這是我第一次向他人傾訴我的喜歡。

下次也幫我染個頭髮吧，跟妳之前一樣的顏色。我對她說。

舞台劇劇本

評審獎
陳宗騰
白樺樹

佳作
陳政宏
鸚鵡

舞台劇劇本　總評摘要

陸愛玲老師

陸愛玲老師表示她是以四個方向做為評分基準：主題的明確度、風格形式的建構、書寫創意性，包含基調與對白的處理、劇本是否有可搬演性。老師認為現在的劇場導演跟過去不一樣，現在的劇場導演有更多的手段去處理文字，因此劇本寫作的侷限性已經比過去放鬆。然而有些同學的劇本像影像、電影或電視劇本，這樣他的可搬演性會大打折扣，這也是要看作者對於戲劇的生命展現了解到什麼程度。

同時老師表示，自己讀一個作品時，第一印象的總體感受是較重要的。首次閱讀時並不會對著上述四點去看。而是去感受它會不會在腦海裡浮現畫面，會不會有一些台詞、對話可以留在心中，它是不是一種流動性的過程等。以及作者的話有沒有講清楚，評審接收到了嗎？老師認為在讀第一次的時候，對於感受性的接收是最重要的，其次才是理性的以四點作為評量。

蔡柏璋老師

蔡柏璋老師認為除了陸老師提及的評分標準，他還會在意角色的發展跟個性。儘管老師並不認為所有的劇本一定要有一個傳統的角色遇到困難、障礙，要想辦法去解決，角色最後成功了然後獲得圓滿。但是如果要讓讀者想要理解和同理劇本中的角色到底發生了什麼，為什麼要花時間再想看下去，或是繼續讀這個劇本，某種程度上要讓讀者能夠同理角色是很重要的。

同時在角色的設計上，以一個編劇來說，要思考很多方面。因為很容易就會落入一個過於平面的角色思考，除非作者創作的目的就是為了要寫一個刻板印象到極致，引發讀者的另外一種想像的角色，但如果不是，而使角色落為一個太平面的塑造，很容易讓讀者失去興趣，也不關心角色的處境，那就可惜了。

劉天涯老師

劉天涯老師表示兩位評審老師都講得非常全面，並且認為這次的四件作品風格各異，有寫實的劇本，像是比較實際的婆媳關係之間的家庭故事，也有完全架空的世界觀的，比較多元。而劉天涯老師認為她的評分標準其實跟兩位老師都很相似，是否具備舞台搬演的可能性、語言文字的掌握能力、想要傳達的意念是否明確。如果作品是一個寫實劇本的話，老師會思考這個人物跟情節關係的合理性跟邏輯性。

對老師來說，這是她在讀寫實劇本時，最有辦法去抓住的脈絡，因為劇本蠻多地方都有突兀的轉折，因此這些突兀的轉折要用什麼方式處理，是老師在讀劇本時最在意的事情。同時老師也提及如果作品是架空的背景設定，就另當別論，但會特別在意結構以及世界觀建構的完整性。

劉天涯老師

蔡柏璋老師

陸愛玲老師

評審獎／陳宗騰
白樺樹

作者介紹

陳宗騰，高雄人。鼠灰色，苦苦的。善笑。作品曾獲高雄青年文學獎、馭墨三城文學獎、紅樓現代文學獎等。也做演員，演出作品曾發表在臺北藝穗節。

得獎感言

一年餘的時間。那時是寫給之夜用的。其實我在劇場的朋友都說，要做戲就到適合演戲的地方做，不要從一些小的地方獲得快慰。我想，我經常是懷著一個「小」的心態在生活的。我永遠記得股練完吃宵夜，聊的全是八卦，無關一點對戲的理念。有時候我們都不是抱著那麼「文學作為對抗黑暗之光」的願景在談戲的。這戲很文，我卻想在感言裡的扔進一些與邏輯無關的東西。

白樺樹

一、氣質

（燈亮，一個女孩坐在椅子上。上舞臺處，置著一張畫架，架上擺著一幅肖像畫。）

潘欣樺：我叫潘欣樺，今年十八歲，一個看臉就知道有氣質的女孩子。在學校就是那種不生吵鬧，作業按時交，上課認真聽講，發成績單的時候，會被老師叫起來特別稱讚幾句的學生。我外婆有叮嚀過我，叫我在人面前要常笑，「愛笑的查某囡仔才會得人疼」，毋通和我媽媽共款，一個面憂結結，三十初頭歲就生幾若條魚尾紋。我笑起來的時候是有酒窩的，臉是鵝蛋臉，嘴角邊有顆細細小小的痣。從小到大，別人都說我看起來很有氣質。他們都說，我是一個看臉就知道有氣質的女孩子。

我是外婆帶大的小孩，在家裡講的都是閩南語。不過，我已經很久沒有說了，現在講起來不太流利，不好意思。我對家庭的記憶很模糊。幼稚園的時候，老師帶全班畫水彩畫，題目是「我的家」，我看著空白的圖畫紙好久好久，什麼形狀都畫不出來。後來老師說，那妳就畫妳想畫的東西吧，我畫了一張臉，一張女人的臉。老實說，我真的不記得她長得什麼樣子了。

（老師上。她盯著舞臺上的那幅畫，全神貫注於畫作的細節，過程中並沒有與潘欣樺產生對視。）

老　師：欣樺，這是妳畫的嗎？

潘欣樺：嗯。

老　師：（停頓，有些驚愣）妳畫得很好。以前有學過水彩嗎？

潘欣樺：國語日報有教過。

老　師：妳可以告訴老師，這幅畫畫的是誰嗎？

潘欣樺：很多人。（停頓）很多女生。

老　師：可是老師只有看到一張臉耶？

潘欣樺：很多像我一樣的女生，小時候聽過阿嬤說「愛笑才會得人疼」，所以花了一輩子的時間練習怎麼笑給別人看。（對著觀眾微笑）就像這樣。

（沉默。）

潘欣樺：老師沒有說話。可能她覺得我是一個很早熟的孩子，或者剛好在電視上聽到了什麼，隨口就說出來。這個年紀的小孩就是喜歡模仿大人說話。後來我想通了外婆的那句話，她說女生要笑，因為一個人笑是可以笑出氣質來的——不是大咧咧的那種笑，是很安靜的，很優雅的那種，好像一朵盛開的白色山茶花。做一個有氣質的人，只為著一件事：讓獵人在開槍的時候懷著罪惡感，逼他們把槍放下，用更溫柔的方式去善待你，給你一個沒有響聲的擁抱。我覺得我們都應該成為一個有氣質的人，這是可以練習的，我沒有騙你，一切都是從一個微笑開始的，（對著觀眾微笑）就像這樣。

（燈暗。）

二、Special

（燈亮。臥房裡，潘欣樺與一名頭罩著金屬製水桶的女孩共坐在床上。潘欣樺的床邊置著一張床頭櫃，櫃上擺滿雜物。臥房的後邊另有一個木製的衣櫃。）

潘欣樺：十六歲那年，阿嬤死了。我在報紙上看到一間飯店徵服務生的廣告，它寫「限女性，年齡不拘」，工作內容是在櫃檯做接應，負責處理旅客住宿的相關事宜，時薪相當高。我去應徵，有個梳油頭的經理非常熱情，我們在會議室裡聊了一個下午。臨走前，他忽然問我說，「妹妹，你會講英文嗎？」

女　孩：我好渴，我想要喝水。

（潘欣樺將床頭櫃上的杯裝水遞給女孩。女孩喝水。）

潘欣樺：我點頭。轉身要走的時候，他在我的肩膀上輕輕按了一下，我忽然覺得身體一麻，（停頓）當我意識過來，發現自己已經躺在一張床上，身旁坐了一個跟我同齡的女孩。

女　孩：我想吃麵包，他們說抽屜裡有多的，可以拿。

潘欣樺：（翻動床頭櫃的抽屜）你要什麼口味的？

女　孩：芋泥鮮奶油。

潘欣樺：（將麵包遞給女孩）給你。

（女孩隔著水桶，大口地咬著麵包。潘欣樺靜靜看著正在吃麵包的女孩。）

潘欣樺：你叫什麼名字？

女　孩：莉莉，（用手比劃）草字頭那個莉。

潘欣樺：莉莉？

女　孩：這是我在無名小站上的名字。

潘欣樺：我知道，我們班也有人在玩。

女　孩：你也是狗哥帶過來的嗎？

潘欣樺：狗哥？（遲疑數秒）我不曉得，應該不是。

女　孩：那時候在無名上面，狗哥主動加我好友，在我的部落格相簿底下留言說，他有個朋友是攝影師，專門在幫人家拍沙龍照的。（停頓）你知道「藍天樂園」嗎？

（潘欣樺搖頭。）

女　孩：（興致勃然）「藍天樂園」耶，就是那個無名正妹們搶破頭都想要簽進去的經紀公司，（狐疑）你真的不知道嗎？

（潘欣樺再度搖頭。）

女　孩：第一次試鏡，狗哥帶我進公司，喔，（手指天花板）就在頂樓，有間很大的攝影棚。狗哥說，「藍天樂園」的經紀人都會在那裡挑練習生，要我抓住機會，好好表現。

潘欣樺：你成功了嗎？

女　孩：拍完兩組後，經紀人就過來了。他說我很有「當女明星的潛質」，問我說，能不能明天就進公司報到？（興奮地抓住欣樺的手）我超開心的，當然是猛點頭。爸比以前都會唸我說，小孩子書也不讀，整天就知道跳舞，（得意的模樣）我就告訴過他我做得到的。我準備要出道了。

潘欣樺：你有告訴你爸比這件事嗎？

女　孩：有啊，我燒香告訴他。還燒了兩支，連著我媽咪的一起。

（沉默。）

女　孩：回程的路上，狗哥問我說，如果不趕時間，要不要來他的店裡吃點東西？就當作慶功宴吧。他們家是開飲料店的。（拿起杯裝水，喝水）你知道嗎？他們家的飲料店連招牌都沒有。他遞給我一份菜單，菜單上面只有紅、綠、黃三個顏色。

潘欣樺：好像酒吧裡的即興調酒。

女　孩：（略感驚詫、好奇）你去過酒吧嗎？

潘欣樺：我在電視上看過。

女　孩：狗哥家的飲料，不像酒，比較像汽水。他特別招待我一杯「Special」的，說其他地方都喝不到，只有他那裡才有。紅色的。看起來沒什麼，就像普通的紅茶。

潘欣樺：喝起來呢？真的有「Special」的感覺嗎？

（沉默。）

女　孩：你記得兩年前的除夕夜，有個高速公路火燒車的新聞嗎？

（潘欣樺搖頭。）

女　孩：那晚的天空也是紅色的，不知道被什麼東西照得好亮、好亮。我醒過來，躺在醫院的病床上，主治醫生告訴我，只有輕微的擦挫傷，休養幾天就可以出院了。我想到爸比跟媽咪還在車子裡頭，想要叫出聲音來，喉嚨卻好像啞了一樣，封住了，沒有聲音。我喝了一口「Special」，忽然覺得自由了。我聽見引擎重新發動的聲音。我開始唱起歌，整個人輕飄飄的，連著車子，爸比和媽咪，一起浮上天空。爸比說，我們回家去了。

（女孩像是忽然回過神來，將手裡的杯裝水遞給欣樺。）

女　孩：你會不會口渴？要不要喝點東西？

（潘欣樺遲疑，沒有接過女孩手裡的水。）

女　孩：從那之後，我就時常到狗哥的店裡去。狗哥說飲料貴，經不起我每個禮拜都來喝。他說，不然介紹你去多兼一份差吧。女明星嘛，剛出道總是艱難點，熬出頭了，往後的生活就輕鬆了。

潘欣樺：所以你就進到這裡來了？

女　孩：（再度將杯裝水遞過去）你真的不喝嗎？

（潘欣樺依舊沒有動作。）

女　孩：喝下去會有幸福的感覺喔。

（沉默。房外忽然傳來一個男人的聲音。他敲了敲門，對著裡頭呼喊。）

陳益華：金頭髮的，輪到你了。

女　孩：我換一下衣服。

（女孩起身，卸下頭上的水桶，走向衣櫃，開始換衣服。）

潘欣樺：你要到什麼地方去？

女　孩：（狐疑）你沒有看見嗎？（指著舞臺無人處）我爸比在那裡，提著行李箱，藍色襯衫那個。（朝著舞臺無人處大喊）等我一下，我快要好了。

（女孩更衣畢。潘欣樺下床，走向女孩，忽然給了女孩一個擁抱。女孩略顯錯愕。）

潘欣樺：回家的路上小心。

女　孩：（稍愣一下，轉而露出燦笑）拜拜。有空來找我玩，我們家在高雄。

潘欣樺：我記得了。

陳益華：（敲門）金頭髮的？（停頓數秒）好了沒？我要進去了。

（陳益華推開門進房間。）

女　孩：（對著陳益華）車程會很久嗎？

陳益華：瞇一下就到了。

（女孩隨陳益華走出房間。臨走前，回頭朝潘欣樺揮手作別。潘欣樺也對著女孩揮了揮手。女孩下。）

（潘欣樺重新坐回床上。她凝視著女孩所留下的那只水桶，緩緩拿起，將水桶套上自己的頭。像是在狹小的空間裡探索著什麼，她的手朝空中胡亂揮擺，身體左右搖晃著。）

（房門忽然被推開。潘欣樺迅速地將水桶從自己的頭頂摘下。陳益華再度進房。）

陳益華：（向欣樺比了比手勢）你也一起出來。

（潘欣樺隨陳益華離開房間。燈暗。）

三、養雞場

（燈亮。起居室裡，議長背對著舞臺，坐在有靠背的圓形沙發上。陳益華與潘欣樺從右舞臺上。）

陳益華：議長，人帶過來了。

議　長：（做手勢示意）請她坐。

（陳益華指示潘欣樺坐在起居室兩側的椅子上。隨後，陳益華走向前，替議長點菸。）

議　長：（略微轉身看欣樺）潘、欣、樺，對不對？

潘欣樺：（微笑，禮貌地點頭）欣賞的欣，樺樹的樺。

議　長：你聽得懂閩南語嗎？

潘欣樺：厝內底會講，基本的攏聽有。

議　長：（展露笑容）今嘛厝內攏是誰人咧顧？

潘欣樺：原來是阮阿嬤，這暫仔抾過身，就賭我一個。

議　長：爸爸媽媽咧？

潘欣樺：攏無佇咧了。

（議長將陳益華喚來，朝他附耳說了幾句話。陳益華旋而露出會心一笑的表情。）

議　長：（轉過身來，面對欣樺）談白講，我頭一擺看見你，就對妳印象深刻。（端詳欣樺）就想說，這個查某囡仔蓋出眾。

陳益華：你愛講「多謝議長」。

潘欣樺：多謝議長。

議　長：（停頓）妳敢知影阮遮是咧衝啥的？

（潘欣樺搖頭。）

議　長：（擠眉弄眼）賣雞的。（操著閩南語腔音濃厚的口吻）We sell the chicken abroad.

陳益華：議長，你足「international」喔！

（議長與陳益華相視大笑。）

潘欣樺：賣雞排的嗎？

議　長：你敢有看過佗一間飯店咧賣雞排的？

（沉默。）

議　長：巧巧的人，應該點一下就捌意思了。

陳益華：議長的意思是，你厝內底的經濟狀況嘛毋是蓋好，今嘛擱欠人看顧，敢有想欲留落來替議長做一寡仔工課，加減趁一屑仔所費無？

潘欣樺：我會變成雞嗎？

議　長：讀冊人，有影，（認真審視欣樺，又像是在對陳益華說話）你看，衫仔褲嘛穿甲整齊整齊的，凡勢佇學校嘛是做模範生的。

陳益華：議長無欲共你為難的意思。

議　長：（對著欣樺）你有一款特別的氣質，毋像落翅仔，做雞傷拍損了，來做人啦。

（短沉默。）

陳益華：你愛講——

潘欣樺：多謝議長。

議　長：（拍掌大笑）有影，有影，確實是有巧，看面就知影有巧，（對陳益華）等咧佮伊講一寡仔規矩，益擱有工課的內容，（轉身對潘欣樺）綴我做代誌喔，袂予你枵著啦，你若是有啥物需要，就做你講，毋免客氣，共遮當作家己的厝，知無？

（議長轉過身，重新回到背對舞臺的姿勢。陳益華朝著下舞臺方向走去，從口袋裡掏出打火機，作點菸的動作。）

潘欣樺：議長走了以後，那個男的開車送我回家。他遞給我一本小冊子，裡面寫滿公司的「規矩」，密密麻麻的，還有一張對摺的A4紙，他說那是我的回家功課，記得要找時間做。

陳益華：（轉身，伸手向欣樺）多多指教啦。

（潘欣樺伸手，和陳益華握手。）

陳益華：你的學費佮厝內底的開銷攏毋免煩惱，議長會替你攢乎好勢。阮主要是希望你做一個牽線的人，去替阮佮遐的阿啄仔交關一下，無阮遮的兄弟拄著遐「ABC」有影是一粒仔頭兩粒仔大。（探問）「ABC」你敢會曉得？

潘欣樺：（以流利的英語說）Of course. We sell the chicken abroad

陳益華：（大笑）婧氣，莫怪阮議長遮爾仔合意你。（遞一支菸給欣樺）你敢有食薰？

（潘欣樺禮貌地搖手婉拒。陳益華自知問錯問題，往自己的頭拍了一下。）

陳益華：（看著欣樺的臉，像是意識到欣樺的戒心，欲言又止，思量一陣後又說）社會烏暗啦，你毋通當做阮是蓋惡骨的人，其實喔，佇江湖走跳的，烏白攏是共款，議長算是蓋有人情味的了。（抽菸，停頓）我綴議長二十年了，莫去共伊得失著，伊是足看顧阮遮的下跤手人的。

潘欣樺：你敢是自願入來做兄弟的？

陳益華：（皺眉，似笑非笑）這題傷過困難了，敢擱有別項？

（沉默。）

潘欣樺：你敢會記得佇小房間內底，有一個頭毛金金，目睭足大蕊的查某囡仔和我做伙？

陳益華：當然嘛會記得。

潘欣樺：伊若是攏無醒，（停頓）落尾仔會予送到佗位去？

陳益華：彼喔，（按眉思索）有一篷阿啄仔咧挖石油的，逐家攏蓋好額的，彼號做啥？

潘欣樺：阿拉伯嗎？

陳益華：嘿啦，阿拉伯啦，送對阿拉伯遐去。（抽菸）其實也無差別，共款嘛是做人的雞。

潘欣樺：規世人攏佇遐做雞麼？

陳益華：（失笑）哪有可能，做雞無人咧做規世人的啦！查某人敢袂老，敢袂「年老色衰」？上濟予你做二十年，了後阿拉伯的查埔人著攏放提你去了。

潘欣樺：予放提了後咧？

陳益華：（帶著警示意味的笑）你敢誠實欲聽？（故意用國語唬嚇）很恐怖喔！

（潘欣樺緩緩點頭。）

陳益華：遐蓋濟野獸啦，啥物土狗啦、野豬啦，鷹鳥嘛有，著攏放去予個食。

（沉默。）

陳益華：（緩頰）免想濟遠啦，你著好好仔做你的代誌，我佮你保證，袂行到彼途去的啦。（微笑）你無聽議長咧講，「做人腳踏實地，傷蓋重要的著是愛認份，毋通去學著雞，雞著是當作家己有影會曉飛得。」

潘欣樺：（轉過頭，呢喃）我不知道。阿拉伯的天空也是紅色的嗎？

（陳益華重新叼起菸，一派自然地抽著。潘欣樺離開座位，走往上舞臺的角落處，背對觀眾，靜靜凝視著牆面。）

陳益華：（喃喃自語，彷彿沒有意識到欣樺的離座）你看這月娘遮爾的圓，假若一塊盤仔貼佇咧天頂共款。中秋節又閣欲到囉。

（燈光切換。舞臺上出現月亮的投影，映照著潘欣樺獨自凝視牆面的背影。陳益華下。）

潘欣樺：十六歲那年的秋天，我在一個不到五坪大的房間裡認識莉莉。後來她先走了，我留了下來。我知道她會死，如果我的數學很好，我應該算得出來，她會死於二十年後的秋天，死因是被一群野豬、土狗和禿鷹給吃掉。但我想這不會是莉莉確切的死亡時間——真正殺死她的，可能是遠在她第一次被一群阿拉伯男人強姦的那個早晨，或者是更遠的，那班開往阿拉伯的渡船的啟航時刻，或者再更遠、更遠一些，從她喝下那杯「Special」的飲料，看到她爸爸、她媽媽的那刻起，莉莉就已經被殺死了。

啦……閣想欲走。閣走！（阿嬤擱下話筒，欣樺停下腳步）你頭拄仔走佗位去？

（沉默。）

（阿嬤起身離開座位，走向潘欣樺，甩了她一巴掌。欣樺不語，阿嬤又再甩了一個巴掌。）

阿　嬤：一世人做牛做馬，食老了，眾大家聯合起來反背我。（回過神來，像是突然想起什麼）你敢有去考試？老師敲電話來吩咐，叫你愛會記得去考試。考了仔未？（急著要伸手探欣樺的書包）考卷提出來予我看。

（欣樺從書包裡掏出一張紙與一盒月餅，遞給阿嬤。）

（燈暗。）

四、中秋節

（燈亮。欣樺家裡，對稱的空間，上舞臺左右兩側各置一張相同的圓形餐桌，並置數張椅子。惟右舞臺的餐桌上列有一排齊整的酒杯與一瓶紅酒；下舞臺置一張長方形茶几，茶几左右兩側分置兩堂對開的沙發。沙發的外邊，用屏風或門牆隔出一個梳妝的空間。舞臺中央的牆面上，掛著一份日曆。）

（阿嬤在左側的餐桌處講電話。欣樺從左舞臺上，開門進屋。）

阿　嬤：這個囡仔歸身軀頂下自頭到尾有幾枝毛，我攏看現現。伊著是像佪媽媽。閣想欲共我欺瞞……（轉頭朝著剛進屋的欣樺罵）我佮你講，你歸身軀頂下自頭到尾有幾枝毛，我攏看現現

潘欣樺：（露出笑容）老師講，干焦我一個人考滿分，送我一篋仔月餅當做獎勵。

阿　嬤：（欣喜）好，好，真有出脫，（凝視欣樺好一陣子，像是在辨識著她的臉）誠實是我的查某孫。（捧著月餅走回餐桌，打開盒蓋）紅豆的，這個Keiko[1]傷愛食，留予伊食。（翻找盒內的月餅）這個囡仔自細漢著合意食包紅豆的月餅。

潘欣樺：阿嬤，今仔日是中秋節呢。

阿　嬤：（喃喃自語）煞毋知今仔日是中秋節。（拍手大叫）哈，竟然予抰記得了，今仔日是（跑向掛在牆上的月曆，翻覽著）確實是八月十五，我這個記性真害。盈暗，土水溪仔彼爿的阿雄欲悉人來阮兜提親了。

（阿嬤走向梳妝臺，坐下，開始打理妝容，塗脂抹粉。）

（潘欣樺走向下舞臺的沙發，坐下，拿出生字簿放在桌上。）

潘欣樺：今天在學校，老師講了后羿和嫦娥的故事。老師說，后羿原本是英雄，他射下九顆太陽，保庇萬物得以生長。鄰村有個叫嫦娥的姑娘，她的母親敬佩后羿的英勇，告訴嫦娥說，「他一定會是個好丈夫」，就把嫦娥嫁給了后羿。

阿　嬤：（對著鏡子，自顧自地說）Keiko，來，你坐，你踹遮坐咧，我逐逐仔講，你逐逐仔聽。等咧看著人喔，面愛笑，毋通一個面憂結結，愛笑才會得人疼，遐的序大人才會對你有好印

1 日語「桂子」的音譯。

象。人嘛才會講，阮潘家的查某囡仔有氣質，有一個做新婦的款。佇厝內底嘛愛定定笑，像這樣（做表情）微微仔笑一下，你的氣質嘛才會予你笑出來。

潘欣樺：那幾個晚上，嫦娥一直看著月亮。月亮會說話嗎？它圓飽飽的，像顆球。好奇怪，等好幾個晚上了，它總是不笑。

（阿嬤整妝既畢，起身走往沙發，作勢要趕坐在沙發上的欣樺。）

阿　嬤：時間差不多了，人應該欲到了，（揮手）囡仔人先去後壁房間等，叫你出來閣出來。

潘欣樺：（不動身，看著阿嬤）嫦娥對著母親說，「讓我再等幾個晚上——是花都放了，那桂花還早。」

（阿嬤愣了一會兒，旋即上前又甩了欣樺幾個巴掌。）

阿　嬤：（冷冷地）栽培你讀冊，飼你到遮爾大漢了，這款做人的道理攏毋捌。人是有背景了，伊願意來提親你著愛偷笑了，（酸薄）無你掠準講家己是啥物貨色？

（潘欣樺緩緩起身，收拾書包與生字簿，往餐桌方向移動。阿嬤清理沙發前的茶几，稍作擺設，讓桌面看來體面一些。）

阿　嬤：嫁尪，持家，生囝，落尾仔顧孫，這著是查某人，落土八分命。往擺做新婦，恁阿嬤嘛是按呢吩咐，嘛是講愛笑，愛笑才會得人疼。

（潘欣樺翻開月餅盒，揀阿嬤挑出來的兩個月餅吃。舞臺傳來一陣柔和的、淒美的鋼琴旋律。阿嬤收拾畢，靜靜地坐在沙發上，朝門外望著。）

（鞭炮聲響起，鋼琴旋律戛然而止。炮聲從遠處直往家門前逼近。）

阿　嬤：（聽見鞭炮聲，遲疑）這馬是咧放佗一齣的炮仔？（喃喃自語）八月十五，（長沉默）敢毋是Keiko出嫁的日子？我煞雄雄舞袂清楚了，今仔日我到底是欲請媒人來提親，抑是準備欲嫁查某囝了？

潘欣樺：在一個煙火綻放的夜晚，嫦娥第一次坐上后羿的馬車。她披著一身雪白的紡紗，踩著高跟鞋，眼袋重重的。那晚，月亮還是沒有笑。

（母親從右舞臺上。她穿著婚紗，緩緩徐行，繞右邊的圓桌走了數圈後，坐下。）

阿　嬤：無定著是食老了，規个人煞戇神去了。有時陣假若咧眠夢，有時仔精神，也毋知影這馬到底是過甲啥物時間去了。Keiko嫁出去了後，（停頓）定定去夢著伊倒轉來，嘛無講啥物話，著目箍紅紅的，那像拄哭過。

潘欣樺：嫦娥記得媽媽說過，后羿是個勇敢的英雄。她不敢直視后羿。后羿就像一個背著太陽的男人。嫦娥在他的影子裡縮得好小、好小，當她幾乎覺得自己要消失的時候，后羿總會提起她，告訴她說，「不要怕，我會給你任何你所想要的」。那時，她會看見彎彎的月亮懸在天空。在很遠的地方，有座白色的森林。

（父親從右舞臺上。他走向母親，溫柔地牽起她的手，旋即將她擁入懷中。母親緩緩地靠在父親的胸膛。）

阿　嬤：凡勢是冊讀甲較濟，腹肚內底著會有較濟的物件通好悲傷。我嘛是佮苦勸、佮吩咐講，你著愛嫁雞綴雞飛，嫁狗綴狗走，時到若毋知認份，食穲攏是你家己的。

（父親拿起桌上的酒杯和紅酒，斟了半杯遞給母親。）

父　親：（舉杯）來點「Special」的嗎？

（母親點頭，接過酒杯，將紅酒飲盡。）

潘欣樺：大家都說，后羿的百寶箱裡藏著神仙藥。什麼是神仙藥呢？嫦娥記得那杯飲料的模樣，紅色的。看起來沒什麼，就像普通的紅茶。

（父親重新斟酒。母親再喝。未待母親飲盡，父親又將酒杯裡的酒給斟滿。母親逐漸不勝酒力，用手勢示意父親停止。父親只作不見，持續灌酒的動作，酒從滿盛的杯緣溢出。）

阿　嬤：有影著是命。查某人的命。落到佗位著生到佗位。

父　親：喝下去會有幸福的感覺喔。

潘欣樺：那是能夠飛往月亮的神仙藥嗎？嫦娥卻覺得自己的身體變得好重、好重，快要沉到一個最低、最底的地方去了。那是能夠飛往月亮的神仙藥嗎？可是，為什麼她的身體、她的身體正在陷落——陷落進一個無邊的地獄。無邊的沙漠。她在那裡看見一群野豬、土狗和禿鷹。

（母親將酒杯擲在桌上。父親伸手捏住母親的鼻子，將紅酒直直灌進母親的嘴裡。母親一嘔，將嘴裡的酒給吐出，父親連甩了母親數個巴掌，母親從椅子上跌落，整個人蜷縮到牆角。）

父　親：（與潘欣樺齊說）我說，不要怕，我會給你任何你所想要的。

潘欣樺：（與父親齊說）他說，不要怕，我會給你任何你所想要的。

（父親將濺在自己衣服上的酒水擦拭乾淨，旋即提起酒瓶，朝母親的方向緩步走去。）

阿　嬤：落尾仔伊問我一句，我煞應袂出聲來了。伊問講，「媽媽，你敢是自願入門做新婦的？」（開始陷入精神混淆的狀態）媽媽，你敢是自願入門做新婦的？你敢是……敢是講……毋是講……講自願入門欲做新婦的？

潘欣樺：她忽然想起媽媽，想起媽媽曾經告訴過她的那些話。眼前的世界開始晃動，她看到很多張臉。很多張一樣的臉。她想問媽說，（與阿嬤精神產生混淆的末句疊念）愛笑敢誠實會得人疼？敢誠實會——有一個家——通得人疼——

（上舞臺處發出連聲巨響。旋即，右側餐桌上的燈熄。）

阿　嬤：（突然情緒激動，起身作勢）我隨徛起來，搧伊一個喙顊。我為著這個家做牛做馬，敢替我家己想過無？透世人儉腸凹肚，連一個洗衫機攏毋甘通買，敢毋是為著栽培你去讀冊？我這個做媽媽的，望著家己囡仔的未來，四界走從，我敢是為著我家己？（稍微緩和，又像是隨時會爆發）我著佮伊講，你若欲怨嘆我，著愛小想一下，想講這個世間去為著你好的人到底是誰？

潘欣樺：嫦娥躺在地上。這時，她看見窗外的月亮。月光灑在她身上，她看著彎彎的、像小船一樣的月亮——她想知道月亮能不能聽見她說的話。

阿　嬤：了後伊嘛無再閣轉來了。傷尾仔一擺看著Keiko，著是個大家炁著伊轉來後頭厝拜票。我知影Keiko傷愛食包紅豆的月餅，特別留做一篋仔欲予伊食，煞予食甲反腹，走便所吐了規暝。彼時陣閣掠準講有第二胎了，心內正咧歡喜，煞毋知（長沉默）煞毋知今仔日是中秋節，（喃喃自語）這個記性，忘東忘西。

潘欣樺：她看著月亮，忽然感覺空虛的身體湧進了一股未知的能量。一種生命的力量。她重新站起來，（爬上餐桌，想要碰觸頭頂的電燈）決心要用自己的雙腳走向月亮。她決心要碰、到、月、亮——

（燈暗。）

潘欣樺：（朝下舞臺大喊）停電了。

（沉默。）

阿　嬤：（略微顫抖的語氣）假神弄鬼，當做我攏毋知影是毋？（破口大罵）我佮你講，我毋相信啦！通天下有遮爾自私的查某人，放捏囡仔毋管……當初著無應該予你去讀冊，閣望著你去嫁著一個較成款的翁婿，其實查某人若愈讀書，命運著愈悲哀……攏干焦會曉為著家己去設想……（燈光忽然閃爍）你這馬是咧挨啥物意思的？你誠勢應喙應舌嘛！（停頓）夠，你早著想欲反背這個家了，對無？你著是刁工欲和我作對。好，好，你佇遮等咧，好膽你著佇遮等咧（奔跑聲，像是要去找什麼）你著莫走——

（酒瓶破碎聲響。旋即，黑暗中傳來女性淒厲的尖叫聲。）

（右側餐桌處燈亮。父親倒臥在血泊中。母親提著破碎的酒瓶，凝視著父親的屍體。隨後，母親從右舞臺下。）

（全場燈亮。阿嬤像是從睡夢中甦醒過來，忽悠悠地走回沙發，坐下，眼神空茫地望著門外。潘欣樺回到原先餐桌的位置，重新打開生字簿。）

阿　嬤：（迷茫）我頭拄仔敢是咧陷眠？

潘欣樺：阿嬤，你若會忝，著先入去房間歇睏，桌頂我等咧閣整理著好。

阿　嬤：（轉頭看向欣樺）今仔日是啥物日子啊？

潘欣樺：阿嬤，今仔日是中秋節呢。

（燈暗。）

五、烏蘭布統

（燈亮。詩意的空間，舞臺是空曠的，遠處有白樺樹林映著水漾般的藍色柔光。整個舞臺散發著某種原野的氣息。母親在上舞臺，披著雪白的紡紗，優美地獨舞著。潘欣樺坐在椅子上，面對著觀眾。）

潘欣樺：我已經夢見這個場景很多次了。當我醒來，枕頭總是濕的。鹹鹹的。可能我在夢裡游過泳，或者流過很長的一場淚。

媽說，她到很遠的地方去了。在夢裡，我看見一片銀白色的樺樹林。四周都是雪。我像是渡過一場寒冷的跋涉，隨著河牀日夜奔赴，靠岸時，遇見披著雪色紡紗的她。她在樺樹林間獨舞，沒有煙囪，也沒有觀眾，她的雙腳踩在泥巴地裡，渾身散發著野草根的氣息。

我看著她。忽然聽見她的笑聲，像風響時的樹洞。她張開雙臂，在遠處成為樹的枝節，隨風搖晃。我朝她走去，在每個樹洞深處聽見相同的呼喚：她說，就在這裡。生命就在這裡。烏蘭布統，她說，那是自由的歸屬，最後的答案。

（舞臺上傳來厚重低沉的迴聲：自由的——最後的——自由的——最後的——。）

我拼命奔跑，想要追上她的影子。她背對著我，往白樺樹林裡走去。月亮——我抬頭看，彎彎的月亮——朝著月亮。她的紡紗消失了，風吹過，樹洞裡的呼喚還在嗡嗡作響。她說，生命就在這裡。烏蘭布統。

（燈暗。待燈重亮時，母親業已離場，只剩潘欣樺獨自一人在臺上。藍色柔光的色調顯得更加濃鬱，一如深沉的大海。）

夢總會在這裡結束。我以為醒來了，卻發現自己身在蔚藍無際的大海裡，雙腳搆不到地。我開始沒有目的的奔赴，漂流著，衣褲積滿了水，將我重重地往海底沉。在海裡，我拚命掙扎，感覺有無數枝獵槍在黑暗處瞄準我，準備朝我開槍。月亮——聽得見我說話的聲音嗎？媽——你說的烏蘭布統——自由的歸屬、最後的答案——

（槍聲響起。燈暗。黑暗中，傳來潘欣樺獨白的聲音。）

我已經夢見這個場景很多次了。當我醒來，總是思索著同樣的問題。有時我覺得眼前的一切無比清醒，有時又驚覺原來都是夢境。

六、薛球

（燈亮。賓館裡，潘欣樺與一名頭染銀灰、捲髮戴眼鏡的青年並坐在床上。青年正在讀書。兩人衣著簡便，床邊的架上掛著替換掉的衣服。）

潘欣樺：十七歲那年，我遇見生命中唯一愛過的一個男人。他叫薛球。我們在賓館讀詩、做愛，走私槍械，交易毒品。我們的房間號碼是「508T」，T是樓頂的意思。

（電話鈴聲響。潘欣樺起身接電話。）

Embrace fond woe, or cast our cares away:

It is the same!--For, be it joy or sorrow,
The path of its departure still is free:
Mans yesterday may neer be like his morrow;
Nought may endure but Mutability.[2]

潘欣樺：（接起話筒）中洞。這裡是樓頂。

（沉默。隨後，電話發出嘟聲。）

薛　球：哪裡的？
潘欣樺：不曉得。沒有說話。

（潘欣樺重新坐回床上。）

潘欣樺：這是什麼書？
薛　球：雪萊，你聽過嗎？
潘欣樺：（點頭）讀給我聽。
薛　球：（唸）We rest.--A dream has power to poison sleep;
We rise.--One wandering thought pollutes the day;
We feel, conceive or reason, laugh or weep;

---

[2] Percy Bysshe Shelley, "Mutability"
中譯（王明鳳譯，《雪萊詩選 西風頌：中英對照雙語版》，笛藤出版社）
我們睡下：一場夢能毒我安息；
我們起身：游思又會玷汙白晝；
我們感覺、思考、想像、哭笑，
不管是抱住悲傷，還是擺脫煩惱；
終究還是一樣！因為在世間，
一切的悲傷和喜悅都會溜走；
我們的明日不再像昨日，
除了「無常」，一切都會變換。

潘欣樺：（趴在薛球膝上，戲謔）英文這麼溜，議長怎麼沒有派你去跟那些阿兜仔「交關」？

薛　球：（臉湊近欣樺，逗弄）議長很堅持，說我這樣的不行，一定要找個比較有氣質的秘書小姐來辦事情。

潘欣樺：（取過薛球手中的詩集，起身，以演員的口吻作態朗誦）Mans yesterday may neer be like his morrow; Nought may endure but Mutability.

薛　球：（與欣樺一齊演戲）親愛的小姐，您仍舊決意要離開嗎？

潘欣樺：我已經厭倦這裡的生活：悲傷和喜悅終將離我而去。還有甚麼是值得我留戀的？請不要阻攔我，我的朋友，月亮已高掛在遙遠的東方——

薛　球：天啊——（大笑）你嗑藥嗎？

潘欣樺：我清醒得很。請相信我，我會是一個傑出的演員，只要您願意獻出您的掌聲。

薛　球：（帶著戲謔意味地慢慢拍手）您的確是。

（潘欣樺伸手向薛球，示意他遞菸過來。兩人抽菸。）

潘欣樺：就這樣嗎？

薛　球：什麼就這樣？

潘欣樺：雪萊的詩。（停頓）你不覺得這些寫詩的人都沒什麼責任感嗎？就像聽見有人在呼喚你，回過頭，卻發現什麼東西也沒有。忽然就陷進沒有底的黑暗裡了。我很厭倦這種感覺。

薛　球：和你的夢有關嗎？

（舞臺上再次傳來厚重低沉的迴聲：自由的——最後的——自由的——最後的——。）

潘欣樺：雪萊，（停頓）最後怎麼了？

薛　球：溺死了。他的船遇上暴風雨，就連人帶船，還有他的詩，一起沉到海裡去了。

潘欣樺：就像在夢裡頭那樣。真好，就像在夢裡頭那樣。

（沉默。）

潘欣樺：有時候半夜醒來，看見你也沒睡，好想就坦率地對你說，「親愛的，我現在要離開你了。我們不會再見面了。請你保重。」儘管我還是愛你的，無時無刻。真的。但我不知道該去哪裡。我查過地圖——你相信嗎，真的有烏蘭布統。在內蒙古。也許坐船，或者坐飛機吧，一天就到了。但我還是不知道該去哪裡。我想，就在這裡待著，我會很安全的，除非我年老色衰，或是我開始產生幻覺了……不過這是不可能的。想到這裡，我又躺回床上，重新鑽進你的懷裡。就像現在這樣。

薛　球：如果是我說呢？（認真地看著欣樺）「親愛的，我現在要離開你了。我們不會再見面了。請你保重。」

潘欣樺：（停頓）跟我做愛。離開我之前。我只有這個要求。

（兩人熱絡地愛撫。薛球脫衣，潘欣樺解開衣服的鈕扣，待要鬆開胸罩的扣環時，忽然停止動作。隨後，潘欣樺用手摀著臉，低聲啜泣。）

潘欣樺：（哽咽）對不起。

薛　球：我知道，做愛還不夠。

潘欣樺：你知道我缺少什麼嗎？

薛　球：我會帶著你。

潘欣樺：不是這個。

（電話鈴聲響。）

潘欣樺：讓我來接。

（潘欣樺接起電話。）

潘欣樺：中洞。這裡是樓頂。

女孩的聲音：（從電話另頭傳來）潘欣樺，（莞爾）你不認得我了喔？

（沉默。）

女孩的聲音：潘欣樺，你在哪裡啊，你不是說要來找我玩嗎？

潘欣樺：我不知道你現在在哪裡。

女孩的聲音：我告訴過你，你忘記了嗎？我說，（聲音變得尖銳而刺耳）我們家在阿拉伯。在阿拉伯的沙漠裡。有很多野豬、土狗和禿鷹。

（沉默。）

女孩的聲音：你不是不知道該去哪裡嗎？就在這裡，生命就在這裡。你會來這裡找我的，對吧？

（電話的音訊開始出現雜音。爾後，多重的聲音同時匯集在舞臺上，像是通過電話與潘欣樺進行對話，又像是瀰漫散播在整個空間之中。賓館裡閃爍著劇烈的紅光，忽明忽暗。）

媽媽的聲音：你知道你缺少什麼嗎？

陳益華的聲音：黑頭髮的，輪到你了。

女孩的聲音：你很羨慕我吧？來，喝下去，喝下去你就自由了。

媽媽的聲音：我說，你害怕那些瞄準你的獵人。你怕死。你怕死了。

潘欣樺：我不是。我和你不一樣。我知道沒有什麼「Special」，沒有什麼幸福的感覺。我清醒得很。我和你不一樣。

議長的聲音：你感覺做人做甲無啥甘願，敢是？

陳益華的聲音：其實也無差別，落尾仔共款嘛是做人的雞。

議長的聲音：華仔，時間差不多了，人應該欲到了。

陳益華的聲音：（像是朝著遠處喊話）遐蓋濟野獸啦，啥物土狗啦、野豬啦，鷹鳥嘛有，著攏放去予佪食。

阿嬤的聲音：有影著是命。查某人的命。落到佗位著生到佗位。

女孩的聲音：你以為你真的和我不一樣嗎？我也讀過書——

媽媽的聲音：我也讀過書。

女孩的聲音：上課轉鉛筆，嘲笑老師的禿頭，放學去麥當勞做海報，假日看電影，吃男朋友買的爆米花——

媽媽的聲音：巷口有隻貓每天晚上都會溜進屋來，我餵罐頭給牠吃。拿零用錢去買最時髦的洋裝。喜歡看電視上的《連環泡》——

女孩的聲音：《我猜我猜我猜猜猜》。

媽媽的聲音：在畢業紀念冊上寫，好想趕快長大喔。

女孩的聲音：在畢業紀念冊上寫，好想趕快長大喔。

媽媽的聲音：如果我就這樣離開了——他會很難過吧——

女孩的聲音：如果我就這樣離開了——他會很

難過吧——

所有人的聲音：生活——不就是這樣嗎？他們、我們、你們。

陳益華的聲音：船欲來啊，（大喊）揀出去！

（空間裡響起佛經的誦唸聲與肅穆的音樂。電話的雜訊聲愈發刺耳，逐漸混淆人聲。）

女孩的聲音：你只是比較幸運。

媽媽的聲音：提著燈籠的使者在黑暗中說，輪到你了，女孩。輪到你了。

（賓館燈暗。所有的嘈雜聲響戛然停止。只剩下媽媽末句的尾音迴盪在空間裡，重複著「輪到你了」。）

（燈亮。潘欣樺坐在薛球身旁，茫然地看著前方。薛球側著頭，像是正思索著什麼。）

潘欣樺：我做了一個噩夢。

薛　球：我知道。

潘欣樺：抱我。

（兩人靜靜相擁。）

潘欣樺：我覺得遇見你以後，我好像老了很多。（莞爾）一個十七歲的少女說自己「老了」，聽起來真的很欠揍。我原本想說的是「成熟」，像是學會抽菸、做愛，賺大筆的錢，出國旅行之類的，做大人會做的那些事，但我發現我其實沒有。我沒有成熟，只是感覺自己變老了。我覺得像那些臭妹仔一樣翹課、逃學很好。我沒有這樣的勇氣。在學校我就是那種不生吵鬧，作業按時交，上課認真聽講，發成績單的時候，會被老師叫起來特別稱讚幾句的學生。如果我翹課、逃學，老師們會覺得這件事情很嚴重——當然我也知道這件事情很嚴重，警察會介入，我會被法院通緝。那些臭妹仔知道什麼是警察、什麼是通緝令嗎？我所能做的最安全的事，就是扮演一個好學生，而我正在做的最危險的事，就是相信自己真的是一個好學生。

（停頓）我好愛你，薛球，只是有時候我真的不知道該如何是好。

薛　球：你覺得我和他們是一樣的人？

潘欣樺：我不知道。

（沉默。）

薛　球：你覺得讀書的意義是什麼？

潘欣樺：（敲著額頭）你突然讓我想到我阿嬤說過的一句話：她說，其實查某人若愈讀書，命運著愈悲哀。（悲觀地笑）天啊，這是預言嗎？還是什麼古老女巫的詛咒？

薛　球：（不理會欣樺浮誇的悲笑，繼續說）讀書是為了自由，還是避免自己成為獵物？

（沉默。）

潘欣樺：（故作輕鬆）這是誰的詩？拜倫？雪萊？葉慈？

薛　球：沒有人，小樺。寫詩的人不會告訴你答案的，（停頓）所以這是我說的。你得先容許自己成為獵物[3]，才有擁

---

[3] 「容許自己成為獵物」為王鷗行（Ocean Vuong）句。原句應是「想要燦爛，首先你要被看見，被看見，就是容許自己成為獵物」。見《此生，你我皆短暫燦爛》頁二二八。

抱真正自由的可能。我們離開這裡才有意義。

潘欣樺：你說——

薛　球：我們離開這裡。

（兩人對視。忽然，潘欣樺拔起話筒，連按一串號碼。）

潘欣樺：（對著話筒）中洞，這裡是樓頂。幫我轉給議長，立刻。（對薛球）你還有機會後悔。第一聲——第二聲——

（薛球堅定地看著潘欣樺，不為所動。）

潘欣樺：（顫抖的聲音）第三聲——

議長的聲音：（電話接通）啥物歹誌？

（沉默。兩人對峙。薛球的眼角緩緩流下眼淚。）

議長的聲音：（疑惑）喂？你佗位揣？

潘欣樺：（壓抑激動的情緒，緩和地）喂，議長，我是小樺。我有一件重要的歹誌欲佮你講，（看著薛球，語塞）今仔日——今仔日我——我想著今仔日是八八節，著足想欲敲電話來佮你講一聲「八八節快樂」，希望你聽著心情會歡喜、美麗。身體健康。

議長的聲音：（愣住，回過神來開懷大笑）吼，我閣想講是啥物天大的歹誌，佇彼ti-ti tū-tū[4]歸晡吐袂出來。（和藹）好啦，謝謝啦，有閒來辦公室和逐家通門鬧熱啦，莫逐工覕佇咧hoo-té-luh[5]的小房間內底，上少嘛愛出外運動一下，（臺灣國語）議長會想你

4　閩南語「支支吾吾」。
5　閩南語「Hotel」。

呢。遮貼心著，閣專程敲電話過來。（對旁人說）彼閣需要時間啦，佮蔡仔講莫遮爾仔著急，我下個月議程會排入去。（對欣樺）我抑閣有歹誌欲無閒，先按呢啦，應該無欠啥物？

潘欣樺：無。

議長的聲音：有需要再隨時佮華仔聯絡，伊會處理。多謝你的祝福呢。

潘欣樺：議長再見。

（電話掛斷。潘欣樺與薛球對視，長沉默。）

薛　球：我會帶著你。

（潘欣樺倒進薛球懷裡，崩潰痛哭。薛球輕輕安撫潘欣樺。）

薛　球：我們坐飛機，在赤峰機場落地。從機場轉搭公共汽車，可能會繞一些山路。你會暈車嗎？或者，我們也可以搭便車，在沿途經過的旅館過夜。我們身上的行李最好不要太多，鈔票要像這樣折成方糖的形狀，塞在最底層，聽說超額的會被海關沒收。如果有需要，我們到當地再想辦法。我問過……。

（賓館裡響起收音機的聲音，裡頭傳來李壽全演唱的〈張三的歌〉。在悠揚的樂聲中，薛球的說話聲漸弱，直至消失。舞臺燈暗。）

收音機的聲音：（唱）我要帶你到處去飛翔，
走遍世界各地去觀賞
沒有煩惱沒有那悲傷，自由自
在身心多開朗

忘掉痛苦忘掉那地方，我們一
起啟程去流浪
雖然沒有華廈美衣裳，但是心
裡充滿著希望
我們要飛到那遙遠地方看一
看，這世界並非那麼地淒涼
我們要飛到那遙遠地方望一
望，這世界還是一片的光亮[6]

七、自白

（〈長亭送別〉[7]歌聲響起。黑暗中，可以聽見酒杯碰撞與歡笑交談聲。）

女歌者：長亭外，古道邊，芳草碧連天。晚風
拂柳笛聲殘，夕陽山外山。天之涯，
地之角，知交半零落。一壺酉酒盡餘
歡，今宵別夢寒——

（槍聲響，歌聲戛然而止，伴隨著幾陣零星的尖叫聲。槍聲連響數遍，爾後，舞臺上的聲音完全止息。）

（燈亮。舞臺中央散著凌亂翻倒的酒桌與杯具，數個人倒臥在地。右舞臺處，置著一張小几案與電話。薛球持槍坐在椅子上，正撥著電話。）

薛　球：（對著電話彼端說）議長，你交辦我的代誌攏已經處理好了。銀魚有六條，甜粿九百斤，白鯧的腹肚內底閣有一粒五克拉的璇石，攏總交予昌仔了。議長，你敢知影，其實我自細漢著是一個籤運足穲的人，若是欲摸彩，或者是抽紅包，我永遠著攏抽秩著。我實在是一個無啥物出脫的

6 李壽全，〈張三的歌〉（收錄於一九八六年《8又二分之一》專輯）。
7 李叔同作詞，李叔同作曲。

迌迌囝，做爐主做甲誠慣勢了。毋過這擺，三百個兄弟作夥抽一支紅籤，著遮爾一支，竟然予我抽著了。我著咧想，我誠實發達了，做一個阿斯芭樂的遮爾久了，總算是輪到我出去昌颺了。雖然你佮華哥攏講，這支是抽替死鬼，毋過，毋知影是為怎樣，我煞感覺規个人假若欲飛起來共款。議長，你敢知影自由是啥物感覺？其實，阮做兄弟的，照理路是無啥物自由。草厝仔揹咧，啥物時陣去予人買單攏毋知，論啥物自由？我閣會記得細漢的時陣，看一本十箍的尪仔冊，內底的孫悟空攏是飛佇咧天頂的，獨獨阮做兄弟的蓋苦命，干焦會曉用兩枝跤佇塗跤頂懸走跳。阮假若獵物共款，一世人攏驚予槍去擢著。只是，槍若是無拍佇咧阮的身軀頂，阮永遠袂知影自由是啥物滋味。阮永遠只有一種命，喝衝著衝，有當陣衝到連家己號做啥物名攏袂記得了。

議長，往擺你捌笑過我講，做兄弟的歸工借一本冊，不成一个款。讀冊有啥物路用咧？行到這個坎站，我想，讀冊有影是無啥物路用，做兄弟的，抑是應該愛認份。我無啥物親情朋友，若是講有牽掛，干焦去愛著一個查某囡仔——議長，你敢會當諒解阮的不得已，原諒阮活佇咧這個世間的稀微佮艱苦？萬般虧欠，只有等另日中元普渡的時陣，再親身到你的面頭前，共你叩頭謝罪了。

我這世人受議長的照顧太濟了。請你保重身體，若是有緣，後世人再閣來做你的細漢仔。

（薛球將電話掛斷。燈暗。）

八、然而（你不會知道）[8]

（內蒙古的草原上。廢棄的舊屋瓦牆前。薛球與潘欣樺兩人倚著牆，像是從沉沉的睡夢中醒轉過來。潘欣樺靜靜地伸一個懶腰，薛球顯得消弱無力，腹肚插著一把刀，流淌在地的血已經乾涸。）

潘欣樺：你真的不記得昨天發生的事了嗎？

薛　球：（虛弱）不記得了。

潘欣樺：任何細節？

薛　球：（彷彿總算想起，摸摸肚子上的刀）我叫你別拔，就這樣放著。拔出來我就沒氣了。

潘欣樺：昨晚我們大吵一架。我以為你不會再醒過來了。

薛　球：（微笑）那是你單方面的大吵大鬧。

潘欣樺：你明明都記得。

薛　球：我忘記了。只聽見你哭，又下雨，轟隆隆的，什麼話都聽不清楚。

潘欣樺：（將菸遞向薛球的唇邊）菸？

薛　球：不要。給我雪茄。我要最貴的。

（潘欣樺將雪茄遞進薛球的嘴裡，點火。兩人抽菸。）

潘欣樺：為什麼要騙我？

薛　球：我抽中紅籤了。規矩就是這樣，誰抽中誰就死。我想多陪你一點。

潘欣樺：你覺得你解脫了？

薛　球：（搖頭）我很想就這樣待著。在你身邊，我覺得好暖。

潘欣樺：你知道——你傷害到我了。全部。我

---

8 陳昇，〈然而（你不會知道）〉（收錄於一九九四年《魔鬼的情詩》專輯）。

不會給你安慰，也不會再說我愛你。我要你感覺愧疚。對，我要你感覺愧疚，然後帶著這些東西死去。我要你無論如何都記得。無論如何。

（沉默。）

薛　球：我會的。

潘欣樺：就這樣嗎？

薛　球：對，就這樣。

潘欣樺：你知道你是一個多軟弱的人嗎？

薛　球：我知道。認識你以前我就知道了。（停頓）我問你讀書的意義是什麼，其實我也常問我自己，我能改變什麼嗎？（喘息著，激動）我相信自由，我沒有騙你，我愛你我也相信自由，可是做兄弟——我能改變什麼嗎？

潘欣樺：那我能嗎？剩下我一個人，背著這些行李，（聳肩）去郊遊？

（沉默。）

薛　球：對不起。

潘欣樺：沒關係。我不會原諒你的。

薛　球：我知道。（抬頭）能幫我做件事嗎？

潘欣樺：雪茄沒有了。

薛　球：我想聽你唱那首歌。我們在露天廣場唱的那首。

（沉默。）

薛　球：我拿一個秘密跟你換。

潘欣樺：什麼秘密？

薛　球：我小時候會尿床。

潘欣樺：（失笑）爛透了。你休想。

薛　球：（悠悠地）我以前很常做噩夢。夢見有隻怪物追著我跑，它把幫派裡的人都吃掉了，就剩我一個。醒來發現自己尿床了，被我哥笑，他說，哪有什麼怪物，有的話就往它臉上揍一拳。後來我親眼看他被其他的角頭開槍打死，整顆頭像魚餃一樣爆開，碎在地上，我才知道說，喔，其實他跟我一樣。那隻怪物也在追著他。一旦被它追上，你就輸了。

潘欣樺：你被它追上了？

薛　球：（莞爾）沒有。只是覺得躲累了。不是都說「投降輸一半」嗎？我就想，輸一半也好，至少還剩一半，（看欣樺）就留給你吧。（雙手平舉）能這麼坦率的感覺真好，反正你也不原諒我，我就承認我有多自私了。

潘欣樺：（坐起身）我唱給你聽。

薛　球：（忽然顯得體力不支）你記得——往前走——前面會有路的。你真的很勇敢，你比我看過的所有人都還要勇敢。

（薛球伸手牽潘欣樺，欣樺沒有拒絕。潘欣樺唱陳昇的〈然而〉。）

潘欣樺：（唱）然而你永遠不會知道，我有多麼地悲傷[9]
有個早晨，我發現你在我身旁
然而你永遠不會知道，我有多麼地喜歡[10]每個夜晚
再也不能陪伴你
頭髮已斑白的時候，你是否還依然能牢記我
有一句話我一定要對你說
我會在遙遠地方等你，直到你已經不

9 原句應為「我有多麼地喜歡」。
10 原句應為「我有多麼地悲傷」。

再悲傷

I want you freedom. Like a bird.

（歌畢，潘欣樺望向薛球。薛球沒有說話，四肢僵硬，整個人動也不動。潘欣樺給薛球最後一個擁抱，起身。）

潘欣樺：我曾經設想過死後的世界，有人說的天堂。我總會想，很遙遠的那天，如果我再遇見薛球，我該怎麼向他打招呼？像隻柯基撲到他的身上，還是買最貴的雪茄，說我們共抽一支？或者我會選擇保持沉默。我會對著他微笑，還是自己安靜地流淚？不過，也許都是我多慮了，如果我在「愛情的天堂」等他，他應該不會來的。他會被發派到「忠誠的天堂」，或者「命運的天堂」，以嘉許他恪從組織交辦的任務，忠於自己身為幫派成員的使命。喔，又如果，我們兩個都下地獄——其實這是再合理不過的，那麼，我也許就會在那裡遇見他。（莞爾）扯遠了。看著他一派寧靜的臉，我總覺得我還是難過的。我難過的不是他終究選擇離開，而是他既然決定要走，卻又讓我以為他會留著。他就像一個詩人，到頭來其實沒什麼責任感。我只好裝作我也很從容，臨行前，扮鬼臉告訴他，嘿我準備去郊遊了。水壺和錢包我都帶了，你吃剩的蔥燒餅我就據為己有。在路上發生什麼你應該都會知道，我抵達了或沒有抵達你應該都會知道。

（燈暗。）

九、白樺樹

（燈亮。烏蘭布統的白樺樹林。相較於第五場的景致，所見的樹色更為蓊鬱盎然，枝幹茂密。遠處傳來潺潺的溪水聲與啁啾鳥鳴。這是一個晴朗的午後。）

（潘欣樺蹲在上舞臺處作捧手的姿勢，舀水洗臉。洗完臉，她緩緩走進樹林間，抬頭仰視白樺樹林的樹冠。她輕輕撫觸樹皮，像是在觀察著每處微小的細節。忽然間，風吹過，枝葉隨風搖擺。潘欣樺墊起腳尖，順著風的流動，自然地跳起舞來。）

（舞臺上響起輕柔的音樂聲。潘欣樺獨舞著。燈光開始略微的變換，時而明朗，時而黯淡，映在舞臺上的樹影於是產生深淺交錯的層次感。彷彿烏蘭布統是帶著情緒的，有晴時也有陰時。）

（風緩緩靜止，音樂聲漸弱。潘欣樺結束獨舞，鬆鬆地躺倒在地上。溪水聲與鳥鳴依舊持續著，直到舞臺上的燈光漸漸暗了下來。燈暗。）

十、或坐或站（或繼續走）

（燈亮。空舞臺。潘欣樺坐在一張椅子上，過程中或坐或站，或隨意走動。）

潘欣樺：我總以為我能在烏蘭布統看見媽，或者說，我是追隨著她而走的。不過，她在夢裡的記性一向不大好，我很懷疑她是否還記得我的臉，也可能她早就忘了。（聳肩）我也忘了。無論我怎麼想都想不起來，有時候在路邊遇見種田的，養小狗的，追著孩子跑的女人，都像是她，又好像都不是她。（思索）我是為什麼而到這裡來的？喔，自由。（躺倒在地板上，滾動著）我會用口水吹泡泡，（啵啵聲，屢次嘗試）成功了。（沉默，盯著舞臺上方）你看天空好藍。

（潘欣樺發楞，像是忘記自己還在說話。）

（像是突然想起）我們下飛機那天，等公車的時候，薛球突然很認真的說，嘿，我覺得烏蘭布統不會有什麼「最後的答案」。這種東西根本就不存在吧。雪萊也覺得沒有。其實雪萊應該是最有責任感的那種詩人，他不會隨便給你承諾的。「自由」其實是個很苦的東西，只要你還活著，它就始終沒有目的地。它會讓人孤獨終老。（停頓）對，孤獨終老。不過，幸運的是，你還擁有你的身體。當你覺得孤獨的時候，你可以坐著或者站著，或者繼續走，或者點根菸抽。生命就是這樣。圓飽飽的月亮總是有開口笑的那天。我們還是得練習怎麼用口水吹泡泡——這是可以練習的，我沒有騙你，（對觀眾吹泡泡，發出啵啵聲）就像這樣。

（燈暗。全劇終。）

佳作／陳政宏
鸚鵡

作者介紹

臺北人。

目前就讀於臺大戲劇系研究所四年級，希望今年可以畢業。

得獎感言

很感謝評審的肯定與指教，非常受用。

這部戲想透過鸚鵡的意象來談拐賣婦女的議題，並進一步思考在資本運作下可能造成、卻鮮有人關注的現象，其結果可能不只來自於個人之惡四字可以說盡的，背後人性、政策、社會環境都可能是影響的關鍵。可惜功力不足沒能好好處理，希望未來可以更加進步。

最後，感謝小姜的幫助。

鸚鵡

場景部分，以空台為主，透過大小道具或演員的表演化成各種空間。

身體部分，可以有類似於鳥（非人）的感覺。

角色部分，由三位女性演員分別飾演全部角色。

演員A：女孩。

演員B：老闆、主婦、記者、上班族、研究生。

演員C：助理、丈夫、女兒、業務員、採購員、鸚鵡。

服裝部分，三人底色相近，更換衣服或配件等於更換角色。

第一場

女孩、助理、老闆輪流上場。節奏明快，場面略顯慌亂。

女孩驚叫聲。

燈亮。

一隻鸚鵡飛過。

女孩，追鸚鵡上。

女孩：等等我！啾啾啾（鸚鵡叫聲）！

鸚鵡飛下，女孩尖叫。

女孩下。

老闆拿著帳單，匆忙上。

老闆：玖百、三千五百、五千七百、一萬兩千，靠，要不是因為現在沒有客人來住宿，我至於一堆帳單都繳不了嗎？還要發薪水。還有這什麼？停車費二十？靠！助理！助理！

老闆拿起電話下。

助理打著電話上。

助理：是的老闆，您吩咐的事情我一定照辦！那老闆那個薪水的部分……（電話被掛斷）哀，要不是因為我的條件只有這個工作能做，我也不用一直……（電話響，接起，轉換語氣）是的老闆，您吩咐的事情我一定照辦！

鸚鵡飛上。

助理下。

女孩上。

女孩：啾啾啾（鸚鵡叫聲）！

女孩跳起，卻怎麼也跳不高，還一直擺動手臂，看上去像是在擺動翅膀。

老闆從另一邊快步上，嘴裡持續嘀咕著。

女孩：啾啾啾（鸚鵡叫聲）！

老闆：客人、住宿、住宿、客人，怎麼辦……。

女孩：可惡，要不是因為這個我早就……。

女孩說到一半與老闆相撞。

老闆：靠！你走路都不看……（頓）我想到了！助理助理！

老闆下。

女孩：痛死了……（女孩注意到鸚鵡）欸？太好了，等等我！啾啾啾（鸚鵡叫聲）！

女孩下。

燈光轉換。

第二場

辦公室。

女孩下後緊接老闆同助理上。

助理：老闆，這真的沒問題嗎？

老闆：靠，你懂什麼，老子這次的企劃肯定能為我們度過危機，你照辦就是了，到時候肯定少不了你的好處。

助理：知道了老闆，直播已經準備好了。

老闆：那就來吧！

助理：是。（操作手機）好了老闆，三、二、一！

老闆：各位朋友大家好，我們是福如大飯店！工作、生活的忙碌，讓我們每天被時間追著跑，缺少了旅行的時光和好好與自己獨處的機會。您是否想過，有多久沒有享受飯店為您帶來的高品質的服務了呢？這次厲害了，我們福如大飯店推出一項特別活動，叫做「獨處我最行，來拿第一名！」

鸚鵡叫聲。老闆看了一眼沒有理會。

老闆：什麼意思？簡單來說這是一個「獨處比賽」，獨處時間最久的人，就可以獲得全部獎金！規則是這樣的，只要您入住我們的單人房，成功獨處二十四小時，就可累積四千四百四十四元的獎金，連續三十天就是十三萬三千三百二十元！

鸚鵡叫聲。老闆咳了一下沒有理會。

老闆：月收過十萬、年薪破百萬、終於不是夢！但請各位注意，只有挑戰最久的朋友能得到全額獎金，若您中途放棄則需繳交相應的房費……。

此時鸚鵡從後方飛進辦公室的窗戶。

助理：（打斷）哇！什麼鳥啊？

老闆：什麼？靠，哪來的啊？

老闆、助理一同將鸚鵡趕走，場面亂成一團。

老闆：靠，再錄一次。

助理：老闆，這是直播！

老闆：哎唷，對對對，那個各位不好意思，我重新再講一次……。

燈光轉換。

第三場

家中。

丈夫與主婦。

燈亮。

丈夫看著電視，一邊吃飯。主婦忙進忙出。

丈夫：這菜也太鹹了吧？

主婦：（頓）要給你重新弄一遍嗎？

丈夫：算了，給我倒杯熱水，我過過水就好了。

主婦：喔。

主婦下。

音效，老闆直播聲音片段。

老闆：（僅聲音）……參加活動可享超低住宿

優惠，在此期間本飯店將提供三餐，並保證最高品質的服務……。

丈夫：欸你覺得這個比賽怎麼樣？

主婦：（僅聲音）什麼比賽？

老闆：（僅聲音）絕對賓至如歸，讓您有比「家」更加舒適的享受！名額有限，各位要搶要快！萬元獎金輕鬆拿！

主婦拿熱水上。

丈夫：就電視上的這個比賽啊。

老闆：（僅聲音）……靠，你就把那隻鳥關起來不行嗎？

助理：（僅聲音）是，老闆，不好意思……。

丈夫：雖然他們看起來很像瘋子。

老闆：（僅聲音）言歸正傳，歡迎即刻來電報名，福如大飯店，祝各位福如東海，壽比南山！

主婦：我沒注意，是怎樣的比賽？

丈夫：反正就是去比看誰住得久，誰就有錢拿，住得越久獎金越多。

主婦：嗯。

丈夫：嗯什麼？你不覺得很划算嗎？

主婦：很划算。快吃吧，你十點要視訊。

丈夫：視訊視訊，整天都要視訊……（頓），欸對，我在家可以視訊、住飯店一樣可以視訊，乾脆我去參加算了。

主婦：你不是每週都要進公司兩趟嗎？

丈夫失落，又嚐了一口菜。

丈夫：靠，怎麼那麼鹹。（喝水，卻被燙到）幹，怎麼那麼燙？

主婦：那是給你過水的。

丈夫：媽的（吃了幾口飯），上班就已經夠煩了，在家還這麼不順……。

停頓。

丈夫：我知道了，你去參賽吧。

主婦：什麼？

燈暗。

第四場

福如大飯店外。

燈亮。

女孩上。

女孩：（喘著氣）呼呼……徐州路一段八號……福如大飯店？

停頓・女孩開始數著樓層數。

女孩：一、二、三、四、五。好，來吧！這次一定可以！

女孩奮力一跳，揮動手臂像是拍動翅膀一樣。

女孩：啾啾啾（鸚鵡叫聲）！

停頓。

女孩：奇怪？又是因為這個……。（頓）算了。

女孩下。

女孩：（僅聲音）有人嗎？有人嗎？啾啾啾（鸚鵡叫聲）！

燈光轉換。

第五場

福如大飯店。

記者採訪助理。

燈亮。

助理：客人就是上帝，活動期間，我們會保證食宿部分都是最高品質，但如果有需要躲債或惡意找碴的人士可能還是沒辦法參加我們的活動；報名同時，我們會經過簡單的篩選，並酌收一小筆保證金，希望各位能夠體諒，不好意思，感謝大家的配合。

記者：經營不易，飯店業者出新招、吸引人潮，這也是相當現代的、行銷策略；但

活動的具體細節也是業者們需要仔細思考的、重要部分。以上是本台的獨家報導、交還棚內！

停頓。

助理：辛苦了。

記者：不辛苦！我認為這個活動非常有趣，是你想的嗎？

助理：沒有沒有，這是老闆的點子，我就一個小助理，能有什麼主意。

記者：原來如此，我聽說相關單位也很支持？

助理：對，觀光局那邊覺得類似的活動有機會促進人口移動跟經濟發展，就鼓勵我們試試看，還說會給我們機會申請補助。

記者：那真是太好了！我想報名狀況一定很好！

助理：呃……很好，因為房間有限，一下子就額滿了，還在考慮要不要加開房間、或

是搞一些篩選的機制。

記者：嗯！祝你們一切順利！

記者收拾東西，準備離開。

助理：不過你怎麼特地跑來，電話採訪不是也可以？

記者：現在跑新聞會有額外獎金，在你們前後都有大新聞，我就順路來了。

助理：我們不算大新聞嗎？

記者：你們算是趣聞，比起大新聞，你們這種更招人喜歡。

助理：為什麼？

記者：因為這會讓人感覺世界充滿希望！

女孩上，揮舞手臂像拍動翅膀。

女孩：有人嗎？

助理：歡迎光臨福如大飯店。

女孩：啾啾啾（鸚鵡叫聲）！

停頓。

記者：你看，又是個趣聞！今天真是充滿正能量的一天！我先告辭了。

助理：呃，好的。

記者下。

助理：小妹妹，怎麼了嗎？

女孩：咻咻咻（舞動手臂），我要找我的鸚鵡。

助理：鸚鵡？

女孩：對，我的鸚鵡飛進你們的窗戶了。

助理：（頓）喔，我想起來了，你跟我過來。

女孩：嗯！

燈暗。

女孩、助理驚呼聲。

女孩：（僅聲音）我的鸚鵡！

第六場

介紹影片。正向、歡快。

由兩位演員接替演出所有角色。

燈亮。

主婦：開始了？嗯，那個，大家好，我是一名家庭主婦，會來參加比賽主要是因為我老公沒空，但又不想放棄這個可以賺錢的機會就派我來了，能暫時離開家出來度假挺好的，希望我可以挑戰成功。

女兒：我今年十歲，是家裡的獨生女，現在跟媽媽住在一起，在我很小的時候爸爸就……，喔，不是講這個？（頓）媽媽跟我一起來，我以為他也會一起參加，但飯店的叔叔說他要工作沒辦法跟我一起，等我贏了他就會來接我。我說我會寂寞，他們說媽媽買了一個洋娃娃給我，他們真的是好人，希望我能成功。

上班族：呃，大家好，我是請了特休、病假、生理假，特地來參加比賽的上班族，嗯，怎麼說呢？我感覺這個活動挺有趣的，所以就算把能用的假都請了我也想參加，我想一定可以從中得到一些職場上得不到的金錢，我是說經驗，將來可以運用到職場上，而且，到別的城市看一看也很好。嗯，怎麼說呢？就是這樣，絕對不是不想上班、也不是因為不想待在家裡。

業務員：我是一名業務專員，因為前公司待遇沒有很好、客戶還常常毛手毛腳，所以就想轉換跑道試試看，想說趁著待業期間來參加這個活動，順便找新工作跟賺錢。去外地跑業務的時候常常住飯店、關在同一個地方，所以算是老手了。這次我準備不少影集，還有這個，益智環，我買了十幾個都是最難的款式，相信我把全部解開之後就是冠軍了。

研究生：我是研究生，男友很煩、教授很煩、爸媽更煩，感覺這裡是一個做研究的好地方。

採購員：（還在換裝中）你……不講多一點嗎？

研究生：嗯，就這樣。

採購員：（匆忙換好）咳，我是一名採購員，是做飯店採購的，因為一次失誤，具體是什麼我就不說了，反正老闆挺生氣的，說什麼都想趕我走，還好這間飯店辦了這個活動，主管就讓我來參加這個活動看看人家大飯店是怎麼運作，在此期間可以留職停薪，要是挑戰成功的話他可以幫我跟老闆求情，但要是失敗了，我除了會被開除還得自己付這裡的住宿費，所以，我肯定會拿第一的。

燈暗。

車門關門聲。

微弱哭聲。

第七場

辦公室。

前一場哭聲延續。

女孩在哭，助理在超快速的處理事務，老闆在一旁看著女孩。

燈亮。

老闆：靠，這孩子到底在哭什麼？

助理：他的鸚鵡裝死，打開籠子之後飛走了要我們賠。

老闆：那你就賠給他啊！

助理：老闆，不好意思，我現在，可能，沒有時間，好多事情要處理，處理活動事宜、回覆粉專留言、申請政府補助、接受記者採訪……。

老闆：靠，哪有那麼多事？

女孩：你們賠我鸚鵡！他是我在這個地球上最好的朋友。

助理：這句話真感人。

老闆：你不是很忙？

助理：不好意思。

老闆：我走了，這孩子就交給你啦。

老闆下。

助理：對了老闆，我這幾個月的薪水……。

女孩：站住！休想走！啾啾啾（鸚鵡叫聲）！

女孩奔向助理，揮動手臂像是擺動翅膀，纏著助理。

停頓。

助理：哎！小妹妹別玩了。

女孩：啾啾啾啾！（自言自語）要不是因為這個我早就追上他了。

助理：蛤？

女孩：你賠我鸚鵡！啾！

助理：好好好，我可以賠你，但你先告訴我你是哪裡來的？

女孩：家裡！啾啾！

助理：我當然知道是家裡，我是問你家在哪裡。

女孩：籠子裡！啾啾啾！

助理：蛤？

燈暗。

第八場

地上。

由人扮演的一隻鸚鵡，躺在場中央。

燈亮。

停頓。鸚鵡開始動起來，左顧右盼。

鸚鵡：鳥類的飛翔基本上和飛機很類似。風從翅膀的上下掃過給予翅膀上升和上升的力量。上升的原理是因為翅膀上方的空氣壓力較低，下方的空氣壓力較高的緣故。

鸚鵡擺弄翅膀，有點展示、炫耀的意味。

鸚鵡：如各位所見，我是一隻，鸚鵡。對，那個女孩的鸚鵡，但我並不屬於他，也不屬於這裡，應該是個無執照的獵人把我抓來的，他把我賣來這裡，我們在籠子裡相遇，他教我說話，我教他飛翔，我們互相利用。

鸚鵡再次擺弄翅膀，展示、炫耀。

鸚鵡：然而，我並沒有教他我的拿手絕活，裝死。沒錯，因為只有裝死我才能從那個籠子裡出來，才能像現在一樣，自由的，飛翔。（嘗試飛翔但飛不起來）我是說，飛翔。（再試一次，但還是失敗）我說我要，飛翔。

停頓。

鸚鵡：幹，老娘又胖了嗎。

燈暗。

第九場

辦公室。

燈亮。

女孩學習鸚鵡的動作，緩慢的擺動著手臂；老闆盯著他看了好一會兒。

老闆：你又在幹嘛？

女孩：我要變成鸚鵡，才能感受他的去向。

老闆：蛤？

女孩：啾啾啾（鸚鵡叫聲）！

老闆：靠，神經病。

助理急匆匆地上。

助理：老闆，我們又被投訴了。

老闆：靠，又來？這禮拜第三次了吧？

助理：對，還是那位先生，要我們快點讓他老婆回家。

女孩：（突然）啾啾啾（鸚鵡叫聲）！

老闆與助理「嘖」了一聲。女孩學完鸚鵡叫後繼續剛剛的動作。

老闆：那你怎麼跟他說？

助理：我就跟他算帳啊，一天的房費是一千四百，四折之後是五百六十，六十天就是三萬三千六百，如果他想要回他的老婆就拿錢出來。

老闆：靠，你把我們說得好像綁匪。

助理：哪有這麼笨的綁匪，我們都快破產了。

老闆：蛤？什麼破產？我們之前欠的費不是都繳清了嗎？

助理：清是清了，但我們現在還有幾個房客在挑戰，雖然他們失敗後要付一筆房費，但他們現在等於是白吃白住，再沒人退賽我們都要養不起他們了。

女孩：（突然）啾啾啾（鸚鵡叫聲）！

老闆：嘖，我們不是有申請到補助嗎？

助理：政府辦事哪有這麼快？而且我們一直被投訴，補助都被撤回了，他們還要我們自己解決投訴的問題。

老闆：什麼？

助理：而且現在活動熱潮過了，沒人要來住宿消費了。

老闆：靠，你想這什麼爛活動。

助理：我？

女孩：（突然）啾啾啾（鸚鵡叫聲）！

助理：不是，老闆這個活動不是……。

老闆：你一開始都沒想到會有這個結果嗎？

助理：老闆你這麼說就有點……。

老闆：（打斷）我不想聽你廢話，反正你要給我想辦法，不然你就給我滾蛋。

女孩：（突然）啾啾啾（鸚鵡叫聲）！

老闆：閉嘴！

燈暗。

第十場

辦公室。

燈亮。

助理：老闆，這樣真的沒問題嗎？我可是賠上全部身家了。

老闆：沒事，現在直播打賞跟彩券的收益那麼高，肯定能幫我們周轉的，到時候賺大錢少不了你一份的。

助理：謝謝老闆！

老闆：要你辦的事都處理好了吧？

助理：是，人我都挑好，也跟他們交代清楚了，每人一分鐘。

老闆：行，那我們就開始吧。

助理：好的。

音效，直播間。

燈光轉換。

由兩位演員接替演出所有角色。

主婦：嗯，既然叫做家庭主婦，那就應該為了家付出，參加這個比賽就是現在的我能給整個家帶去的最大效益；其實我還想說很多話，但聽說我們只有一分鐘的「打call時間」？關在這裡真的會想說很多話，明明在家裡跟我老公都沒什麼話說的，可能自己待久了就會想說一堆有的沒的吧。對了，聽說我老公一直打電話要我回家，畢竟他工作那麼辛苦，回家還沒人給他跟孩子做飯，（頓）喔，我沒說嗎？我們有一個孩子，大家肯定覺得我不負責任。不過這也是沒有辦法的，希望大家可以體諒我、支持我、為我加油。

停頓。

女兒：我的洋娃娃壞了，不知道已經過了多少天，媽媽一直沒來接我，他還說他一定會來，聽說有很多人都被淘汰了，是他們的媽媽來接他們了嗎……？喔，不是講這個？（頓）嗯，聽說我只要繼續堅持就可以變有錢，雖然我只有十歲，但我知道錢很重要，有錢就可以買很多很多娃娃，還可以買到各種東西。不過我現在也不需要其他東西，飯店的叔叔有說我可以跟大家許願，希望大家能花錢送我一個娃娃。

停頓。

上班族：怎麼辦呢？這個活動不像我想得有趣、就算確實來到別的城市，但一直待在同一個地方根本沒什麼差別。怎麼辦呢？可是假都請了，不待完也不行，而且現在獎金累積二十多萬，比我五個月的薪水還多，其他男同事也沒那麼高，就算丟了工作我也應該堅持下去，但怎麼辦呢？萬一之後因為這樣找不到工作該怎麼辦。（頓）嗯，怎麼辦呢？最近三餐都差不多，希望大家可以支持一下，改善我們的伙食，謝謝大家。

停頓。

業務員：說話好累，雖然我已經很久沒說話了；我現在就想一直躺著，雖然我已經躺了很久很久了。（頓）影集？我一部也沒看完，只看了第一部的前三集，女主角都來不及逆襲，我的眼前就剩一片黑暗——我忘帶充電器了。益智環也很難，這幾個的結構都太複雜了。如果可以跟大家許願的話，希望大家可以送我一個充電器，以及一些簡單的益智環，謝謝，就這樣。

停頓。

研究生：我只想說，煩不煩啊，我的論文都準備收尾了，教授別搞我行不行？（頓）我當然敢這樣說，反正搞學術的那些人也不會關注這種我們這種低級的學生、還有這種低級的直播平台……（頓）誰管你能不能說？低級就是低級……。

燈光轉換，研究生的畫面被切斷。

停頓。

採購員：應該有五、六個月了吧？在老闆發現我的肚子越來越大而氣到要趕我走到現在也過好一陣子了（頓）這間飯店的伙食、住宿都很好，沒什麼好挑惕的，但我們也只能待在自己的房間、沒辦法使用飯店的其他設施，所以我也不知道這間飯店是怎麼運作的，（頓）我當然很想離開，但我沒辦法負擔房錢，反正我至少還能再堅持三、四個月，嗯，當然不是因為我堅持不下去，是因為在那之後就不知道我算不算是獨處了。

老闆：今天的直播就到這邊，喜歡我們的朋友歡迎訂閱支持，再次感謝各位乾爹、乾媽們的抖內（donate），您們的贊助都會更好的幫助這些挑戰者；此外，我們的預測彩券也持續開放投注，再次強調，這不是賭博，收益所得我們會撥出一部分捐至公益機構，希望各位朋友抱持正向的心理看待這場比賽，感謝大家！福如大飯店，祝各位福如東海，壽比南山！我們下次見！

停頓。

燈光轉換。

助理：老闆，剛剛那個是？孕婦？嗎？

老闆：對，之後他就要當媽了，我也是剛剛才知道的，你再安排一下，看給他做個產檢什麼的。

助理：好。

老闆：其他挑戰者的退賽手續處理好了嗎？

助理：處理好了，不過真的有必要強制他們退賽嗎？

老闆：不強制退賽，你要養他們？

助理：沒有，我都養不起自己了。

老闆：不過你挑的這幾個確實不錯，果然直播要吸引人還是得靠顏值。

助理：顏值、顏值，有顏才有價值，是老闆想得周到！

老闆：很好，等他們累積更多粉絲之後我們就讓他們直播賣貨，你去準備準備。

助理：直播賣貨？那我們要賣什麼？

老闆：賣慘啊。

助理：蛤？

老闆：看看剛才那些參賽者憔悴的面容、感人肺腑的自白、還有對獎金的堅持！剛剛那幾分鐘內就已經收到三台火箭、五架飛機了。

助理：那樣是多少錢？

老闆：飛機一百、火箭五百，一共兩千，平台還會抽成，具體就看月底總額了。

助理：我們這樣真的可以賺大錢嗎？

老闆：不行，光是這樣還不夠慘。

助理：那怎麼辦？

女孩著鸚鵡裝，舞動雙臂，上。

女孩：啾啾啾（鸚鵡叫聲）！啾啾啾（鸚鵡叫

聲）！

停頓。

老闆、助理相視。

老闆、助理：就靠他了！

燈暗。

第十一場

籠子裡。

女孩著鸚鵡裝與鸚鵡的相遇，兩人皆戴著腳鐐。

女孩前半段「啾啾啾」的部分可以呈現（如以影像），亦可完全不翻譯。

燈亮。

女孩：啾啾啾啾？（這是哪裡？）

鸚鵡上。

鸚鵡：這裡是籠子裡。（頓）你怎麼來了？

女孩：啾！啾啾啾啾！（喔！我的朋友！）

鸚鵡：我不是你的朋友。

女孩：啾啾！啾啾啾啾！（天啊！我真想你！）

鸚鵡：行了，別啾了，講人話。

女孩：我想你想到我感覺我都要變成你了！

鸚鵡：變成我？那你就不需要我了。

女孩：不！我需要你，你是如此高貴的！

鸚鵡：（驕傲地）喔？我哪裡高貴？

女孩：你會飛翔！你的羽毛如此漂亮，並且，現在你還會說人話！

鸚鵡：那你會飛翔了嗎？

女孩：不，我不會，我想我永遠也學不會，我們永遠也比不上你。

鸚鵡：這麼說倒是挺有道理，但現在的我也飛不起來了。

女孩：這是你又回到籠子裡的原因嗎？

鸚鵡：不，（指腳鐐）要不是因為這個，我早就……。

燈暗。

第十二場

直播帶貨現場。

燈亮。

老闆：歡迎來到福如大飯店的帶貨現場！今天厲害了，我們要舉辦一個史無前例、也是本飯店營業至今的最後一次的直播帶貨！今天除了針對幾項藝術品進行拍賣，我們還要把整間飯店都一起賣掉啦！（賣慘）哀……，畢竟之前舉辦的活動開銷過大，實在是經營不下，有關單位也希望我們盡快完結這個充滿爭議的比賽，因此希望各位朋友能夠多多捧場啦！

一個自由女神雕像，非常不像。

老闆賣力介紹產品。

老闆：首先，是本飯店的第一件藝術作品——高仿自由女神雕像，起標價八萬元，歡迎競標！（頓，直播間無人要買）這件藝術品是仿自美國紐約港自由島的古典主義塑像，他的過去相信各位都不陌生，他的右手高舉火炬、左手是獨立宣言，這件雕像擺在家裡是多麼氣派、多麼……（頓）都沒人要嗎？（頓）好吧，沒關係，第二件產品各位一定會喜歡，我們有請助理。

助理賣力介紹產品。

一幅正義女神畫像，非常醜。

助理：沒錯，各位，這是正義女神畫像，起標價六萬元，要搶要快！（頓，仍然無人要買）呃……這件藝術品是繪自古羅馬的擬人化神祇「朱斯提提亞」，一手拿天秤、一手拿寶劍，雙眼矇布條、啥也看不見！但這就是他獨有的特徵，看這個線條，看這個美感……（頓）還是沒人要？（頓）好吧，老闆……。

老闆：行，第三件大家也該捧場一點了吧？

媽祖木雕像，非常老舊。

老闆介紹產品，但已不像前兩件那麼賣力。

接下來的停頓越來越長，使節奏漸慢。

老闆：既然大家不喜歡國外的女神，那接下來就奉上我們的女神——媽祖木雕像！（頓）這是我花大價錢求來的，媽祖娘娘的故事相信大家都很熟悉，祂可以保佑我們風調雨順、國泰民安，起標價四萬元。（頓）流標。

助理：接下來是這一本——亞洲女神寫真集，（頓）凹凸有致的線條、加上極高顏值，奠定了他亞洲女神的地位，是我們老闆的私人珍藏，經過數度轉手，最後守了三天三夜才搶來的，上面還有女神的親筆簽名。起標價三萬元。（頓）流標。

老闆與助理相視。停頓。氣氛變得嚴肅。

兩人開始換裝。

音效，規律的擊槌成交聲，直到兩人換好裝。

女兒：接下來是這位阿姨，幾個月前與丈夫吵架後離家出走，獨自前往酒吧，被下藥迷暈之後帶走。因生有一子，起標價兩千元。（擊槌成交聲）成交。

主婦：接下來是這位年僅十歲的女童，與母親一同來到本地，本是要回鄉探訪親戚，上車之後司機一口氣行駛五十公里，持刀索要鉅額車資，因其母無法支付，只得依司機要求將女兒留下，並承諾「一定會籌夠錢回來接他」。因仍是年輕處女，起標價一萬一千元。（擊槌成交聲）成交。

業務員：然後是這位到本地求職的女士，與友人抵達車站後，一名男子以「給他們推薦到一個福利極好的工作單位」為名，讓他們搭上一輛飛馳的計程車，途中，該名司機將其友人推下車，直接將他載到人販子的據點關押，那裡的鎖，任憑你再聰明也解不開，結構太複雜了。因年輕，起標價五千七百元。（擊槌成交聲）成交。

上班族：這位是一名業務員，因到本地跑業務的關係接觸到一名男子，幾日來，該名男子對他相當照顧，且不像他的上司、客戶老是對他毛手毛腳，因此深受他的信任。一日與他一同喝酒，醒後發現幾名陌生男子在他身上晃動，而那名深受他信任的男子就在一旁看著。因過度反抗慘遭毆打，但面部並無損傷。身材、相貌姣好，起標價一萬兩千元。（擊槌成交聲）成交。

採購員：這名研究生是在五年前來到本地進行田野調查，地陪相當熱心地說著「要找到了解的人，還是得到山裡的那戶人家」，卻沒想到自此成為那戶人家的媳婦，新婚當晚，他用暗藏剪刀、發瘋似的刺向他的「新丈夫」，而後遭眾人壓制、綁縛、囚禁。因性情不穩、有暴力傾向，起標價九百元。

（停頓）流標。

研究生：這名採購員在到本地採購的過程中被計程車司機劫持，人財兩空之外，更因有身孕被一戶人家相中，以三千五百元的金額購入，並被關至家中地下室等待產子，然而在此過程中他數度逃跑又被捉回，遭到那戶人家嫌棄，而轉賣至此。起標價兩千元。（擊槌成交聲）成交。

女孩戴著鐵鍊、手拿鳥籠裝著鸚鵡上。

助理：接下來是這位女孩，他被同村女子以介紹看病為由帶到外地，轉賣他人，數月之後卻下落不明，而今輾轉來到本地，不知他未來又會進到哪個籠子裡，會不會為買方產下子女，又能不能學會飛翔。起標價三千元。（擊槌成交聲）成交。

女孩：最後，是這隻鸚鵡，在飛翔的過程中被無執照獵戶射下，他的毛色鮮艷、叫聲優美，且善學人語。起標價五十萬。

（頓）不，不對，這隻鸚鵡是保育類動物，非法買賣屬於犯罪，將處五年以上有期徒刑。

燈暗。

全國高中散文

優選 余依宸
梳情

優選 李建智
陷害

優選 林珈卉
雨

優選 吳沂芹
飛魚與海兔指南

優選 胡宥彥
宅日

優選 孫苡禎
我說白血球該不該叛逆

優選 陳家穎
我是鹽水釀的

優選 陳鼎斌
雪

優選 黃宥茹
局外人

優選 鍾楚格
祕密

全國高中散文　總評摘要

宇文正老師

宇文正老師將此次參賽作品的主題分為兩大類：一類是創作者當下的生活處境，包含學業壓力、同儕關係、愛情等；第二大類則是與親情有關，從與長輩的關係到手足之情都有。整體而言，作品都是從自身出發，不逾越年齡去書寫創作者不熟悉或者迎合「政治正確」的題材，也不刻意使用老氣橫秋的口吻，雖然作品多少有點小瑕疵，但也讓老師覺得既真誠又珍貴。

唐捐老師

唐捐老師認為，高中文學獎與大學以上的文學獎不同處在於，能看到不同的關懷，語言文字的使用也比較沒有「文藝腔」，而是用參賽者自己已習得的語言盡量去表現。在這次一百零七件作品中，唐捐老師看到了各式各樣的嘗試，雖然這些嘗試還沒有發揮得淋漓盡致，但帶給老師很好的閱讀趣味。

老師發現在較為青春的文學獎中，往往能看出作品主題有幾條常見的路線，如學業、愛情、家庭等。書寫這些題材在比賽中都不是「錯」，但也會不容易出色，因此在結構、想法上有巧思的作品就比較能勝出。

曾文娟老師

曾文娟老師同意另兩位老師的總評，在這次評審中，老師回顧自己的高中生活，認為這些作品提供了許多不同面向的生活樣貌，因應學校要求而寫的文章漸漸減少，創作者對文字的使用也比以往進步。此外，因為老師在評審中以編輯的角度出發，重視題材與內容是否有出版的可能，因此，特別的主題與切入角度是格外吸引老師注意的一部分。

曾文娟老師

唐捐老師

宇文正老師

IG：break_of_dawn___

優選／余依宸
梳情

作者介紹

一個平凡女高中生，試圖在未來寫出讓全世界停下來閱讀的文字。

渴望盡力感知生活，想在十八歲前多看幾部知其名不知其內容的經典老電影。

喜歡單曲循環，喜歡包著書衣的散文集，喜歡一位有才華的原創音樂人。

得獎感言

猝不及防，受寵若驚。

感謝評審，感謝常伴身旁的人們，感謝竭力保全的自我與熱情。

感謝誤闖我狹小世界裡的每位創作者，同步時空下振筆疾書的我們，總令我幻想我與你靈魂的距離僅有一隙之隔。

願以一生感知這個世界，用悲喜治癒代入求解，時間的刻度是附加條件，於是書寫成了恆真式與長久的命題。

願沉著思考，表達熱烈。年輕的我們，克制中爆發無窮。

梳情

母親的床頭櫃置放著一把陳舊的桃木梳。

髮絲橫亙了生命的脈絡。身體髮膚根源於血液裡的深重，彷彿是丈量成長軌跡的柔軟鬚根，在歲月的催生裡枯化，於是從一頭烏黑遞嬗成似霜似雪的斑白。白的是一場生命裡的氧化還原，褪去那不捨消盡的黑灰摻半，唱一曲白髮三千丈，只剩記憶抑或離愁似箇長。

我從小渴望一頭烏黑及腰的長髮，髮尾末端散落肩肘，被風輕揚而起，唯有充足髮量才經得起髮辮纏繞的點綴，三股成束落在耳後，被鮮豔皮筋收束，這樣的形象，我只從母親那張早已泛黃的相片中略可想像。

隨著幼時成長，我企望的長髮烏黑並無實現，髮絲在歲月裡滋生，卻始終遲緩而不靈，只生出細軟的毛髮貼近雙頰兩側，未曾長過肩頭；更無預期裡的烏黑亮澤，而是混著深棕微紅摻於髮末，在陽光下微透著光芒。我總攢著髮絲半嫌棄地面向母親，抱怨理想與現實的落差，而她總在無奈的低笑裡，亦輕捏起她肩側的細髮向我招手，試圖貼近我的臉頰，比劃著彼此的相同色系，企圖說服我這是多麼美麗的與眾不同。母親總執起桌邊桃木梳，指節輕輕母親行過我的頭皮，半安撫地替我按摩，自語說著：「多按摩頭皮，頭髮就會長得快呀。」母親束髮總愛沾抹髮油，木紋縫隙裡滲透著指紋的印記，獨特氣味與木頭、精油雜揉沉澱，雖稱不上好聞，卻已成為童年裡去不掉的味道。

髮尾隨著裙擺拉長，細柔的髮終於及肩。十二歲的我總要求母親替我編髮，那時的我總需踩著椅凳，才能勉強夠到母親肩頭，抑或是母親坐下屈膝，才能平視我尚且不高的後腦勺。穿行人聲鼎沸的少年之時，母親的木頭梳子多了新的味道，源自於少女額前的髮膠，在成長的每一次聚光燈下，沾染登台演出而微濡的手心與額間細汗，甚至透過獎狀的絨紋，印進指尖緊捏而皺褶的紙頁邊隅。

不知覺地我逐漸長大，下了塑膠椅凳，竟發現母親的手不如從前靈巧。重複百次的三股辮在交錯裡無故鬆脫，早已熟練的馬尾分線，再也無法一出手便恰到好處。少女的審美成了散在肩前的長髮，與簡單纏繞手腕的黑色綁帶，不再需要精緻的束髮裝飾。在匆促赴校的早晨裡，我直視母親雙手微顫的第三次失誤，凌亂地向鏡中蹙眉。從母親手裡搶過木梳，隨意抓起馬尾，又或簡單梳開髮尾打結的零碎，便披髮疾行出門。母親總感慨：「妳現在技術都比我好了啊。」我卻未曾注意她眼尾的失落和遺憾，只是不以為意的說：「沒有吧，搞不好是梳子的問題，這把都用多久了。」

爾後，我和她多次提及現在的妝髮工具多元又便利，有的梳子附有化妝鏡，有些末尾的尖頭設計自帶分線功能，有的兼顧按摩效果，有利於柔順髮質，再也不擔心梳不開髮尾的焦慮。我說得的天花亂墜，她卻聽得怔然，笑著搖頭：「不必了，都用這麼久，習慣了。」她總低首凝視指腹間無意識摩挲的桃木梳。「它陪著我好久了，捨不得。」隨後重述那年閒逛的眼緣，使平凡木梳從不規則的普通木紋自詡成年輪，年年歲歲、絮絮叨叨，繞起束髮之樂。分明是具保存期限的天倫日常，我卻似那夢裡晌貪歡而不自知的客人，將其認為是永不褪色的記憶。

記憶是毒藥，賜我一場自以為百事無爭的幻夢。某次見母親對鏡怔愣，周身卻是我從未嗅聞過的氣息。我仔細辨識已久，才意識到那是理髮店常見的，染髮劑的氣味。母親將珍藏的桃木梳脫手，換上染髮劑包裝附帶的一次性塑膠梳，那刻，我突然直視母親撩起頸間的碎髮下，盡是白灰基調的蒼白散落。而那細微可察之處，前次的染跡仍在，在尾端雜揉一抹生硬的黑，僅能在極少的脖頸內側，微瞥那母親曾無比驕傲的紅棕細髮。而我無聲的佇立於其後，竟發現我早已能俯視她的髮頂，見那淺灰銀絲自額間鬢角、頭頂處延伸，剎那間，彷彿將柔和側顏蒙上了歲月的黑白，被渲染褪色，卻是一場令人心驚而嘆息的不可逆反應。

我才知自己落肩的一頭棕髮多麼美麗。像是血緣裡根深蒂固的印記，拓深了意蘊，在烏棕交錯間多了一抹獨特與滾燙，在陽光下散落地肆意，奔跑著竟也落下尾盡星火。

於是我在尚且餘裕的時光裡，傾於母親身後，觸及髮絲的那刻，那超越時空而繫於髮辮的意義在我掌心重新鮮活。古人云以長繩繫日，意圖能牽捆光影自轉的軌跡，而我重新攥起手中那把紋路交錯的桃木梳，輕捻纏繞名為時光的白髮，自以為，便能留住時間。

優選／李建智
陷害

作者介紹

十八歲，目前是個正在苦讀的分科仔，希望最後能上個好大學。然後好不容易想到我的筆名了，叫做「家柴萬罐」。

得獎感言

謝謝紅樓文學獎給我這個得獎的機會，讓我重新燃起了信心，相信自己寫的其實沒有很差。

陷害

「日前發生的XX幼稚園霸凌案，該班陳老師發聲明表示當時自己並不在場，一切皆是孩子貪玩所致……」

原本只是把談話節目當成晚餐配料的你猛然抽離小螢幕，看著前方大螢幕裡園長打太極的受訪態度、受害女童家長聲淚俱下的畫面，你呆住了，連蒼蠅飛進你的碗裡大快朵頤，你也沒發覺。

你想起一件事——應該是你目前經歷過最可怕的事。

五歲生日後的一個禮拜，你開始上幼稚園。第一天放學後，你緊捏媽媽的手，一路哭著回家，嘶喊著自己再也不想去學校了。而媽媽只是輕拍你的背，柔聲安慰，不停說著上學的好。

她以為你經歷的，不過是每個人必經的過程。

幾個月後，你漸漸適應了園裡的環境，不再哭鬧。有一天，你在上課時大號在了褲子上，老師打電話通知媽媽過來處理髒掉的褲子。由於那時你早已學會自主上大號，所以在家完全不會有類似的情況，所以她疑惑地問：「你為什麼不舉手跟老師說要去廁所？」

你搖頭說自己不敢。

「老師不給你去嗎？」

你點了點頭。

「那我現在打電話跟老師講。」

「不要……」你緊抓媽媽的手，眼淚快滿出眼眶。

她嘆了口氣：「你知道老師這樣是錯的嗎？」

你低下頭，沒有回應她的話。

其實那時，同學Ａ正被老師嚴重針對著。有一次，Ａ因肚子不舒服吃不下飯。午休快到時碗裡還滿滿白飯青菜，老師一氣之下，上前抓起他的碗，灌腸似的強行餵食。一直到桌子上滿滿都是青綠色的嘔吐物，也沒有要停的意思。

你們在旁全程看著，小小年紀對噁心並沒有多大感覺，可你們都一致覺得，老師做的是對的。

「沒有任何人可以像隔壁薰衣草班一樣浪費食物，我們可是櫻花班。」她總是如此說。

但，被老師稱讚最多次的，也是Ａ。

常常在「教育」結束後，老師總會拍拍A的頭，說他很棒，回家後不會把學校發生的事情跟爸媽講，要他繼續保持。

然而，在一次上課時A舉手說要去廁所，老師作勢要餵大便給他吃後，他還是放棄了老師的讚美。隔天，他爸媽陪他一起來學校，一臉凝重地在園長室說著話。

自那之後，A雖然還在班上，但老師卻沒有再「教育」了。你們都在責怪A，明明是自己犯錯，為何還要回家告狀。

A就這樣被你們排斥在外。

有次自由時間，老師走過來悄聲對你說：「如果A站起來和C講話，你就把他的椅子拉掉。」你用力點頭，表示收到。

老師轉身離開教室。你眼睛緊盯著A，片刻不離……

「但也有網友表示，從很多國外的案件來看，小孩的惡，有時並不下於大人……」

「啪」一聲，你關上了電視，一切喧鬧紛爭，都重歸寂靜。

但，你的心，仍有餘悸。

碗裡的蒼蠅早已離開，飯菜看起來依然可口。

優選／林珈卉
雨

作者介紹

文學是生命，音樂是氧氣。試圖以文字溫暖誰。

得獎感言

謝謝評審們的肯定，謝謝身邊人的鼓勵。承蒙抬愛，不勝感激。

雨

許久以後的一日，傾盆大雨。

我坐在副駕駛位，等待交通號誌轉為綠燈。百無聊賴之際，目光瞥向窗外。街道景緻雖有些許更迭，仍可從中辨認昔日樣貌。

過去與當下交織，恍惚間我憶起小學時的一次放學。

那日放學時分，大雨滂沱。

父母抽不出身載我，遂請哥哥接我回家。

他不耐地遞給我雨衣，旋即邁步離去。我難以跟上他的步伐，請求多次他仍不願放緩步調。

我只得小跑步跟上他，直至於一個路面濕滑的街口，險些滑倒。回過神，行人號誌燈由綠轉紅。他似乎未察覺，未曾回頭一次，我眼睜睜任由他的背影消失於視線之內。

因平日均是父母開車接送，此刻我難以判斷應前往何處，最終依憑陌生人幫助尋覓方向。

返家時，大雨朦朧華燈。

父母尚未返家，哥哥纔毫無愧色地咀嚼零食，嘎吱脆響惹人煩悶。

隔日，我理所當然向父母哭訴，他理所當然挨罵和教訓。

再隔幾日，彼此不計前嫌如常相處。

「妹。」

朦朧細微的一聲呼喚彷彿囈語。

我回過神，不自覺因這遙遠的稱呼而僵直背脊，下意識地望向後視鏡——我仍不習慣與他對視——他欲言又止的神色。直至綠燈亮起，他都未再開口，我遂將方才那聲呼喚認作是幻聽。

畢竟他從來都是以「喂」、「欸」稱我，從來都是吝於喚我「妹妹」。

我是已然記不清，哥哥當時究竟散發何種魅力，使我幼時總是黏在他左右，觀察模仿學習他的一舉一動：哥哥振筆疾書寫學校作業，我亦有模有樣地寫起回家作業；哥哥興致盎然觀賞綜藝節目，我亦同他哈哈大笑節目的滑稽畫面。

簡言之，我總亦步亦趨跟在哥哥身側。他顯然並不喜歡諸如此類的行徑，試圖以各種方式——戲謔嘲諷恫嚇——驅趕我離開。

「妳是學人精嗎？不要總學我！」

「離我遠點，再學我就打妳喔！」

「妳聽不懂人話？小孩真的很討厭！」

當時我如此寬慰自己：恰好哥哥是討厭小孩，並非討厭「我」本身，而後再繼續與哥哥糾纏。

其實，仔細思忖，那時道出如此毫無節制的言語的哥哥，大抵十一、二歲罷，年齡不長，仍可被視為「小孩」。但橫亙於我與他，彼此間距五年的光陰，似是僥倖予他惡劣待我的理由。

光陰匆匆，我效仿哥哥並因此產生的紛擾，止於某次父母偕我與他拜訪親戚。

因與親戚家相距不遠，父母決定步行前往。途中逢迎一場大雨，抵達親戚家已狼狽不堪。我向阿姨謝過毛巾，轉眼便看到平時待我刻薄的哥哥，此刻邊擦拭頭髮邊溫柔逗弄小我幾歲的表妹。可彼時的我在她的年紀，卻不曾拾獲如此溫柔。

可能是嫉妒羨慕，可能是佔有慾作祟，又可能純粹是長久積累的不滿的宣洩——難以辨別的情緒揉雜，我心安理得地任由蒸騰水氣模糊視線，同時不禁感到諷刺。先前，任憑他如何嘲諷如何捉弄甚至將我遺落街口時都不曾泛紅的眼眶，竟因此而落淚。

大抵是因我終是後知後覺意識到，或可稱是停止自欺欺人——哥哥討厭的從來不是小孩。

他討厭的，是我。

阿姨關切詢問我怎麼了，我微笑辯稱是雨水滴落。

自那日以後，我鮮伴隨於他身側。一方面是因不再自欺欺人，另一方面是因年齡漸增的彼此作息不相符。

偶爾恰好碰面，互動亦僅止於匆匆對視微笑再錯別。

歲月洪流遷逝昔日劍拔弩張的醜陋。

漸漸的，浮蕩與他有關的記憶，是片段的瑣碎的溫柔，泰半是我幼稚園時：耐心重複回答我相同問題、某次公園嬉戲扭傷腳踝後背我回家、暗自替我收拾我厭惡而他未必喜歡的菜餚以免我被父母責怪浪費食物——我與哥哥原來也曾有過溫情蔓延的時刻。

「雨停了，妳可以先回去嗎？」

我想詢問他為何來接送我、我想確認他為何討厭我，我心中有許許多多為什麼——但我終是未問出關於過往的困惑，我終是沉默頷首，由他紳士地替我拉開車門。

雨後新霽。

餘暉穿過雲翳，輕撫他的髮梢，柔和他的稜角，恍惚中過去的他與此刻的他短暫重疊。

其實關於過往的所有已無所謂了吧。

「哥，路上小心。」

他一愣，而後開懷一笑。

「嗯，妹妹。」

畢竟再後來漸次成熟的我們已然釋懷。

☼

優選／吳沂芹
飛魚與海兔指南

作者介紹

二〇〇三年生，屏東人，喜歡星星月亮雨天、海玻璃和藍色底磚泳池，謝謝謝謝星球的謝謝謝謝星人，出過電子小說集《這一天板塊都不見》。曾經被同學說「我花了整節課看妳的文章，結果我看不懂。」

得獎感言

去年我的得獎感言是「我想假設自己還有很多機會可以說」現在看來真是囂張，現階段的我沒有想解釋作品的意圖，作品公開後即屬於讀者，所以被說看不懂，也早已習慣。感謝評審老師和主辦單位，感謝朋友師長的祝賀，感謝文字收留我，陪伴我很久很久。

飛魚與海兔指南

跟你說，我昨晚夢到自己變成魚了。

大海是自由的。其實凌晨的我也可以是自由的，但是時針分針秒針像魚槍那樣不斷的刺，刺痛我的太陽穴心臟下腹，像是在說快兩點了妳還不睡，所以我擱下筆，水龍頭靦腆開著因為過度的大方會惹人厭清醒，刷牙前要吃點草莓嗎還是冰著，不要好了，小聲點的刷完牙，快睡吧。

二十度是最貼近海水的溫度。那晚寒流走了，厚棉被依舊懶得收，僅存四小時的睡眠，對於一隻需要冬眠的恆溫哺乳類而言絕對不足，但也沒有什麼好抱怨的了，我把手腳埋進滿被子的安全感裡，緩緩睡去。接著就是我和你說的，我夢到自己成了魚——不，不是半人半魚，而是整隻。我游著，披上被浪花碾碎的陽光，在海面下的感受是被包覆完好的溫暖，但是，總覺得有股水波在提醒我，要飛起來，記得要飛起來。還未意識到時我早已經接觸了空氣，我瞄見在我身體兩側各長著珠光色澤的薄翅，好幾隻鷗鳥俯衝而來，張裂了嘴似的想把我吃了，沒有得逞，又亮出爪子來，我瞥見同伴的魚被那對利爪貫穿並撕碎，我恐慌求著大海讓我回到海面下吧，這對翅膀不該是我這隻魚所能擁有的。

天微微亮，掛著滿身滿臉的冷汗，我發現自己的四肢都暴露在外，沒有棉被蓋著。

大海不是完全自由的，我恍神著吃早餐那麼想。但我身為一隻飛魚，躍到水面上供天敵享用的目的是什麼？況且那股推進我的水流，或許也不懷好意。從大海抽離，現實人生的時間曲線更顯陌生，其實稍早我才剛被唸過，多半又是做事不夠謹慎，有了差錯，要我反省的話，應該又是逞強，又是錯失良機……總有很多理由，但最終得面對的也只有失敗的事實一個。從那之後我不免想到那個夢，惹得我整日失神難以專注，累積越來越多的失誤，啊，記得有一次我和你抱怨，還說了我寧願當一坨海兔，腹部貼著潮間帶的冰涼碎圓石悠哉爬行，在底部，沒有人會注意到我的。

如果說是太累，那麼今天就早點睡吧。今晚的溫度是二十度，我嚴實地裹上棉被，確保這次手腳不會再外露後，甜穩睡去。再睜開眼時有點刺眼，我發覺到，那好像又是一束碎掉的陽光的亮度，但這一次我只看得見上方，隨著魚群游過如日食一般蓋過僅存的細光，我又感受到了那股水波，但這次力度輕了，剎時一條黑色長影飛速從我頭頂游了過去，我以一隻海兔的姿態仰頭，清楚看見鬼頭刀正在追捕一群飛魚，飛魚們縱身而躍，在水珠激起之下陽光折射之上璀璨了起來，接著就是熟悉的畫面，鷗鳥抓準時機的捕食。見證所有細節的我在底部，像是上帝視角那樣僅能遠觀不可近玩，但潮間帶的底部寂寞混濁，我想除了被吃剩的海草，沒有人能聽我訴說這一段驚惶，有人能看見我嗎……？突然間我似乎又欽慕起飛魚了。

「海兔也太邊緣了吧。」說著說著就這麼醒了過來，有種絲毫沒有休息到的疲憊，而手腳卻安然的縮在被窩中。有的時候我會成為海兔，我希望不引人注目，希望平靜而安穩順利，但成為飛魚，能得到的關注、益處和刺激，也不時引誘我義無反顧拋棄安穩生活。飛魚與海兔不斷切換，是一種貪心的呈現吧，所以才會有失足，但也才會有滿足。

後來，我發現其實沒有一體成型的人類。當我成為飛魚，在鬼頭刀與海鷗夾擊之下只得飛起時，會是一生中最危險而瑰麗的瞬間，而當我選擇沉入海底，做一隻寡言海兔時，那樣的人生也足夠飽滿。但任何一種滿足都不會持續，在我而言，切換已成常態，在追求目標的途中，或許半魚半兔才是我，對我而言，能同時成為、並享受成為飛魚與海兔的指南才會是我該讀的人生指南吧。

「卷子都抓下來了嗎？」老師問，他看了眼題型滿意的點點頭：「謝謝妳喔，聽說妳第一志願上了，恭喜。」欸你看，其實做一回飛魚也不錯。

被誇獎後腦袋嗡嗡然，冬天很少有純淨的天空，除了今天是像潮間帶那樣極淡而清澈的青色，氣溫二十度，是最貼近海水的溫度。

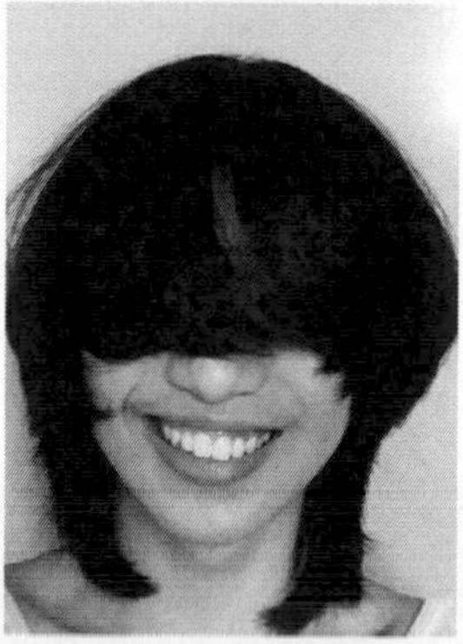

優選／胡宥彥
宅日

作者介紹

性別：男
血型：A
年齡：十五
個性：講話尷尬、不知場合。
日常行為：生活糜爛、沉溺於自我世界。
特徵：智商平庸、頭髮偏長，笑容詭譎、行為悚然。
對付方法：避開、抱持距離，必要時立刻跑走。

得獎感言

首先我要感謝我的家人。
還有我的國文老師陳旻均。
還有我家那兩隻貓，雖然我不知道這跟牠們有什麼關係。
還有我的電腦。
然後我希望在大家看完我這篇文章之後，都可以跟我一樣當一個快樂的宅砲。
就這樣，謝謝大家。

宅日

頭痛欲裂。

今天仍慵懶的從白色的床上爬了起來，望向窗外灰暗的天空，拉上窗簾，讓房間的光線變得渙散。

拿起手機。

下午一點二十三分。

輸入密碼成了肌肉記憶，手機是唯一對外的窗口，社群媒體是熱帶海洋，裡面的用戶就像魚群一樣，一旦有個領頭者，大家就會盲目的跟著他，不管他們是不是正游向誤會編織的流刺網。

我起身，拿起了錢包，準備去附近的超商買早餐，那大概是我唯一外出的可能了。

身為一個御宅族，我引以為傲。

不知道為什麼這個社會對於我這一類的人，都用一種嫌惡且鄙夷的眼光看待。有些人喜歡運動，訓練自己的力量，挑戰自我極限；有些人喜歡旅行，親身探索世界的真實。

我也不過如此。

我只是以自己的方式，貪享著我的人生，不想再對外接觸，這個社會太過危險了，人人都可以拿著名為言語的利刃，肆無忌憚的傷人，我不想受傷，所以躲進了家中，就算外界對我指指點點，也不會指進我的耳朵。

在我想著的時候，又有一個路人，在目光與他交會時，就急忙的將視線撇開，也許在第一眼看到我時，就在心中祈禱著他的小孩將來不會變得跟我一樣。

超商的自動門關上，我看著前方黑白的斑馬線，看著烏雲飄過，感受著灰暗的天空帶來無色的寒意，看著沿途騎樓旁，關閉的灰色鐵捲門。

臺灣的老舊建築，真是毫無美感，不像廣告上那些豪宅，身處百花綻放的常綠公園旁，這裡唯一綻放的花朵，只有用人性澆灌的防盜太陽花。

長長的黑色瀏海，遮蔽了光線，和人們的鄙棄，讓前面的路變得昏暗不清。

不論是人行道路，還是人生道路。

再度關上房門，放下食物和錢包，把發票放在旁邊的小抽屜裡，並祈禱著下個月可以有個兩百塊的外快。

接著，打開電腦。

鮮豔而斑爛的色彩入侵了這個空間，好像要把我吞蝕一般的，猛烈的朝我襲來。

接下來的時光，我沉浸、享受在這個虛擬的烏托邦中，我歡笑，我悲泣，我感動，我盛怒，忘卻了一切現實的憂慮，只專注在眼前這個光色的奇蹟上，就這樣廢寢忘食的度過了十二個小時。

像是吸毒一樣，我渴望、沉迷著，這是一個人造的神蹟，彷彿將世間一切的意義凝結成了電流信號，而嘗試將這些精華注射進我身上，讓我的精神糜爛，讓我在求學時期純淨的求知慾，在這時成為一個瘋狂的癮君子。

我關閉了螢幕，躺在床上，閉上眼。

再次拿起手機，滑滑社交媒體或者新的影片。

今天又渾渾噩噩的過了一天呢。

我活著的意義是什麼？

今天我做了什麼？

今天我所做的有什麼意義？

我開始進入半夢半醒。

就在此時，我的自我跟隨著清醒的時光一同消失了。

在我仍抱持著理想時，我曾經想過：

在這個怎樣都無所謂的世界抹去我的存在以前，我想做點什麼。

從小被賦予各種期待，而在壓力過大的環境下成長，好不容易學有所成，卻又因為專業不再被時代需要而被淘汰。

活下去的理由也不復存在，自從離別的痛苦推了門。

我聽到了蟬鳴、風鈴、海浪撞上了堤防的聲音。

明明是一段美好的日子，明明是一段痛苦的時光。

在那之後，又過了幾年，在這段時間裡。我，有改變嗎？

畫下句號說起來是如此簡單，當要將板凳踢開時又如此艱難。

如今連呼吸的意義是什麼也不知道，只是做著這個行為。

我忘不了。

想消失的我，今天依然呼吸著。想活下去的人，卻永遠停留在了昨天。

往事的手，朝我伸了出來。

在我親手埋葬的心中，有一座華邸，我將靈魂深鎖其中，把鑰匙拋入人潮的大海。

即使嘗試一直待在這間華邸中，不將情感流露，自我開下麻醉的處方，將自己用虛偽和笑容包裝，非為欺人，而為自欺。什麼也未曾改變。

如今的我，只能看著石蒜花凋萎。

獻上一朵雛菊，期望它的潔白和純潔能將一切過往遺忘。

突然，我墜落。

頭痛欲裂。

今天仍慵懶的從白色的床上爬了起來，望向窗外灰暗的天空，拉上窗簾，讓房間的光線變得渙散。

即便厚實的被窩裡是如此的溫暖。

冰封的內心，卻不曾融化。

優選／孫苡禎

我說白血球該不該叛逆

作者介紹

一百八高中生，願望是自己變成英國人。喜歡自然，游泳完全不要。希望晚雲不要群聚，望遠鏡想望天了。想看音樂劇，不要漢米爾頓。還在等貓頭鷹。想要橘雨傘，橘光劇。希望聖誕老人不會煩。我會在屋裡養一群乳牛。

得獎感言

校車時間真的很長，長到可以讓我聽完壹加壹podcast，背完雜誌英文單字，寫完打算投稿的散文。還記得自己收到電子郵件時的激動（雖然之後還是被單字背不過要補考給中和了），但還是很謝謝評審的肯定。還有柚淺。信心是她給的，會得獎的契機也是。所以，謝謝你，你是我的月亮。然後下次你想要什麼糖果？

我說白血球該不該叛逆

我渴望暗地的叛逆。

鑰匙插入鎖孔，生鏽斑駁的門嘎吱嘎吱被推開，學校的實驗室老了些，度過好幾半載的校舍不大可能有什麼未被壁癌啃食過的地方，而沉寂在空間隙縫底的化學藥劑味也隨塵埃緩緩飄起。實驗室的管理老師曾指著牆上褪色的規則板，慎重地要我們好好遵照這座科學館的規矩，像是嚴禁飲食入內及不被允許的奔跑，然而叛逆的思想總在心裡搔癢，我仍無視了門旁的紅字，偷渡了一顆甜糖，在嘴裡。掌心的小瓶子握的溫熱，而擱在口袋的步驟小紙條冷了些。主修老師要求我們玻璃罐儘可能別去染上點熱，以免使裡頭的蠟反覆消融又凝固，對於它小心翼翼地如襁褓的幼兒，則A4大小的紙沒有下文，我猜它成了骨灰。隨手將鑰匙掛上櫃子側的老鉤子，哩啷哩啷的響——這不是什麼優美的第幾號交響曲——我又把書包的零碎事物都給傾了出來，鈍鉛筆、紀錄本、這類的煩惱跟歡脫。上節下課，修同門課的同學在手機的群組方格打上他們留在實驗室的最後時間，放學後十分鐘，晚到的話他們就鎖門走了。

於是我拖著腳步在走廊踏出兩步又向後退一步。碰巧晚了十一分鐘。

他們總說我腦裡只有不配合的想法，那些所有與自己交涉過的人們，口中老是迴盪著一次次不需要聽就能背誦出的責備話，他們對於所有人都要求整齊劃一，人們都要是從同一模子印出來，並一舉一動都遵著說明書：夏天不該燃壁爐，花苞不得長珍珠，光不愛影，海不燙。把事情都給栓了相同的枷鎖，他們很滿意。

生物組織的課程開始以來，我一直牢記著我們的第二堂課——血液觀察——那天所發的紙本講義上頭大大幾個字印著血液抹片，不知怎麼地紙張的白好像轉移到了幾個膽小的同學臉龐，他們縮起身子小小聲地反對，但我們都得取自己的組織來看看夏天究竟血會不會變成海洋，於是在溽熱的天裡，我們看著上了彈簧的針頭似飛箭扎入微顫的指尖，一小點痛自指尖擴散，接著拾了二塊玻璃片，趁血液未乾時塗抹至薄片，滴番紅色素、滴快綠色素、封膠成品。

後製成了手工的抹片。半透明橫躺手心，它沒有詩詞裡橫舟的輕快，反倒是一小部分自己的不思議多了些。待大部分的學生手中都握了成品，主講老師放了投影片上去。那是一整片的圈與點，密密麻麻，是午後在爺爺田中的樹葡萄。投影的畫面放大又放大，半圓、圓、圓、圓、半圓、缺角，那樣的色調是奇怪粉，浸濕了整個視線範圍，但紅血球彷彿與紫圓有什麼深仇大恨，它們間的唯一不同，是染了藍紫色素的白血球獨樹一幟。出紅泥而不染。

所有紅血球只有一種，所有的他們都做著相同的事，而白血球則占了少數。徜於血漿之中的血球成分只有三種，紅、白、血小板，白血球為其中比例最少的，不過他又被拆成三種。透過顯微鏡所見的只有單薄的兩三顆，他們孤立於漫天的紅之中，顯得格外與眾不同，然而在大家眼中這沒什麼大不了，即便白血球得以變形，並不去理會血管限制地穿梭於各組織之間。這樣的悸動無人理會，是因管狀組織內少了神經細胞的纖維掌控，抑或我們早已對此縮小變化已感到無比地麻木。

如此微小的另種生命體在我們身子裡游動，每分每秒，照他核球內的DNA去做出應對。我感到不解，無論是多麼放輕動作感受軀體每一寸的攪動，最終獲得的也只有靜到發慌的寂寥，白血球的變形蟲運動遠小於我對於自己的認知，像是這只是個古老傳說，而科學家都成了說故事的耆老。在脈搏的跳動之下，我僅勉為其難地當作他們仍於我組織間流竄。他們的腳步很輕，不受規矩。然而也是這樣微妙的一個當下，我理解到他們的運動酷似深埋土壤的鬚根，捨去目光、捨去太陽，他們的一舉一動如能階的電子無可捉摸。

這竟是我最為理想的狀態。他們拋棄韁繩，而自己就是羽翼。

我又調高顯微鏡的倍率，方才所觀察的白血球在眼界之中放大。我是他，他是我，我們將擺脫束縛，暗地裡逆著血流行走。

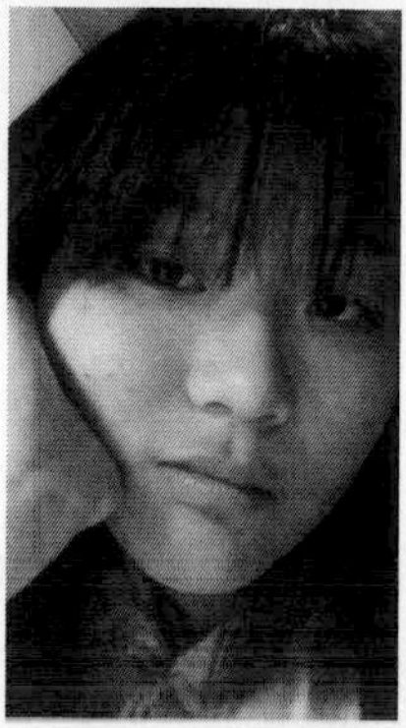

優選／陳家穎
我是鹽水釀的

作者介紹

在一個雨下個沒停的地方生長，為了爭取陽光所以脊椎側彎姿勢不良。最近想找個時間洗洗鞋底的沙，在想自己竟然被肯定了，應當是偶然一腳踩著黃金回家。也是第一次寫介紹自己的話，覺得這人沒什麼重點也請見諒。

得獎感言

這篇文章的起點是回家時看過去的稻田，窗上霧濛濛的撩人。可那天並不是我第一次覺得自己是水做的，那些失意時瘋狂找尋到的，自己特別的地方、能獨特於他人的理由，還未能說分清卻有些眉目的舒展在眼前。於是我寫下，在我以為我和寫作無緣以後戲劇性反轉。生活真該少看八點檔。

我是鹽水釀的

知道現在從我的視野看過去是什麼嗎？一片白茫茫的天，輕柔得似母親午夜時分含笑掖好的被子，緊緊扣著這裡，而這裡的人早已學會乖乖躺下。他們曾說這兒是臺灣最會下雨的地方，天氣預報旁的女主持人看著鏡頭後的我，對著我的家鄉來回比劃，上頭的數字高得讓人潮濕到掐出水來，也只有這時，我才覺得自己被全世界提起，感受到特別。

我有個姑姑，唯一的那種。不確定是什麼時候，反正是個下雨的日子，阿爸在發霉破爛的二手車裡向我宣布姑姑的死訊。臺北這些天氣溫驟降，女人在客廳酗酒，猝死。阿爸嘴裡罵著那女人死得好，阿嬤就生她一個不肖女之類的話，油門同時加快，車窗內上個車主的小孩們貼的芭比公主貼紙，就算已經半條腿不見，還是舉著優雅的手對著所有人微笑，一切都端莊得要命。

對姑姑複雜的情感當中，陌生和排斥總是佔上風，該如何應對這個消息、面上的表情如何才是能令阿爸滿意的呈現，沒想過，也沒想過自己必須想過。聽著廟裡的老人像談論電鍋的飯硬掉不能吃一樣談論著誰誰誰昨天剛死，她的兒子開著什麼樣的車回來，迎接死亡後的連日誦經祈福法會，是否有同時為那些某天也會等待子孫回來給予顏面的人祈福？簡而言之，放送的力度要夠，興許老人晚年最受矚目的一刻就在此時。嗩吶，哭喪，還有幾個荷包夠滿的孩子。

但要說這一切令人難受及自私？這話來得偏頗。這裡的人都是在等待死亡的，不如說全世界的人都是，只是他們更有目的性，明白從某刻起，要同衝刺大考般準備應對。畢竟一把年紀了，被世界留在這裡的是自己，往後有限的時間裡，也是自己，還不如趁能決定時，替自己挑個喜歡的格子，那兒最好有窗，能望向某個風景。

雖說我是個懦弱的，海邊的孩子，再不濟也是隨著廟裡長輩的話，拜過玄天上帝作乾爹的，與這方寸土有關的一切，公平地罩著我和這裡的所有人，把握機會在遭遇劫難和不順心時傾訴給眼前的神尊，在倒數計時的香未被燒到難看的地步前一口氣傾吐。不論求出海平安或樂透明牌，這筆交易要算得分明，自古銀貨就該兩訖。

「媽媽我可以翻面嗎？」從前總要先問問才安心，最主要是阿爸會到海邊捕鰻苗，若為貪一時口腹之慾，一筷子掀翻了或掀起了什麼，我和這條魚，總歸是我的責任更大些。家裡供拜的那尊媽祖，頂著的珠冠越見稀疏，從前看不見祂的臉，隔著裊裊煙霧對著祂說些悄悄話的時代，好似過去了。唯一不變的是，媽媽默默替所有親人求媽祖保佑的堅持，每每想偷聽清楚她的喃喃自語，都會被她一個瞪眼給驅走。私人交易不能聽嘛，我知道。

這裡的天氣仍霧霧茫茫，光站在原地不動，鋪在臉上的水便會凝結成水滴，一時讓人不知道是流汗還是流淚的情境，會給我傷心時想僥倖來外面走走的念頭。我不掩飾從小是個愛哭鬼的事實，但在掩飾眼淚這件事上，我顯得頗有心得。是怎麼長成一個愛哭的小孩呢？不可能是基因的問題吧，我就沒看過阿爸這個木頭哭過、媽媽就算生氣惱怒也是笑笑的，她可能想實驗「伸手到底打不打笑臉人」，但很遺憾的，她選了個愛哭鬼作對象。我惱怒也哭，傷心也哭，跟水龍頭似的，淅瀝嘩啦的眼淚滾落，哭得累了，有時連我自己也敬佩於自己的水分頗多。

「這算優點吧？」我果然是宜蘭裡住海邊的蘇澳人，是水啊我做的。

優選／陳鼎斌

雪

作者介紹

陳鼎斌，二〇〇五年生於臺北，目前就讀臺北市立大同高級中學二年級，長大後立志當國文老師，也因此在追逐的路途感到疲憊，時常抱怨自己是個沒有青春的浪子。

得獎感言

〈雪〉是我一直思緒許久的題材，動筆又刪除，幾經迂迴，終於在某日深夜完成，謝謝評審的肯定。

謝謝國高中班導賴麗琴、吳俊毅、盛素卿老師的默默力挺。感謝潘亮君老師帶領進入寫作的世界，感謝楊方婷老師改善我的作文技巧，感謝楊浩偉老師讓我看見不同的文學世界，最後，黃品璇老師，謝謝您在寫作之路亦師亦友，支持我前進。

雪

我從未看過雪。母親說這就是雪，我便相信。

落雪紛紛的場景彷彿是孩子們潔白的夢想，揣起一顆顆赤誠的心靈，電視中播放的雪戰場景，在孩子的心中開啟了遙遠的征途，行軍作戰只為一瞥雪的模樣，拾起潔淨的武器，雪洗戰場。而雪也是我夢想中的天堂，我想仰臥在雪中，做一個自己的天使。

仲秋褪去了獨秋所有的肅殺之氣，彷彿都在等待月圓之夜的團圓之喜，圍繞著煙霧氤氳瀰漫的烤爐，訴說著舊往陳年語，近來歡憂情，日後規劃事，懷著滿腔胸懷的曾經，也在爐火的烘烤下，化作汗滴歸於塵土。

過節的氣氛環繞在形形色色的目光中，有的人專注在眼前的烤肉，有人坐在家門口前擺起的小凳上，執起街頭傳發的塑膠扇，邊搧著愜意涼風，邊賞玩月色皎潔。我坐在母親旁邊，拿著圓如月的紙盤，啃食著剛出爐的雞翅，嬌嫩而輕巧，像個孩子，讓人玩味，也因我是個孩子，不懂如何玩味。

母親雖與叔叔說著往事，卻將餘光留給了我，時而拿著紙巾擦拭滿嘴油光的我，時而將手中剝開的柚子向我遞來。貪玩的我，也只會搶著几上的柚子皮，戴在頭上，像是安全帽，隔絕一切不愉的事物。

宴後，待家人們離開，母親催促我洗澡睡覺，回頭看去，她手中滿是洗碗精泡沫，鼓起又消下，透過水流而徹底消散。我脫下衣服，進入浴室，不久前終於不用再與父親一同洗澡，學會了浴室的生存法則，拿著起泡網，擠點芳香的沐浴露，搓啊搓啊，泡沫被我弄得漫天飛舞，牆上，屋頂上，馬桶上。我叫喊了母親，剛洗完碗的她緩步走來，拉開門簾的一瞬，我開心的向母親說：

「媽咪，你看，這就是雪！」

窗牖微開，吹起的窗簾如孩子揚起的夢，正悄然啟航，躺在床上，閉著眼，沐浴露的芬芳暖和了被窩。不知過了多久，不適感瞬間襲來，感覺肚子時而上下捶打，時而翻滾絞痛，我在床腳蜷縮著身軀，眼淚撲簌簌流下，微風吹著額頭冒出的冷汗，有氣無力地喊叫，終於在門栓轉動的一刻，放聲哀嚎，止不住的淚滴奔騰，痛啊痛啊的叫喊著。

母親衝上前，徒手將我抱起。彷彿撐起了傘，讓我當個傘下的巨子。

她扛起我的身軀，責任與現實的負擔同時躍上天際，她直起腰桿，神情淡然卻透著絲絲焦慮。我將頭墊在母親軟而硬的肩膀，彷彿從前如磐石般的模樣，此刻為我裹上一層海綿，像雪一樣柔軟且冰涼。從家中走到大馬路的時間，不過一分鐘，母親的鬢角留下幾滴汗珠，密集的毛髮像巨偉的叢林，從腦中生根，默然的運送身為養分的思想，滋養著頭上的森林。現在，裡頭可能下了場大雨，養分溢流出來，孕育著現實的塵土。

「我們快到醫院了，等一下就好了」母親在路上這樣說著。

經過檢查，應該是吃了不熟的食物，導致腸胃發炎，讓我住院吊點滴，看情況再決定是否該回家。

護士拿著長針走來，母親牽起另外一隻手，安慰著我一下就過了，我相信地不敢移動身軀。

時間的速度緩慢如慢板的琴樂，母親拿起手機，開起卡通，與我一起看著這般童稚的節目。

只見卡通裡的小孩，正與朋友們在公園堆著雪人，打著雪仗，在地上留下天使的記號。我突然想起。

母親笑呵呵說：「對，這就是雪。洗好澡快點出來睡覺，不要玩太久了。」

我從未看過母親，我說你就是母親，你便答應。

母親把我生下後，便與父親離婚。我從未見過她的面容，從小我便是姑姑帶大，朝夕相處。

一日，姑姑去上廁所，不知是孩子興致所起，還是多愁善感，我在浴室門外，問道：「姑姑，以後我可以叫你媽咪嗎？」

她毫不猶豫的答應著。

至此之後，我終於有了母親。

離開醫院已是早晨，她牽著我的小手，朝家的方向前行。

優選／黃宥茹

局外人

作者介紹

雲林人，臺中女中人社班一年級。國小視文學獎為戰鬥；國中視文學獎為個人價值的鑲嵌；高中視文學獎為簽大樂透。沒有自信自稱寫作的人，有機會就提筆吧。

得獎感言

謝謝紅樓，謝謝評審老師讓我在幾近被生活中所有東西淹沒時，發現自己還能寫。謝謝家人、老師、朋友，謝謝經典導讀，謝謝我的過去，謝謝我遇到的所有人。祝文中那對父女一切都好，雖然我曾一度瞧不起他們。

局外人

學測倒數八百七十天，他一手把女兒送進公立明星高中，一手提著不算高貴的禮盒。「謝謝老師幫助她考上資優班啊！」「你們家的資質很好，未來三年一定好好栽培。」看著對面那位與自己年齡相仿的男子堆滿笑容，再望望整理著開學物品的女兒，「辛苦一陣子，不會辛苦一輩子。」他說，想當年自己身處工人家庭，哪能修來這身福氣呢？那時的老師勢利威權，如何能像今日為學生好？

他每天對著一群年紀更小的孩子上課，說著當年從高職進入師大的奮力一搏、說著念研究所為了加薪的得意算計、說著上大學後便能玩樂享福的印象、說著讀書培養能力是為了離開這個地方。

這個需要一邊卑微、一邊弱肉強食才能攀到光明未來的地方。

鄉間的小學一如既往貧瘠，而比起教學，他更常重複說著類似的笑話，自嘲陷進沒有出口的洄瀾，他很努力地遺忘寫在記憶裡貧病交迫的失落童年，然後看著面前這些年幼的眼眸繼續如此失落著。

學測倒數八百天，失去了聊天、聚餐或爬山，越來越多的考卷、晚自習，還有老師的電話取而代之。「辛苦一陣子，不會辛苦一輩子，」電話那頭說：「我們都是靠教育翻身的過來人，而且爸爸你又從事教育，當老師的都嘛想讓孩子飛高飛遠……」對面還沒說完，他放下了電話，是啊，老師說的真有道理，可他還是不太舒服：「這明明不是我們追求的東西，父女一場，陪伴不是最重要的嗎？」他的聲音梗在喉嚨，沒有人聽見。

學測倒數六百天，女兒想念化學系。「很好啊，妳不善與人交流，我覺得當科學家做研究很適合妳。」他難得在無聊的笑話外笑著說話，而女兒也心滿意足地回到書堆裡。躺在沙發上，心思跳出洄瀾，他彷彿終於與她享受著同一座燈塔。縱使老師一次次電訪、一次次的校排檢討似乎讓每個片刻刺痛，離他想像的平實滿足越來越遠，但這或許是為了一輩子幸福而犧牲的一陣子辛苦吧。

一陣子的痛苦、焦慮、疏離。

學測倒數三百天，女兒參加了地區數資班的小型能力測試，說其他學校的學生都會做實驗，而自己只會考試。「你們上這間高中是來念書的，不是來做實驗的，要做實驗，上大學後機會多的是。」他斬釘截鐵地說，同時回著老師約談的訊息。女兒沒有答腔，她習慣躲入房間做著大人看起來有前途的苦工，尤其是在老師愈發頻繁來家中說服她念醫學系之後。

學測倒數二百天，幾乎是考前父女最後一次長談。「最多就牙醫系，最多。」女兒雲淡風輕，他當然看得出她百般不願意，「爸媽覺得念妳喜歡的東西才是最重要的，老師那邊我會幫妳說。」討論陷入靜默，兩人都太淡然，淡然到悲傷也沒有介質傳遞。在老師幾度殷切的談話後，關於未來、耽誤及成全，又有更多價格在他心中猛烈浮動，他並非放棄拉扯，只是對方言詞無懈可擊。

學測倒數一百天，校護說他可能得了自律神經失調，或許是看到他戴著兩層口罩，害怕自己染疫影響女兒，是聽過他沾沾自喜地說回家所有動作如同竊賊一樣小心翼翼，害怕驚擾書裡安靜的空間。「我只是不想耽誤她，我知道被耽誤的痛苦，我要成全她……」他的聲音依然梗在喉嚨，沒有人聽見，除了平日裡說著重複又難笑的笑話，把自嘲譜成日常。

學測結束四十天，滿級分。他把能量送給燈塔燃燒以放光，早已心力交瘁，電話那頭還是兩年前一樣的聲音，可還沒開口，「妳要念牙醫系嗎？」「可以呀。」這次他已無能正視她眼中的無奈，無奈地舉起電話給出回覆，像個補習班櫃檯般的局外人。

學測結束六十天，「恭喜耶！」學生家長迎面走來，他卻愣了半晌才反應。「那你女兒要念什麼？化工？」「喔，沒有啦，要念醫科。他們老師叫她別佔繁星的缺，這樣學校會少好多醫科，老師會輔導她二階申請。」他能夠想像高中、國中甚至國小，張起了榜單寫著「某某錄取臺大牙醫系（達醫學系錄取標準）」，也僅能有這樣的想像。

辛苦的一陣子過去了，一輩子呢？

優選／鍾楚格

祕密

作者介紹

國立鳳新高中三年級。從國中愛上寫作，高中前兩年卻被辯論迷惑，不小心從文青變成憤青（？）學測考完才重拾對寫作的熱愛，紅樓文學獎是第一個我參加的校外文學獎。

得獎感言

謝謝紅樓文學獎的主辦與評審，很幸運我的散文能獲得青睞。希望悲傷的人能從我的散文中獲得些許慰藉；不期許每個人能溫柔，但希冀傷害能少一點。

祕密

或許是病得不輕。

溫熱又刺目的鮮紅從手腕滑落，美工刀的冰冷與手腕傳來的刺痛不斷刺激大腦，我麻木地拿起繃帶「繞三圈、固定、完美」。已經不想去細究是從什麼時候開始，疼痛已經成為日常，沉淪進血色汪洋。

「會痛嗎？」

已經選了最接近膚色的繃帶，但拙劣地小聰明仍掩蓋不了突兀的包紮（就算我認為混合了血肉後，它早已是我身體一部分）。

「還好欸，只是扭到而已。」我輕撫上手腕，手指摩挲粗糙地繃帶，前一天刻下的烙印依舊帶有火熱刺痛。

「你看，還可以動啦。」

「你看起來很痛欸，不要再轉手腕了啦。」

大概是動作過於僵硬，朋友的眉眼與話語間都染上擔憂。或許是愧疚，又或許是還未癒合的傷口隱隱有些濕潤，我把手藏進口袋裡頭，連同不知如何說起的祕密一起。

原來我還活著啊。

凌晨一點下了場雨，溪流潰堤成湖泊，雨季不停，淹至咽喉，一寸寸，長不出腮，學不會泅水，浸泡在濕鹹苦水中腫脹、發泡、腐敗。日復一日，宛如一具浮屍，只有在陰陽之間，看見涓涓艷紅與彷彿被千隻螞蟻啃食的痛，才發現原來自己仍載浮載沉的漂泊，還未沉沒。

「是真的病了吧。」上網查了很多資料，所有答案都指向是憂鬱症惹的禍。突然想起經常出入輔導室的同學，成為同學們茶餘飯後的話題，總有人愛匯聚在一起，譏笑著罵他有病，眼中閃著不屑與傲慢，嘴角肆意地勾起「到底是多玻璃心才會患上憂鬱症啊！神經病就該好好待在家啊。」。是多麼惡劣的傲慢，有多狠心才會在支離的心上插上一刀使它變得更加破碎。

祕密腐爛在心中就好。

還是踏不進去，站在輔導室不遠處徘徊，低著頭躲避經過之人的視線。總有一天會自己痊癒的吧？比起讓發膿的傷口曝曬在陽光下，變得更加潰爛，讓它在陰暗處恣意發霉或者癒合，或許才是更好的選擇。畢竟，和早已成為日常的疼痛，與越纏越厚的繃帶相比，更害怕周圍人給予的嘲諷。等夏天吧，等到氣溫攀升至三十度，無法再用長袖遮掩我的病症，那時我還沒變回正常人，再去承受被笑稱瘋子的可能。

「所以你最後痊癒了嗎？」

「我也不知道，只是不再依賴疼痛也能好好生活了。」

有時候，血液彷彿要從我身體裡流乾了。手臂上幾乎看不到完整的肌膚，都是疤痕與乾枯的鮮紅。細細的疤，結痂，脫落，再次綻開鮮紅，如此反覆。宛如末期患者，沒有藥物無法存活，我的藥卻是毒，消耗靈魂獲得短暫的安寧。是把靈魂賣給惡魔了嗎？不然要如何解釋，我的人間變成煉獄，刀刑是我贖罪的唯一途徑。

幸好，兩年過去，疤痕都已脫落，夏天不用再佯裝畏寒，穿著外套衣服卻濕黏的貼著背部。不會再半夜啜泣了嗎？不會了，只不過忘記如何笑得好看，習慣在星空亮起時清醒。似乎已經治好了病症，卻留下了一些後遺症。

真的病了，終於敢承認。

還記得那天有點冷，是個介於冬季與春季之間的日子，我和他吃著很普通的鍋燒意麵，不知怎麼了，突然提到那段我不堪回首的過往。現在想想，這種揭露方式似乎過於普通，不是想像中的酒館微醺，也沒有咖啡廳談天的正式感，彷彿只是晚餐時刻突然想到一個再日常不過的話題。他靜靜聽著我磕磕絆絆訴說那段埋藏在心中許久，未曾跟任何人提過的過往。

「你是怎麼好的呢？」他很平靜的問，彷彿這並不是什麼大不了的事。我暗中彆扭地握住裙角的手稍稍鬆開了些。

「我不知道我有沒有好，我只是一直告訴自己不要悲傷，不要那麼負面。」不敢直視他的眼睛，低頭看著仍冒著白煙的鍋燒意麵，熱氣打在我的臉上有些溫熱，連帶著心也感受到些許溫暖。

「悲傷沒有什麼大不了的，你可以難過。」他口中咬著麵，話語有些含糊，卻重重地落在我心中。

「謝謝你。」我久違的感受到微笑是如此的輕鬆，一定是因為這天很溫暖吧。

原來我們都沒錯。

國立臺灣師範大學

第21屆紅樓現代文學獎暨全國高中紅樓文學獎徵件簡章

一、活動宗旨：提倡寫作風氣，提昇文學創作水準，培養文學創作人才。

二、主辦單位：國立臺灣師範大學文學院

承辦單位：國立臺灣師範大學全球華文寫作中心

三、徵件辦法：

（一）對象：

1. 紅樓現代文學獎：國立臺灣大學系統（國立臺灣師範大學、國立臺灣大學、國立臺灣科技大學）在學學生（含學位生、交換生、訪問生、雙聯學制生）均可參加。

2. 全國高中紅樓文學獎：凡就讀設籍臺灣地區之各公私立高中（職）在學學生皆可參加（會提供投稿者參賽證明）。

（二）組別：

1. 紅樓現代文學獎共分四組，規定如下：

(1) 現代小說：字數一萬字以內。

(2) 現代散文：字數四千字以內。

（以上字數皆含標點、文章註解內容，以Word字數統計為依據）

(3)現代詩：行數四十行以內，如為圖像詩作品請以A4排版，一頁以內。

(4)舞臺劇劇本：演出時間約三十至三十五分鐘。

2.全國高中紅樓文學獎：散文類，字數一千五百字以內。

（三）收件日期：民國一一一年三月十五日至一一一年三月三十一日。

（四）收件方式：採網路收件。

（五）投稿方式：

1.作品稿件格式請務必下載本文附檔，並將下列三項資料上傳至報名系統（三月十五日開放，報名系統開放後，於全球華文寫作中心官網暨臉書粉絲團公告）。

(1)作者資料表簽名掃描檔

(2)作品電子檔

(3)在學證明電子檔

2.文字作品形式：請使用Word檔、新細明體十二號字（現代詩請用十四號字）、A4直式橫書並編列頁碼。檔案名稱為「組別_姓名_作品名」。

3.每人可同時投稿兩組以上，但每組限投一件。

4.全國高中生請投稿高中生散文組，限投一件。

5.若投稿後未收到回覆，請主動與承辦單位連繫。

6.活動簡章、作者資料表、投稿範例請至「全球華文寫作中心網站暨臉書粉絲團」（https://

reurl.cc/Qj6oqq）下載。

（六）注意事項：

1. 作者投稿時須為在學學生，休學及應屆畢業生辦理離校手續後不得投件。
2. 請自留底稿，應徵作品無論入選與否，恕不退還。
3. 作品須為原創且未曾於任何公開媒體、網路、出版品中發表，亦不得一稿數投；作品中任何文字、影像、聲音素材均不得抄襲或侵犯他人著作權及其他權利，如有觸犯法律之情事，責任由投稿者自負，與主辦單位及承辦單位無關。若違反上述規定，將取消其參賽資格，已得獎者，追回其獎狀及獎金。
4. 作者擁有著作財產權及出版授予權，唯主辦單位及承辦單位擁有得獎作品之保存、重製、轉載、公開傳輸、公開播送、公開展示及編輯、出版之權利。
5. 凡入圍者須本人或代理人出席入圍決審會議、頒獎典禮，否則取消獎金。
6. 請勿於作品中透露如作者姓名等易引發評審公平性疑慮之內容。
7. 若作者或作品不符上述徵件辦法之規定，一律不予接受。

四、重要日程：

（一）決審入圍名單公告：一一一年四月二十二日。（https://reurl.cc/1Z406p）

（二）決審會議：一一一年四月二十五日至四月二十七日。

（三）頒獎典禮：因COVID-19疫情影響，本居無實體頒獎典禮，改於一一一年五月十三日臺師大二〇二二人文季線上開幕活動以唱名得獎名單方式辦理。（影片連結https://www.youtube.com/watch?v=NIGXkszKxCo）

五、評審程序：

（一）初審：由承辦單位組成評審工作小組，檢視作者資格與作品規格，並協調後續評審工作。

（二）複審：初審合格之作品送交複審評審，決定決審入圍名單後，公布於「全球華文寫作中心網站暨臉書粉絲團」。

（三）決審：由校內外學者專家擔任決審評審，每組別三位評審，並於決審會議後公佈得獎結果。

1. 為維持得獎作品水準，入圍作品若未臻理想，該獎項名次得從缺。

2. 入圍者須本人或代理人出席入圍決審會議與頒獎典禮。

六、獎勵辦法：

（一）獎金與獎狀

組別	首獎（一名）	評審獎（一名）	佳作（三名）
現代詩組	八千元	六千元	三千元
現代散文組	八千元	六千元	三千元
現代小說組	一萬元	八千元	三千元
舞台劇劇本組	一萬元	八千元	三千元（取一名）
全國高中生散文組	一	一	優選取十名，獎金三千元

※本屆經評審於決審會議評估討論後決議，現代詩組增加佳作一名、現代散文組增加評審獎一名。

（二）各組得獎作品得由主辦單位集結成冊，出版後致贈每位得獎者二本，不另支稿費。

（三）得獎者須於得獎（決審會議）後一週內繳交得獎感言及照片，否則承辦單位得取消得獎資格。

（四）獲獎後若因畢業、離校或離境等因素無法由本人簽署領據並領取獎金者，請提前主動告知承辦單位，同時出示代領切結書與代領人身分證明。

七、凡送件參賽即視為同意本徵選簡章，對評審之決議不得異議。其他未盡事宜，得由評審工作小組開會決定，另行公告。

八、全球華文寫作中心官網https://www.gcwc.ntnu.edu.tw/
全球華文寫作中心臉書粉絲專頁https://www.facebook.com/ntnu.GCWC

九、如有紅樓文學獎相關參獎問題，請聯繫第21屆紅樓文學獎工作小組ntnu.honglou@ gmail.com。

語言文學類　PG2822

我在給企鵝寫信

——國立臺灣師範大學第21屆紅樓現代文學獎暨全國高中紅樓文學獎得獎作品集

作　　者／陳妍希等
主辦單位／國立臺灣師範大學文學院
承辦單位／國立臺灣師範大學全球華文寫作中心
協辦單位／財團法人臺大系統文化基金會
總召集人／須文蔚、徐國能
執行團隊／孫昱文、林佑霖、蘇立維、江宛樺、劉芸、李采庭、陳亭潔

出版單位／國立臺灣師範大學
地址：臺北市大安區和平東路一段一六二號
編印發行／秀威資訊科技股份有限公司
114台北市內湖區瑞光路76巷65號1樓
電話：+886-2-2796-3638　傳真：+886-2-2796-1377
http://www.showwe.com.tw
劃撥帳號／19563868　戶名：秀威資訊科技股份有限公司
讀者服務信箱：service@showwe.com.tw
展售門市／國家書店（松江門市）
104台北市中山區松江路209號1樓
電話：+886-2-2518-0207　傳真：+886-2-2518-0778
網路訂購／秀威網路書店：https://store.showwe.tw
國家網路書店：https://www.govbooks.com.tw

GPN：1011101228
2022年8月　BOD一版
定價：390元

國家圖書館出版品預行編目

我在給企鵝寫信：國立臺灣師範大學第21屆紅樓現代文學獎暨全國高中紅樓文學獎得獎作品集 / 陳妍希等著. -- 一版. -- 臺北市：國立臺灣師範大學, 2022.08
面；　公分. -- (語言文學類)
BOD版
ISBN 978-626-7048-33-7 (平裝)

863.3　　111012403